Helmut Zöpfl
Im Licht der Weihnacht

Helmut Zöpfl

Im Licht der Weihnacht

Meine schönsten Geschichten

rosenheimer

© 2017 Rosenheimer Verlagshaus GmbH & Co. KG, Rosenheim
www.rosenheimer.com

Titelillustration: Sebastian Schrank, München
Satz: TypoGraphik Anette Klinge, Gelnhausen
Druck und Bindung: GGP Media GmbH, Pößneck
Printed in Germany

ISBN 978-3-475-54669-3

*Für Dorit und Günter Hiemer
in Freundschaft*

Inhalt

WIE DIE ZEIT VERGEHT
Christbaumgedanken 13
Eine besondere Weihnacht 18
Der neue Kalender (in bayrisch) 27
Bald ist es so weit 28
Zeitverschiebung 29
Hat Weihnachten noch eine Zukunft? 32

DIE WEIHNACHTSZEIT NAHT
De Flockn falln 39
Aber bitte mit Glühwein! 40
Winter-Spiele 43
Zeitzeichen 44
Igerl und das Wintergedicht 45
Der erste Schnee 61
Skifreuden 62
Wunderbare Bekehrungen 68
Igerl und die Freude 71
Die Weihnachtsansprache 78
Die Vereinslesung 83
Weihnachtsfragen 96
Die Weihnachtslesung 99

WEIHNACHTEN RUNDERNEUERT
Keinen Stress, bitte! 111
Nikolotchie .... *(modern) Kind am PC* 115
Der repressionsfreie Nikolaus 119
Der Weihnachter 121
Der neue Christbaum 126
Sprachforschung 128
Pisa und die Religion 134
Christmas for Kids 136
Weihnachtstraditionen 138
Lustige Weihnachtsmusikanten 142
Der Streit 146
Der alte Brauch 149
Schalttag 157

WAS WÄRE WEIHNACHTEN OHNE GESCHENKE?
Das Weihnachtsgeschenk 161
Weihnachtsspuizeug 167
Tauschgeschäfte 168
Igerl und die Geschenke 174
Lieber, guter Nikolaus 184
Brainstorming 186
Das perfekte Spuizeug 187
Weihnachts-Konflikt 188
Weihnachtswunsch 189
Vom Umtausch ausgeschlossen 190

RÜCKBESINNUNG – DIE WAHREN WERTE VON WEIHNACHTEN
Fröhliche Weihnachten 195
Sternsinger 197
Ich sag »Grüß Gott!« zu dir 199

Nächstenliebe 201
Nachbarschaft heute 202
Kripperl-Erinnerung 204
Vom Kleinen und vom Großen 212
Das Leise verstehn 213
A Stern hat gleucht 215

FRÖHLICHE FESTE UND FEIERN
Die neue Advent-Location *(Anmeldg. der Adventfeier)* 219
Nikolausfeier 227
Die Weihnachtsfeiervorbereitung 229
Staade Lesung 246
Weihnachtsfeier 248
Die Weihnachtsfeier im »Vital-Club« 249
Igerl und die Adventslesung 268
Das Weihnachtsspiel 278
Buchbinder Wanninger modern oder
Die gerettete Weihnachtsfeier 286

AUF GEHT'S INS NEUE JAHR!
Jahresvorhersagen 301
Jahresbilanz 302
Neujahrswunsch 303
's neue Jahr 304

Wie die Zeit vergeht

Christbaumgedanken

Meine Erinnerungen an mein erstes Christbaumerlebnis sind natürlich sehr vage. Ich weiß nur noch, dass in unserer Wohnung in der Volkartstraße stets ein bunt geschmückter Baum im Wohnzimmer stand. Das Schönste aber war, dass es mein Vater, der wie fast alle Väter natürlich auch in diesem sinnlosen Zweiten Weltkrieg an der Front stehen musste, immer geschafft hatte, um den Heiligen Abend herum ein paar Tage Urlaub zu bekommen. Das war das schönste Weihnachtsgeschenk für mich. Und ich weiß, dass er immer, bevor der Christbaum angezündet wurde, sagte, er müsse dabei dem Christkindl helfen.

Und dann war es so weit. Mit einer Glocke, die ich heute noch in alter Tradition bei der Bescherung benutze, läutete er diese immer wieder neue Freude beim Betretendürfen des Zimmers ein. Leider war es mit unserem Weihnachten in der Volkartstraße recht früh zu Ende, denn unser Haus fiel einem der ersten Bombenangriffe zum Opfer, und wir wurden nach Erding in eine winzige Dachwohnung evakuiert.

Aber auch da gab es am Heiligen Abend immer einen bunten Christbaum. Das Bäumlein selbst bekamen wir von ganz lieben befreundeten Bauern geschenkt. Der Schmuck war nun allerdings ein anderer. Zwei bis drei Christbaumkugeln bekamen wir von der lieben Großmutter, die erst später ebenfalls noch ausgebombt wurde, geschenkt. Und für den

Rest sorgte die Kreativität, die gerade in Notsituationen besonders rege ist. Was hing da nicht alles an dem Baum: bunt gefärbte Nudeln, irgendwelche kleinen Basteleien, ein paar der Weihnachtsplätzchen und viele goldene und silberne Nüsse. Besonders originell aber waren die farbig angemalten ausgedienten Glühbirnen, die die Kugeln herrlich ersetzten. Und dann gab es noch silbernes Lametta in großen Mengen. Woher wir das hatten? Nur wenige wissen heute noch, dass die feindlichen Flugzeuge, damit man sie mit dem Radar nicht ausmachen konnte, als Störmaßnahmen diese silbernen Streifen abwarfen. Sie lagen oft in größeren Mengen auf den Erdinger Wiesen. Kerzen waren natürlich eine Rarität, aber meinen Eltern gelang es immer wieder, ein paar Kerzenstumpen zu ergattern, die für kurze Zeit für das Strahlen des Christbaumes sorgten.

Das Jahr nach dem Kriegsende ist mir besonders im Gedächtnis geblieben. Mein Vater war ausgerechnet zum Kriegsende noch in amerikanische Gefangenschaft geraten, und wir wussten viele Monate nichts mehr von ihm. Welch wunderbares Geschenk, als er dann kurz vor Weihnachten entlassen wurde und uns total abgemagert in seine Arme schloss. Auch da ließ er es sich natürlich nicht nehmen, dem Christkindl beim Schmücken des Baumes zu helfen.

Bald kehrten wir dann wieder nach München zurück, weil es meinem Vater gelungen war, wieder eine Stelle bei der Polizei zu finden. Als Wohnung diente uns über viele Jahre eine von meinen Eltern in Erding für 100 Reichsmark erworbene Gefangenen-

Baracke, die wir im Grundstück meiner Großeltern aufstellen durften und im Laufe der Jahre mit viel Fleiß ausbauen konnten.

Das erste Weihnachten nach der Umsiedlung war wieder unvergesslich, weil es im Gefühl des so wunderbaren neuen Friedens gefeiert wurde. Ich weiß vor allem noch, dass an dem Christbaum ganz unten einige Presswürste für unsere liebe Schnauzerin Nelli, die wir in München als neue Hausgefährtin erworben hatten, hingen. Mit dem beginnenden kleinen Wohlstand meines so fleißigen Vaters wurde natürlich der Christbaumschmuck wieder vielfältiger. Mein Vater ließ es sich nicht nehmen, ihn bis in seine letzten Jahre als Gehilfe des Christkindls, wie er uns immer noch versicherte, anzubringen.

Ich habe, wie gesagt, diese Rolle übernommen, und die Kerzen werden nach wie vor bei uns erst am Heiligen Abend entzündet. Leider ist das Christbaum-Erlebnis in den letzten Jahren immer merkwürdiger geworden. Schon seit geraumer Zeit stehen nun Christbäume hell erleuchtet schon Anfang Dezember an allen großen Plätzen des Ortes. Fast in jedem Gasthaus hat ein solcher als vermeintlich unerlässlicher Schmuck für Weihnachtsfeiern auch schon im November seinen Platz. Den frühesten Christbaum hab ich übrigens vor einem Jahr am 1. November bei einer Zwischenlandung ausgerechnet am Flughafen Istanbul gesehen. Als ich vor Jahren folgende satirische Bemerkung machte, wusste ich nicht, dass sie so bald Realität würde:

Früher haben wir den Christbaum erst am Heiligen Abend aufgestellt. Dann hat man begonnen, Christbäume bereits am ersten Advent zu installieren. Bald werden die ersten Christbäume schon beim Oktoberfest ihren Platz bekommen. Und dann ist es vielleicht so weit, dass der Maibaum sogar zum Christbaum umfunktioniert wird.
Aber man muss nur abwarten können. Vielleicht kommt es einmal so weit, dass alles sogar um ein ganzes Jahr vorrückt. Dann fallen endlich Weihnachten und der Heilige Abend wieder zusammen.

Aber auch sonst ist der Christbaum im Lauf der Jahre missbraucht worden. Eine merkwürdige Entgleisung sind schon lange die Christbaumversteigerungen, bei denen die Äste und Zweige von dem Sponsor, dem Wurstwarenfabrikanten Käferl, mit sämtlichen Metzgereiprodukten von Leber- und Blutwürsten bis hin zum Geräucherten behangen wurden, oder wo ein weiterer Gönner einen erlegten Hasen, eine Ente oder einen Truthahn als Baumschmuck gestiftet hat, die an den Meistbietenden versteigert werden, bis dann der Baum am Ende von seinen Ästen samt Angebinden befreit unbekleidet dasteht wie das Playmate des Monats in einer Illustrierten.

Eine besonders ausgefallene Idee hat sich für die Weihnachtsfeier der Schützenverein Jennerwein ausgedacht. Da kann man mit dem Luftgewehr auf eigens präparierte Christbaumkugeln schießen, in denen sich die Losnummern für die Tombola befinden. Der Hauptgewinn war im letzten Jahr der Auftritt einer Bauchtänzerin.

Man darf gespannt sein, mit welcher Christbaum-Überraschung wir mithilfe von China noch rechnen dürfen. Da sieht man im Übrigen wieder, wie rückständig wir im Umgang mit anderen Kulturen und Religionen sind. Ich habe beispielsweise noch nie gehört, dass ein Herrgottsschnitzer aus Mittenwald Buddha-Statuen für Peking herstellt.

Dabei müssen wir uns schon langsam etwas einfallen lassen, damit wir mit einem christlichen Symbol wie dem Christbaum nicht gegen die Toleranz verstoßen. Was tun? Man sollte sicher nicht so weit gehen, dass man grundsätzlich keine Christbäume in der Öffentlichkeit mehr aufstellt. Aus diesem Grunde finde ich die Idee meine Freundes Walter Rupp geradezu genial. Er schlägt nämlich vor, vorsichtshalber die Christbäume zu verschleiern.

Eine besondere Weihnacht

Auch wenn das Kurzzeitgedächtnis etwas nachlässt, meine Erinnerungen reichen selbst für mich überraschend weit in meine früheste Kindheit zurück. Viele Worte, Bilder, ja sogar Gerüche sind mir bis heute präsent. Dabei spielen vor allem meine Erinnerungen an Weihnachten eine große Rolle.

Ich weiß noch genau, dass in meinem Geburtshaus in München, der Volkartstraße 50, immer ein schön geschmückter Christbaum stand und wir jedes Jahr zu dritt das Christfest begehen konnten, denn mein Vater schaffte es stets, wenigstens für ein paar Tage einen Fronturlaub zu bekommen. Wie habe ich mich immer auf meinen geliebten Vater gefreut, den ich so oft aufgrund des unseligen Krieges vermissen musste! Und da tauchen auch schon wehmütige Erinnerungen auf, denn als kleiner Bub dachte ich schon am Heiligen Abend daran, dass mein Vater meist nach ein paar Tagen wieder hinaus in den Krieg müssen würde.

Unsere Nachbarn, die Böhms, hatten eine Strickmaschine in der Wohnung, und ich erinnere mich, dass ich immer wieder überlegte, ob es eine Möglichkeit gäbe, meinen Vater irgendwie mithilfe der Wollfäden daran festzubinden. Aus der Zeit, in der die kleinen Schwarz-Weiß-Bilder noch eine echte Rarität waren und man nicht mit jedem Handy Hunderte von Bildern produzierte, existiert noch ein Foto aus einer kleinen Anlage in Neuhausen, das am Tag des Abschieds meines Vaters an die Front entstand, ein Foto, auf dem ich so traurig schaue, dass es einen Stein erweichen könnte.

In meiner Kindheit hatte ich ein ganz besonders inniges Verhältnis zu Büchern, natürlich zuerst zu Bilderbüchern und Geschichten, die mir meine Mutter, Großmutter oder unsere herzensgute Nachbarin, die Marie, deren Mann auch im Krieg war, vorlasen oder erzählten. Leider gab es ja nur wenige Bücher, aber ein Kind will ohnehin immer wieder dasselbe hören. Wehe, man erzählt beispielsweise die Geschichte vom Rotkäppchen ein wenig anders. Das bringt irgendwie das ganze Weltbild in Unordnung.

Ja, aber ich wollte etwas von Weihnachten erzählen.

Am Heiligen Abend im Jahr 1943 – mein Vater war rechtzeitig zwei Tage vorher gekommen – läutete das Christkind zur Bescherung. Ich stürzte wieder freudig auf den hell erleuchteten Christbaum zu und fand darunter die lieben Gaben, die meine Eltern trotz aller Schwierigkeiten wieder einmal für ihren Helmut übers Jahr zusammengebracht hatten, wie ein Bilderbuch, Bauklötzchen, ein paar kleine Autos und einige Süßigkeiten. Bei genauerem Hinsehen entdeckte ich ein ganz dickes Buch mit einem strahlenden Christbaum auf dem Buchcover, um den ein paar Männer herumstanden.

Mein Vater nahm es in die Hand und meinte dazu: »Schau her. Das ist etwas ganz Besonderes. Das ist ein Buch von Karl May. Ich und mein Bruder, dein Onkel Christoph, haben es vor vielen Jahren, als ich so alt war wie du, vom Christkind bekommen. Ich hab sehr viel darin gelesen und es gut aufbewahrt. Und nun bist du ja ein großer Bub und kommst bald in die Schule, dann kannst du es ja selber lesen. Ich hab meinen geliebten Karl May heuer dem Christkind übergeben, damit es dich damit überrascht.«

»Onkel Christoph?«, fragte ich. »Erzähl mir doch etwas von ihm!«

»Der Onkel Christoph ist mein Bruder, er ist ein Jahr jünger als ich und lebt in Amerika.« Und dann berichtete er mir das erste Mal etwas von ihm. »Dein Onkel Christl ist kurz nach seiner Heirat mit deiner Tante Regina vor Jahren nach Amerika ausgewandert, weil er befürchtete, dass es in Deutschland bald große Probleme geben werde. Ich weiß nur, dass er als Ober in einem großen Hotel in New York gearbeitet hat. Ja, und seit diesen schrecklichen Kriegsjahren weiß ich nichts mehr von ihm. Nicht einmal, ob er überhaupt noch lebt«, flüsterte er und wischte sich die feuchten Augen.

Noch am selben Abend begann mein Vater, mir aus diesem alten Buch vorzulesen. Diese Begegnung mit Karl May war Liebe auf den ersten Blick. Von da an wurde es zur Tradition, dass mein Vater mir bei jedem Kurzurlaub aus diesem wunderbaren Buch vorlas.

Der schreckliche Krieg neigte sich dem Ende zu. Gott sei Dank wurde mein Vater plötzlich in die Heimat, und zwar in den Fliegerhorst Erding versetzt. Dort bezogen wir in einer Blitzaktion eine winzig kleine Mansardenwohnung, und ich wurde schon kurz darauf in der Erdinger Knabenschule eingeschult.

Ein paar Wochen nach unserem Umzug überbrachte man uns die Hiobsbotschaft, dass das Haus mit unserer Wohnung in der Volkartstraße ausgebombt und bis auf den Erdboden vernichtet war. Wir hatten bisher mangels Gelegenheit nur ganz wenig von dort nach Erding gebracht. Nur ein paar Habseligkeiten blieben also übrig. Natürlich waren auch fast alle meine Spielsachen ein Opfer des Luftangriffs geworden, auch die meisten Bilderbücher und der viel geliebte Band »Weihnacht«.

Die Ereignisse überschlugen sich nun. In Erding wütete noch kurz vor dem Kriegsende ein grauenhafter Bombenangriff, der etwa 500 m von unserer Wohnung entfernt die ganze Innenstadt vernichtete. Meine Mutter und ich überlebten das Bombardement im kleinen Luftschutzkeller des Hauses. Mein Vater aber war mit dem Rad in seine Arbeitsstelle unterwegs gewesen, und wir mussten annehmen, dass er genau zur Zeit des Angriffes in der Stadt gewesen war. Er entkam aber wie durch ein Wunder diesem Massaker, und wir konnten ihn glücklich in die Arme schließen.

Nun ging es rapide bergab. Kurz vor Kriegsende hatten die Amis nochmals eine totale Bombardierung angedroht, sollten nicht auf allen Häusern weiße Fahnen gehisst werden. Das taten die verängstigten Erdinger. Aber bald darauf ließen die letzten unverbesserlichen Nazis wissen, dass sie all diejenigen, die weiße Tücher auf ihren Häusern angebracht hätten, erschießen würden. Da packte mein Vater meine Mutter und mich, und wir flohen auf einen Einödhof, dessen Besitzer mein Vater gut kannte. Dort erlebte ich in einer schrecklichen Nacht, in der wir alle von Weitem das

Feuer und das Krachen des letzten Gefechtes mitverfolgten, das Kriegsende. Am nächsten Tag erfuhren wir: Der Krieg war aus. Ach, wäre mein Vater doch noch ein paar Tage an Ort und Stelle geblieben! Er aber wollte unbedingt verantwortungsbewusst nach dem Rechten schauen, und wir wanderten zurück in unsere Wohnung. Ausgerechnet auf diesem Weg erschien ein amerikanischer Jeep. Als sie meinen Vater sahen, packten ihn die Amis und nahmen ihn in die Gefangenschaft mit. Die letzten Worte, die er seinem kleinen Buben zurief, waren: »Gott sei Dank musst du jetzt nicht mehr in diese schreckliche Hitlerjugend!«

Viele Wochen bekamen wir kein Lebenszeichen mehr von ihm, dann wurde er ganz überraschend aus der Gefangenschaft in Heilbronn entlassen.

Das erste Nachkriegsweihnachtsfest war natürlich ein recht armes, aber doch sehr glückliches, weil wir gesund und endlich durch keinen Krieg mehr bedroht in dem kärglichen Raum feiern konnten. Wir hatten von lieben Bauernfreunden einen kleinen Christbaum geschenkt bekommen und zusammen einen bescheidenen Weihnachtsschmuck gebastelt. Ein paar Kugeln steuerten meine Großmutter und unsere Vermieterin bei. Das Lametta machten wir aus den noch im Krieg eingesammelten Silberstreifen, die die feindlichen Bomben immer zur Störung des Radarsystems abgeworfen hatten.

Nach dem gemeinsamen Singen der schönen Weihnachtslieder fiel mir plötzlich ein Gedicht ein, das mir mein Vater aus dem Buch »Weihnacht« vorgelesen hatte, und ich sagte es mit lauter Stimme auf:

»Ich verkünde große Freude,
die euch widerfahren ist.
Denn geboren wurde heute
euer Heiland Jesu Christ.«

Mein Vater sah mich mit großen Augen an. »Das hast du dir noch gemerkt?«

»Freilich«, meinte ich und fügte etwas traurig hinzu: »Meinst du, Papa, wir bekommen das schöne Buch noch mal? Ich möchte doch nur zu gern erfahren, wie diese tolle Geschichte, die du mir vorzulesen begonnen hast, weitergeht.«

»Bestimmt«, tröstete mich mein Vater. »Aber es wird schon noch eine Weile dauern, bis wir wieder Bücher kaufen können. Ich werde jedenfalls mein Bestes tun, damit du das Buch vielleicht zum nächsten Christkindl bekommst. Und dann können wir es ja schon gemeinsam lesen, einmal du und einmal ich.«

Das erste Jahr verging sehr schnell. Mein Vater hatte bei einem früheren Angestellten eine kleine Stelle bekommen und fuhr jeden Tag von Erding nach Kirchasch etwa 15 km hin und zurück, mit einem uralten Rad, das er geschenkt bekommen hatte. Ich kann sagen, dass wir eigentlich nie Hunger hatten. Das lag an den vielen lieben Bauern, die halbtags bei meinem Vater gearbeitet hatten und ihren Dank für seine so freundliche Art ihnen gegenüber in gelegentlichen Besuchen mit Milch, Eiern, Butter usw. garnierten. Auch meine Tante Käthi und Onkel Jacob, die eine Bäckerei in München hatten, sorgten mit Semmeln, Brot, Mehl und ab und zu sogar mit

Kuchen dafür, dass es uns gut ging. Natürlich bemühten sich meine Eltern rührend, dass ich auch einigermaßen gut gekleidet war, indem sie alte Jacken und Hosen von einer Erdinger Schneiderin in ein kleines Anzügerl für mich verwandeln ließen.

Gelegentlich brachte meine Mutter aus der durch den Krieg arg reduzierten Erdinger Pfarrbibliothek das eine oder andere Buch mit. Aber ein Buch war offensichtlich nicht auf Lager, der geliebte Karl May »Weihnacht«. Meine Mutter versuchte es in dem Erdinger Tauschgeschäft, in dem man gelegentlich, da ja das Geld wenig wert war, sogar noch ein paar Spielsachen eintauschen konnte. Aber auch da tauchte besagtes Buch nie auf.

Der Herbst kam, und ich erzählte alle daumenlang, dass ich, weil ich es mir so innig vom Christkind gewünscht hatte, nun spätestens am Heiligen Abend wieder in Besitz desselben kommen würde.

»Sei nicht zu traurig, wenn es nichts wird«, versuchte mich meine Mutter immer wieder ein wenig zu desillusionieren. »Du weißt, das Christkind hat viel zu tun, und es gibt vielleicht noch Wichtigeres für Menschen zu besorgen, denen es nicht so gut wie uns geht.«

Im November las uns mein Vater freudestrahlend einen Brief vor, den er eben bekommen hatte. »Stellt euch vor, mein Bruder hat aus Amerika geschrieben! Er und seine Frau haben uns irgendwie aufgestöbert. Er lebt in New York. Es geht ihnen sehr gut. Wir sollen ihnen schreiben. Sie möchten uns nämlich ein Päckchen schicken.« Meine Eltern schrieben sofort und warteten natürlich von da an jeden Tag auf die

Antwortpost, wohl wissend, wie lang so ein Briefwechsel dauern würde.

Weihnachten rückte näher. Hin und wieder fand ich an allen möglichen Orten eine silberne oder goldene Nuss vor, die, wie meine Mutter mir bekundete, das Christkind wohl verloren hätte, was bedeutete, dass es sich schon einmal bei uns umgesehen hätte.

Und dann war es endlich so weit. Mein Vater, der mir immer erzählte, dass er dem Christkind ein wenig helfen müsse, läutete mit jenem Glöckchen, das wir noch immer besitzen und mit dem ich in alter Tradition bis heute die Bescherung einläute. Dieses Jahr war der Christbaum schon etwas prächtiger geschmückt als im Vorjahr. Sogar ein kleines Kripperl stand darunter. Es gab ein paar schöne Anziehsachen und ein Mensch-ärgere-dich-nicht-Spiel. Und da lag auch ein Buch. Erwartungsvoll stürzte ich darauf los. »Lederstrumpf« stand darauf. Als ich meine Eltern fragend ansah, meinte mein Vater:

»Ja, weißt du, heuer hat es das Christkind halt doch noch nicht geschafft, dir deinen Lieblingswunsch zu erfüllen, aber du wirst sehen, auch dieses Buch ist sehr spannend, vielleicht können wir noch heute daraus lesen. Aber das Christkind hat uns noch etwas Besonderes gebracht. Schaut her, was da liegt. Bestimmt hat ein Engel mitgewirkt, dass wir heute mit der Post das da bekommen haben.«

Da lag in weißen Stoff eingenäht ein Päckchen von Onkel Christl und Tante Regina. Und nun gings ans Aufmachen. Mein Gott, war das eine Freude! Kaffee für meine Mutter. Für meinen Vater, der damals noch rauchte, eine Packung Tabak. Strümpfe für meine Mutter. Für meinen Vater eine Krawatte und für den Helmut Drops, Kaugummi und ein paar Tafeln Schokolade. Und da lag noch ein besonders eingewickeltes Päckchen mit einem Brief darauf. Mein Vater öffnete ihn und las uns die besten Grüße unserer lieben Verwandten vor. Am Schluss schrieb der Onkel Christl:

Das kleine Päckchen ist eigens für Helmut. Ihr habt geschrieben, wie sehr er sich ein Buch wünscht. Wie du vielleicht weißt, mein lieber Bruder, habe ich zusammen mit dir einst auf Weihnachten dieses Buch bekommen. Meine zwei Töchter halten, glaube ich, nicht so viel von Karl May. Deswegen soll der Helmut das Buch, das ich nach Amerika mitgenommen habe, bekommen. Halte es gut in Ehren, lieber Helmut. Mit diesem Gedicht wünschen wir euch eine gesegnete und gnadenreiche Weihnacht.

Und dann las mein Vater mit Tränen in den Augen die Zeilen vor:

»*Ich verkünde große Freude,
die euch widerfahren ist.
Denn geboren wurde heute
euer Heiland Jesu Christ.*«

Der neue Kalender

Heut siegst scho beim Oktoberfest
Schokladniklaus in jedm Gschäften.
Und um Allerseeln scho
bietn's Christbaumkugeln o.
Am Heiligen Abend, der »Stillen Nacht«,
oft a Neujahrsraketn kracht.
Dann um Sylvester umanand,
liegt in der Auslag 's Faschingsgwand.
Zur Faschingszeit ißt groß und kloa
bereits de gfärbten Osteroa.
Auf Ostern findst auf jedn Fall
Schokladmaikäfer überall.
Kaum machan jetzt de Bäder auf,
fangt o der Sommerschlussverkauf.
Und im August trinkt ma dafür
an frischn Schluck vom Wiesnbier ...
Hat früher 's Jahr de Jahreszeit
bestimmt, so duat's wer andrer heut:
Ob's Frühjahr, Sommer, Herbst is, Winter,
des sagt Erwachsenen und Kinder
jetzt lang scho nimmer der Kalender,
sondern Supermarkt und Einkaufscenter.

Bald ist es so weit

Frische Kirschen und Bananen,
T-Shirts, FC-Bayern-Fahnen,
Büchsenöffner, Hängematten,
Spargelschäler und Krawatten,
Kugelschreiber, Tintenex –
Videos mit Gruppensex,
Rheumawäsche, Hosenträger,
Küchenrollen, Tennisschläger,
Zahnpasta, Enthaarungscreme,
Einlagsohlen, ganz bequeme,
Ostereier, Faschingskrapfen ...
Liegn dazwischen Tannenzapfen,
Silber- und Lamettafäden
in den Schaufenstern der Läden,
sind wir in der staaden Zeit,
Weihnachten ist nicht mehr weit.
Durch die Lautsprecher-Reklame,
Werbesprüche, einprägsame,
Billigsonderangebote,
Intimsprays, besondre Note,
Reifenquietschen, Schimpfen, Fluchen,
schnell Last-minute-Urlaub buchen ...
Tönen dazu Glockenklänge,
Hirtenlieder, Dreigesänge,
sind wir in der staaden Zeit,
Weihnachten ist nicht mehr weit.

Zeitverschiebung

BUB: Du, Papa, was machen denn die da?
PAPA: Des siehgst doch. An großen Christbaum stellen s' auf.
BUB: An Christbaum? Is eppa scho Weihnachtn? Da muass i glatt auf'n Kalender schaun.
PAPA: Des brauchst net. Weihnachten is no lang net. Mia hamma ja erst an 10. November.
BUB: Des san ja dann no fünf Wochen.
PAPA: Ja, in etwa.
BUB: Vorig's Jahr ham s' 'n bloß vier Wochen früher aufgstellt, am Ersten Advent.
PAPA: Vorig's Jahr war vorigs Jahr. Vielleicht habn s' heuer dazuaglernt.
BUB: Wiaso dazuaglernt?
PAPA: Ja, dass ma halt rechtzeitig dazuadoa muass.
BUB: Dazuadoa zu was?
PAPA: Mei, heut fragst mich wieder a richtiges Loch in' Bauch. Zur Vorbereitung halt. Den Adventskranz zündt ma aa vier Wochen vorher an. Des könntst doch wissen, dass Advent eigentlich Vorbereitung hoaßt.
BUB: Aber wenn s' jetzt dann an Christbaum vorm Advent aufstelln?
PAPA: Na müassn s' aa an Advent verlängern. Was spricht dagegn, dass ma größere Adventskränz herstellen, wo, sag ma mal, sechs oder von mir aus aa acht Kerzn drauf Platz ham?

BUB: Werd dann des Lied »Advent, Advent, ein Lichtlein brennt« aa länger?
PAPA: Logo.
BUB: Vielleicht fällt dann amal Allerheiligen und Erster Advent zsamm.
PAPA: Gar koa so a schlechte Idee. Der Vorteil waar vielleicht, dass ma dann vui mehra Zeit für de Advents- und Weihnachtsfeiern hätt. Der Nebensaal im Volkartseck is, so wia des bisher immer läuft, die ganze Zeit über ausgebucht. Heuer hamma für die Weihnachtsfeier von unserm Gartenverein Flora nix mehr kriagt. 's erste Mal seit 40 Jahr!
BUB: Was machts'n na?
PAPA: Auf'n Januar wollt ma eigentlich ausweichn. Aber da geht ja scho der Fasching o. Und da is bis zum Faschingsdienstag aa nix drin. Am Aschermittwoch braucht der Wirt sein' Saal fürs Fischessen. Also gaang's erst wieder am Donnerstag drauf. Und bis dahin hat der stabilste Christbaum koane Nadeln mehr. Und aa de Weihnachtsstimmung is um die Zeit einfach vorbei, so lang danach.
BUB: Was hoaßt danach? Warts halt no a bisserl. Na könnts den abgnadelten Christbaum glei zum Maibaum umfunktionieren. Und die Maifeier glei als Voradvent hernehma. So habts mehrere Fliagn auf oan Schlag.
PAPA: So a Schmarrn. Na daad ma ja sogar Ostern überspringa.
BUB: Ja und? Na hängts halt no a paar Ostereier auf den Baum. So geht alles in oan Aufwasch.

Dann werfts no a paar Ostereier, Schokoladenmaikäfer, a Wiesnhendl, a Kirchweihgans und Lebkuacha in an großen Mixer, machts a Haschee draus, mixts a Maibowle mit am Oktoberfestbier und am Weihnachtspunsch und servierts des Ganze als Menü »Bayrisch durchs Jahr«. Und euer Vorstand, der Havlicek, der wo sowieso ausschaugt wia a Mischung von am Nikolaus, am Osterhasn und am Pfingstochsn, konn dann Weihnachtsgschichten vorlesn. Wenn dann no sei' Frau mit ihrm Kürbiskopf dazua »Der Mai ist gekommen« singt, dann habts aa no a Maifeier und Halloween mitanander. Aber Papa, jetzt samma vom Thema Weihnachten a bisserl abkommen. Wann genau derf i dir denn mein' Christkindlbrief mit meine Wünsch gebn?

PAPA: Ja, woaßt, nach allem, was du gsagt hast, bin i, was de Feste anbetrifft, a bisserl verunsichert, und weils d' gar so gscheit bist: Wenn i's richtig bedenk, bist du für Weihnachten mit deim Wunschzettel vui z' spät dro. Woaßt was? Schreib dei' Briaferl an' Osterhasn! Na konnst deine Gschenka im nächsten Jahr vielleicht am Maibaum drobn suacha, hahaha!

Hat Weihnachten noch eine Zukunft?

Es gehört schon zu den merkwürdigsten Tatsachen unserer Zeit, dass wohl in keiner Zeit des Jahres so viel geschimpft, gejammert und gestöhnt wird wie zur Weihnachtszeit. Man hat den Eindruck, die meisten würden am allerliebsten dieses Weihnachtsfest abschaffen. Aber was setzen sie dann an dessen Stelle? Dennoch glaube ich, dass wir uns auf die Dauer schon etwas mehr mit und um Weihnachten einfallen lassen müssen, damit es nicht zu einer bloßen Winterfeier, einem Jahresabschluss oder einem vorgezogenen Faschingsfest abgleitet. Dies gilt sowohl für die ungezählten Weihnachtsfeiern, die mit dem ursprünglichen Sinn des Festes weniger zu tun haben als das Kufsteinlied mit Beethovens 9. Sinfonie, oder der literarische Wert der Wasserstandsmeldung des Bayerischen Rundfunks mit Goethes »Faust«. Der Sinn des Weihnachtsfestes wird sich nicht dadurch erhalten, dass immer mehr »bayerische Hoagaschts« stattfinden, bei denen dann hin und wieder sogar noch jene Mundartdichter, die das ganze Jahr nur dumme Witze über das Christentum reißen, plötzlich fromm werden und den Schnee leise rieseln lassen, sodass es den Eingeweihten tatsächlich kalte Schauer den Rücken hinunterjagt.

Etwas weniger wäre sicher mehr. Und wer nun fast schon sechs Wochen lang jeden Abend eine Feier erleben muss, wird sich am 24. Dezember schwertun, noch ein wenig festlich gestimmt zu sein. Noch heute erinnere ich mich daran, wie schön es war, dass die Weihnachtsplätzchen – ich gebe ja zu, dass man einmal vorher daran genascht hatte – erst am Weihnachtsabend auf den Tellern lagen. Etwas mehr sollten wir also schon von diesem Drumherum abspecken, zumal die Gefahr droht, dass das Weihnachtsfest immer breiter übers Jahr ausgewalzt wird und wir allmählich schon während des Oktoberfestes damit beginnen.

Vielleicht kommen wir aber mit unserer Besinnung auch etwas weiter, wenn wir Erwachsenen uns einmal fragen, was uns denn von allen Weihnachtsfesten, die wir selber miterlebt haben, am meisten in Erinnerung geblieben ist. Ist es nicht für viele von uns auch das Erlebnis der Gemeinschaft, der Geborgenheit gewesen, die Freude am Schenken und jene wie auch immer erfahrene Begegnung mit dem Wundersamen, das in jener Heilsnacht begann. Gehört es nicht auch zu den wundersamen Dingen, dass sich – wie auch immer – dieses Weihnachtsfest über zwei Jahrtausende irgendwie gehalten hat? Ich glaube, dass jeder Mensch in sich einen Wunsch nach etwas Heiligem, Weihevollem hat.

Es ist also schon ein rechtes Armutszeugnis, wenn wir aus Weihnachten nichts anderes mehr machen könnten, als zu jammern und zu klagen, denn es liegt auch in unserer Hand, das Großartige und Schöne, das mit ihm begann, weiterzutragen, mit neuem Leben und neuem Licht zu erfüllen. Aber das kostet halt dann ein wenig mehr Anstrengung, als mit einem Kugelschreiber im großen Versandkatalog die neueste

Videokamera und das Perlenkollier zur Bestellung anzukreuzen. Sicher hängt der Bestand des Weihnachtsfestes nicht von der Erfüllung jedes unserer Wünsche ab, wohl aber davon, dass wir bereit werden, uns wieder etwas mehr erfüllen zu lassen. Nur wenn wir Abschied nehmen von der Vorstellung, dass man alles machen, kaufen, herstellen kann, finden wir wieder zu einer freudvollen Erwartung für das, was man früher als »Gnade« bezeichnet hat.

Die Weihnachtszeit naht

De Flockn falln

De Flockn falln, falln ohne End
staad wiara Wiagnliad,
a Liad, des wo koa Aufhörn kennt.
As Jahr is alt und müad.
Unter seim Schnee der Tannbaum knarzt
und schaugt recht duster raus.
As Jahr kimmt jetzt mit Weiß und Schwarz,
fast ohne Farbn aus.

Der Tag spart aa mitm Liacht a weng,
macht Feierabend recht fruah.
Doch, wer gscheit lurt, der konn aa seng,
bald net so hell is, gnua.

Der schaugt a wengerl nei in si,
wenn's jetzt ruhiger werd,
horcht auf des Unscheinbare hi,
des ma sonst überhört.

De Flockn falln, es dämmert scho,
vui Ruah is weit und breit.
Ma zündt Adventskranzkerzn o.
Jetzt is de staade Zeit.

Aber bitte mit Glühwein!

Früher ging es in der »staaden Zeit« vor allem um die Vorfreude auf die Geburt des Erlösers im Stall zu Bethlehem. Heute hat sich das grundlegend geändert. »Gesegnete Weihnachten!«, der so schöne Wunsch von einst, wird zu »Ein frohes Fest!«. Und wodurch wird ein Fest erst so richtig froh, geradezu zum Spaß aufgeglüht? Natürlich durch Glühwein!

Um hier ein wenig mit der Zeit zu gehen, habe ich dieses kleine Lied geschrieben. Wie jeder erkennen wird, hat dafür Udo Jürgens' »Aber bitte mit Sahne« Pate gestanden. Mit diesem Bekenntnis hoffe ich auch gegen eventuelle Plagiatsklagen gefeit zu sein.

Die staade Zeit kommt jetzt wieder in Bayern,
mit Raunacht und Perchten und all ihren Feiern.
Jetzt pflegen wir die wertvollen Bräuche, die alten.
Wir lassen sie grade bei uns nicht erkalten,
und sollt's auch mit noch so viel Müh sein –
aber bitte mit Glühwein!

Jetzt hört man die Glöckelein weihnachtlich klingen,
adventliche Chöre vom Ratshaussims singen.
Im Kripperlmarkt stehen die Hirten, die frommen,
und wollen zur Krippe nach Bethlehem kommen
mit Schafen und Lämmlein zu Ochse und Kühlein –
aber bitte mit Glühwein!

Die Weihnachtsmänner, sie hasten in Scharen
im Kaufhaus herum zwischen festlichen Waren,
zwischen Socken, BHs, Krawatten, Pyjama,
zwischen Büchern von Bohlen und dem Dalai-Lama.
Im Imbissraum lädt der Koch zum Menü ein –
aber bitte mit Glühwein!

Der Nikolaus kommt mit Krampus und Rute
und bringt uns Geschenke, recht viele und gute.
Es duftet nach Plätzchen, es brennen die Kerzen,
und weihnachtlich öffnen sich unsere Herzen.
Wir lassen uns alle jetzt ganz auf Gefühl ein –
aber bitte mit Glühwein!

Politiker reden sehr viel von den Werten
und wünschen uns allen den Frieden auf Erden.
Der Präsident mahnt, dass bei all den Geschenken
wir auch einmal an die Heilige Nacht denken.
Wir sollten drum all' zueinander recht lieb sein –
aber bitte mit Glühwein!

Die Abende werden länger und länger.
Beim Hoagast treffen sich Dichter und Sänger.
Es lesen Poeten jetzt staade Gedichtchen,
der Atheist gar bringt ein frommes Geschichtchen.
Ein Dreigesang fällt dann mit sehr viel Gefühl ein –
aber bitte mit Glühwein!

Nun wünsche auch ich den lieben Verwandten
und ebenso meinen noch liebern Bekannten:
ein gutes Jahr voller Glück, voller Frieden
sei euch, ihr Lieben, von Herzen beschieden.
Es möge ein Jahr ohne Sorge und Müh sein –
aber bitte mit Glühwein!

Winter-Spiele

Also, ich gehör net zu denen,
die wo mit dem Winter nix anfangen können.
Was ma' da alles machen kann, im Winter,
an Spielen und Sport:
um d' Wett rodeln,
Schneeballn werfen auf Ziele.
Schaun, wer die größte Schneeburg baut,
und wie ma 's dem andern wieder einwerfen kann,
wetteifern, wer den größten
und lustigsten Schneemann baut,
Skislalomrennats fahren,
Eisstockschießen auf alle möglichen Variationen,
Eisschnelllaufa und so weiter ...
Des Allerschönste aber is':
Ma muss sich dabei net amal plagen,
braucht sich net mit anderen abärgern.
Kein Katarrh, kein Halsweh, kein Husten,
weil ma' auf den depperten Schnee
und des glatte Eis draußen pfeifen kann.
Sie lassen sich nämlich ganz bequem daheim
vom Sessel aus spieln,
die neuen Computer-Winter-Spiele.

Zeitzeichen

Wenn der Ipflinger-Viergsang ins Auterl se schwingt,
jeden Abend drei- bis viermal sei Repertoire singt,
wenn as Kaufhaus de Auslag für Fasching scho richt,
von der Sommermode de Zeitung bericht,
wenn vorm Fernsehkrimi mit sechsfachem Mord
hie und da kimmt vom Frieden auf Erden ein Wort,
ein Knabenchor lieblich in Engeleinstracht
mit »Stille Nacht« a Parfümwerbung macht.
D' Reklame an unser Innerstes rührt,
an Camembert gar a Tannenzweig ziert.
Dann, wenn ma vor Trube, vor Hetz und vor Stress,
den ma überall otrifft, langsam nervös
und wepsert und gar amal so grantig werd,
dass ma glei den andern zwengs nixn oplärrt,
dann freut euch, endlich is' wieder so weit,
denn mia san mittndrin in der ganz staadn Zeit.

Igerl und das Wintergedicht

Angefangen hatte die Geschichte damit, dass sich der Alfons wieder einmal etwas über den Pfanzelt-Maxe geärgert hatte. Obwohl die Stammtischspezln im Volkarteck noch nach einem vorsintflutlichen Tarif spielten, nämlich fünf Cent pro verlorenem Spiel, hatte der Alfons an diesem Abend beim Kartenspielen sage und schreibe zwei Euro fünfundsiebzig verloren, und der Pfanzelt-Maxe war einsamer Sieger geworden.

Nun weiß jeder, der mit den Künsten des Wattens einigermaßen vertraut ist, dass es alles andere als ehrenrührig ist, wenn man dabei »bescheißt«, vornehmer ausgedrückt, nicht ganz regulär spielt. Man kann sich einen »Kritischen« – wie bekanntlich die Trümpfe bei diesem Spiel heißen – herausmischen oder einen solchen vom vorigen Spiel unauffällig irgendwo verstecken. Nur eines ist wichtig: Man darf sich nicht erwischen lassen, sonst wird man mit zwei Punkten bestraft.

Der Alfons hatte es zwar auch ein paar Mal versucht, sich den »Maxe« und den »Belle« oder den »Soacher« auf illegale Weise zu besorgen, aber der Pfanzelt-Maxe hatte ihm immer auf die Finger geklopft und grinsend verkündet: »Zwei gstraft, ich hab's genau gsehn!« Der so erfolgreiche Pfanzelt-Maxe sparte dann auch nicht mit höhnischen und spitzen Bemerkungen über die Spielkunst des Alfons und meinte am Ende sogar noch: »Alfons, wie wär's, wenn wir des nächste Mal doch wieder ›Schwarzer Peter‹ spielen, das war nämlich, soweit ich mich zurückerinnern kann, vor rund sechzig Jahren das letzte Spiel, das du gegen mich gewonnen hast.«

Wer den Alfons Igerl kennt, weiß, dass dieser zwar ein durchaus duldsamer Mensch ist. Aber wenn bei ihm einmal die Leidensgrenze überschritten wird beziehungsweise, wie man das heute nennt, die Frustrationstoleranz nicht mehr ausreicht, dann denkt er sich in der Regel etwas aus, um sich zu revanchieren. Diesmal kam ihm bei seinem Racheplan zu Hilfe, dass ihn sein Cousin, der Manzenrieder-Helmut, der bei der Kripo im Falschspielerdezernat gearbeitet hatte, aber schon längst im Ruhestand war, für drei Tage besuchte. Der Manzenrieder war ein zünftiges Haus, und der Alfons sprach mit ihm seinen kleinen Revancheschlag ab.

»Was ist jetzt?«, fragte der Alfons beim nächsten Stammtisch den Pfanzelt-Maxe, »gibst mir heut eine Revanche im Kartenspielen?«

»Eine Revanche möchtest haben?«, grinste der Pfanzelt-Maxe. »Warum? Hast die Schwarz-Peter-Karten mitgebracht? Du wirst es doch nicht noch mal im Wattn probieren wollen, es sei denn, du hast im Lotto gewonnen, damit du deine Spielschulden begleichen kannst! Ansonsten kannst heuer deiner Schwester, der Ida Maria, nix auf Weihnachten kaufen, obwohl die«, fügte er boshaft hinzu, »von deine Gschenke bestimmt nicht verwöhnt ist.«

»Geh, red nicht so gscheit daher«, raunzte der Igerl-Alfons, zog ein Kartenspiel aus der Tasche und begann, es eilig zu mischen. »Da, heb ab!«

Der Maxe hob ab und hielt seinen Namensvetter, den Herzkönig, in der Hand. »Ich hab dich gewarnt«, kicherte er, »Du kannst immer noch zurücktreten! Wollen wir nicht doch lieber ›Schwarzer Peter‹ …?«

»Nix da!«, schimpfte der Alfons. »Und im Übrigen weißt du ganz genau, die ersten Gwinner haut man auf die Finger!«

Dem war aber nicht so, und der Pfanzelt-Maxe kassierte bereits nach der ersten halben Stunde fast fünfzig Cent.

Auf einmal trat ein Mann an den Tisch der Watterer und schaute sie zunächst einmal schweigend an, meinte dann aber: »Meine Herren, ich hab Sie schon eine Zeit lang beobachtet. Wissen Sie eigentlich, dass Sie hier ein Glücksspiel spielen und sich damit strafbar machen?«

Der Pfanzelt-Maxe schaute ungläubig, der Alfons aber erwiderte: »Was, ein Glücksspiel soll das sein? Wattn? Das ist mir neu. Da hab ich noch nie was davon gehört! Außerdem, was geht das eigentlich Sie an?«

»Das kann ich Ihnen schon sagen«, antwortete der. »Ich bin vom Falschspielerdezernat und hab Sie da hinten aus der Ecke schon lange Zeit beobachtet. Im Übrigen«, meinte er nun zum Pfanzelt-Maxe gewandt, »muss ich Ihnen leider sagen, dass Sie nicht nur ein Glücksspiel spielen, sondern auch ein Falschspieler sind.«

Der Pfanzelt-Maxe wusste nicht, wie ihm geschah; also das war ihm in seinem ganzen Leben noch nie passiert!

»Ja, wenn Sie mir nicht glauben!«, rief der fremde Herr und zog irgendeine Marke heraus.

Man weiß, dass in unserem Lande irgendwelche Ausweise und Marken, gleich ob sie offiziell und amtlich sind oder es sich um eine Garderobenmarke handelt, keiner genau anschaut, aber fast alle einen Heidenschreck bekommen und kleinlaut werden. So ging es auch dem Pfanzelt-Maxe. Also rechtfertigte er sich: »Ich hab wirklich nicht gewusst, dass Wattn zu den Glücksspielen zählt. Und falschspielen, also so kann man das bestimmt nicht bezeichnen, wissen Sie, beim Wattn darf man ein bisserl besch…, ich meine natürlich, schummeln, das ghört dazu!«

»Ja, Sie sind gut!«, meinte der Herr ganz ernst. »Wo kämen wir denn da hin? Sie werden es mir bestimmt nicht verwehren, meine Herren, wenn ich jetzt zunächst mal Ihre Personalien aufnehme. Können Sie sich ausweisen?«

Der Alfons Igerl zog seinen Personalausweis heraus, der Pfanzelt-Maxe kramte erfolglos in seiner Tasche und stotterte dann: »Entschuldigung, aber ich hab heut leider meinen Ausweis zu Hause gelassen, weil ich es nicht wusste, wissen Sie, ich wohn ja nur ein paar Meter von da, und da nehm ich nicht immer …«

»Das darf ja nicht wahr sein!«, rief jetzt der Herr. »Sie wissen doch, dass jeder deutsche Bundesbürger Ausweispflicht hat! Das kostet Sie natürlich eine Strafe. Aber wie soll ich Sie nun identifizieren? – Ist Ihnen dieser Herr hier bekannt?«, wandte er sich an den Alfons Igerl.

»Ja, selbstverständlich, das ist der Pfanzelt-Maxe, ich meine, der Maximilian Pfanzelt.«

»Können Sie sich für ihn verbürgen?«, fragte ihn der Mann.

»Jaja, selbstverständlich. Das ist ein alter Freund und Spezi von mir. Er wohnt im Übrigen wirklich nur ein paar Meter weg, in der Bothmerstraße 18.«

»Na gut«, meinte der Kriminalbeamte, »wenn sich dieser Herr da für Sie verbürgt, Herr ... äh, Pfanderl ...«

»Pfanzelt«, verbesserte ihn der Pfanzelt-Maxe.

»Also gut, wenn sich dieser Herr für Sie verbürgt, geb ich Ihnen jetzt die Chance, Ihren Ausweis zu holen. Ich warte inzwischen hier. Ich hab ja diesen anderen Herrn Igel ...«

Meinte der Alfons: »Alfons Igerl heiß ich!«

»... also gut, diesen Herrn Igerl inzwischen als Pfand da.«

»Danke schön«, meinte der Pfanzelt-Maxe kleinlaut und machte sich willfährig auf den Weg in die Bothmerstraße.

Als er nach zehn Minuten mit dem Ausweis in der Hand zurückkam, sah er zu seinem Erstaunen den Alfons und den Mann bei einer Halben Bier Karten spielen.

»Hock dich her!«, rief der Alfons. »Dann können wir einen Dreierwatt spieln! Darf ich dir übrigens meinen Cousin vorstellen, den Manzenrieder-Helmut? Der war lange Zeit wirklich bei der Kripo und im Falschspielerdezernat. Also, wenn du dich traust, gegen den anzutreten, der, mein ich, hat noch mehr Tricks drauf wie du!«

Das war also der Anlass gewesen, dass der Pfanzelt-Maxe nun seinerseits wieder auf Rache sann. Der Revancheplan reifte, als ihm seine Nichte Sabine, die an der Münchner Universität studierte, einmal ganz beiläufig erzählte, dass sie bei einem gewissen Professor Dietz-Jens Klose eine Seminararbeit schreiben müsse. »Weißt du«, lachte sie, »der Dietz-Jens hat bei uns den Lehrstuhl für Bayerische Literatur, stell dir das vor, Onkel Maxe, obwohl der ein Preuß ist, wie er im Buch steht.«

»Ach, nein«, meinte der Pfanzelt-Maxe. »Sabine, das glaubst doch selber nicht, auf dem Lehrstuhl für Bayerische Literatur ein Preuß? Ja, wer hat denn den nach München geholt?«

»Das wissen wir selber nicht«, meinte die Sabine.

»Ja, kann er denn wenigstens ein bisserl Bayerisch?«, fragte der Onkel neugierig.

»Der und Bayerisch?«, lachte die Sabine. »Da lernt eher ein Papagei Kraulschwimmen, als dass der einmal einen bayerischen Satz rausbringt. – Und jetzt stell dir vor, Onkel Maxe, dieser Dietz-Jens, der hat natürlich immer ein schlechtes Gewissen in Sachen bayerischer Kultur, und jetzt hat er zu einem großen Dichterwettbewerb aufgerufen. Komischerweise hat er, das hab ich in Erfahrung gebracht, auch schon eine Menge Sponsoren dafür gewonnen, und es gibt schöne Preise. Eine große Reise kann man gewinnen! Hast nicht grad ein Gedicht, Onkel Maxe, das ich bei dem Wettbewerb vortragen könnt?«, fragte die Sabine.

»Nein, ich doch nicht«, meinte der Maxe, »da müsst ich höchstens den Alfons Igerl fragen, der macht doch immer für jede passende Gelegenheit Verserl.«

»Ach ja!«, meinte die Sabine, »den kenn ich schon! Den Igerl! Wie ich noch kleiner war, hast mich doch immer mitgenommen in den Kleingartenverein Flora, und da hat der Herr Igerl immer so schöne Gedichte vorgetragen.«

»Stimmt!«

»Dann soll halt der Herr Igerl selber mitmachen. Vielleicht gewinnt er den Hauptpreis beim Dietz-Jens!«

»Geh weiter«, lachte der Maxe, »weißt du, wie alt der Igerl ist? Der kann doch da nicht als Student in Erscheinung treten!«

»Ach wo!«, rief die Sabine. »Das ist doch ein offener Wettbewerb. Da kann jeder teilnehmen. Die Hauptsache ist, er schreibt ein Gedicht über den Winter!«

»Ja, da hat der Alfons garantiert einen halben Zentner davon«, lachte der Maxe. »Seit ich ihn kenn, liest der doch bei allen möglichen Altennachmittagen, bei Advents- und Weihnachtsfeiern seine Gedichte vor.«

»Jaja«, meinte die Sabine, »aber das muss ein ganz kritisches Gedicht sein, denn der Dietz-Jens versteht sich als ein sehr kritischer Literat. Da geht nix mit ›heile Welt‹ und ›Süßer die Glocken nie klingen‹, ›Heidschi Bumbeidschi‹ und mit ›Engerl‹. Weißt, Onkel Maxe, ich bin ja auch nicht für süßliche Geschichten und Gedichte, aber der Dietz-Jens geht mir und uns anderen Studenten schon allmählich auf den Wecker, weil er halt nur das gelten lässt, was kritisch und provokant ist. Man kann alles übertreiben. Also, Onkel, wenn dir was einfällt, dann gibst mir's halt.«

Dieses Gespräch war der Anlass, dass der Pfanzelt-Maxe sich bei der nächsten Gelegenheit an den

Alfons Igerl wandte. »Du, Alfons«, meinte er, »was hast jetzt du mit deinen schönen Gedichten schon alles für Preise gewonnen?«

»Preise?«, fragte der Alfons erstaunt zurück, »wieso soll ich Preise gewinnen?«

»Geh«, rief der Maxe, »das gehört doch auch zu einem Literaten dazu, dass man nicht einfach drauflosdichtet und drauflosliest und auf den Applaus wartet. So ein schöner Preis ist schon was Besonderes! Da gibt's doch bei uns den Hoferichter-Preis, den Schwabinger Literaturpreis oder den Poetentaler von den Turmschreibern.«

»Geh, Maxe«, meinte der Alfons Igerl, »das ist doch alles eine Nummer zu groß für mich. Aber vor fünf Jahren hab ich tatsächlich, das weißt du doch noch, mit meinem Frühlingsgedicht ›Servus, Lenz‹ den zweiten Platz beim Leserdichterwettbewerb vom Neuhauser Anzeiger gemacht und ein solches abstraktes Bild von einem Schwabinger Jungkünstler gewonnen!«

»Richtig«, lachte der Pfanzelt-Maxe, »das Gemälde, das du gscherter Deife dann wieder eingepackt und für die Weihnachtstombola von der Flora gestiftet hast. Ich seh heut noch den Scherm-Ade, wie der gschaut hat, als er entdeckt hat, was in der Schachtel geleng ist, die er gewonnen hat.«

»Gell, das hat ihn gfreut«, kicherte der Alfons. »Weißt du übrigens, was aus dem Bild 'wordn ist?«

»Klaro«, lachte der Pfanzelt-Maxe, »er hat's seinem Untermieter, den er schon längst raushaben hat wollen, in sein Zimmer reingehängt, und der ist dann auch prompt ausgezogen.«

»Und wo ist es jetzt?«, wollte der Alfons wissen.

»Du wirst es nicht glauben: Der Besitzer vom Neuhauser Anzeiger hat es für ein paar Tausend Euro zurückgekauft, weil der Maler inzwischen recht berühmt sein soll.«

Der Alfons wusste natürlich nicht ganz, ob die Geschichte vom Pfanzelt-Maxe auch stimmte, aber er meinte dann doch, heiter und gelassen: »Da siehst, dass man mit Preise nix wie Ärger hat.«

»So ist es auch wieder nicht«, konterte der Pfanzelt-Maxe, »irgendwann einmal sollst du schon dran denken, dass du auch einmal literarisch an die Öffentlichkeit gehst. Mach doch einfach bei dem Wintergedichtswettbewerb am Lehrstuhl für Bayerische Literatur mit!« Und dann erzählte er dem Alfons die näheren Einzelheiten, wann dieser Dichterwettbewerb stattfinde, dass es große Preise gebe, und so weiter und so fort. Er verschwieg nur tunlichst, welche Art von Wintergedichten hier von diesem Dietz-Jens verlangt wurde.

Der Maxe kannte den Ehrgeiz von Alfons Igerl sehr genau und wusste, dass er nicht auf taube Ohren stoßen würde.

Tatsächlich hockte sich der Alfons dann auch einige Zeit später hin und begann, an einem Wintergedicht zu arbeiten. Er hatte immerhin schon eine ganze Reihe davon gemacht, aber dieses Mal wollte er natürlich, dem Anlass entsprechend, etwas Neues schaffen.

Nach ein paar Tagen kam er zum Pfanzelt-Maxe und meinte: »Ich hätte da was. Erzähl mir doch, wie das Ganze abläuft.«

Der Pfanzelt-Maxe hatte sich nun bei seiner Nichte genau kundig gemacht und konnte dem Alfons berichten, dass die Bewerber am 10. Dezember in den Räumen des Instituts für Germanistik in der Schellingstraße antreten sollten.

»Meinst du, da kommen nicht zu viel?«, fragte der Alfons schüchtern.

»Berechtigte Frage«, erwiderte der Maxe. »Meine Nichte hat mir erzählt, dass schon über fünfhundert Bewerberinnen und Bewerber da sind.«

»Ja, um Gottes willen, wie sollen denn die alle drankommen, wenn sie ihre Gedichte aufsagen wollen? Nehmen wir nur einmal an, ein Gedicht hat drei Minuten, drei mal fünfhundert, das sind tausendfünfhundert Minuten, das sind, tausendfünfhundert geteilt durch sechzig, Moment, da können wir den Nuller streichen, dann bleiben hundertfünfzig durch sechs, das sind jetzt …«

»Verausgab dich nicht«, unterbrach ihn der Pfanzelt-Maxe. »Klar, dass das nicht geht. Deswegen hat ja der Dietz-Jens Klose eine Einschränkung machen müssen. Der Literat oder die Literatin muss in Bayern geboren sein, und da hat sich die Zahl schon ganz gewaltig verringert, und wenn dann noch zu viel wären, hat er den in München gebürtigen Dichterinnen und Dichtern sogar noch einen besonderen Bonus gegeben. Du wirst sehen, da bleibt wirklich nicht viel übrig, außerdem hab ich dich schon angemeldet. Zieh dich aber schön bayerisch an, richtig traditionell. Der Dietz-Jens steht auf des Urige, Echte, Gsunde, Bodenständige.«

Irgendwie war es dem Alfons, als wenn er ein leichtes hämisches Grinsen beim Pfanzelt-Maxe bemerkt hätte, aber er achtete dann doch nicht genauer darauf.

»Also, reiß dich zusammen!«, rief ihm der Pfanzelt-Maxe noch einmal zum Abschied zu. »Inzwischen weiß ich schon, welche Preise dass es da gibt! Der erste oder zweite sind vierzehn Tage im Wellness-Hotel am Mühlbach in Bad Füssing, über das, wo sie des letzte Mal im Sonntagsfernsehen berichtet haben.«

»Ehrlich?«, fragte der Alfons Igerl erstaunt zurück. »Das hab ich gesehen! Das muss ja eine Mords-Schau sein. Herrschaftzeiten, so was tät mir gut!«

»Also dann, reiß dich zusammen!«, rief ihm der Pfanzelt-Maxe nochmals zu. »Du mit deinen Fähigkeiten hast bestimmt beste Chancen. Wenn du gewinnst, kannst mich ja als Kurschatten mitnehmen«, lachte er.

Der Tag rückte näher und näher. Endlich war es dann so weit. Aber in der Nacht vom 9. auf den 10. Dezember erwischte den Alfons eine furchtbare Grippe. Trotz sofort eingenommener Hausmittel wachte er in einem völlig desolaten Zustand auf und brachte auch fast kein Wort mehr heraus. Unter Anstrengung seiner letzten Kräfte rief er den Pfanzelt-Maxe an und krächzte ihm die Hiobsbotschaft ins Telefon: »Ich muss leider absagen. Kannst nicht du das für mich erledigen? Das geht doch nicht, dass man einfach nicht antritt. Geh halt für mich hin und trag das Gedicht vor. Das fällt doch niemandem auf. Die kennen weder dich noch mich.«

Das wäre wirklich ein sauberer Bumerang gewesen, überlegte der Pfanzelt-Maxe, wenn er sich mit den Heile-Welt-Verserln vom Alfons Igerl blamieren müsste. Aber jetzt so einfach absagen – Herrschaft noch mal, überlegte er, wen haben wir denn noch vom Stammtisch, dem ich einen solchen Reinfall gönnen tät?

Richtig, da fiel ihm der Scherm-Ade ein. Der hatte es nämlich in diesem Jahr geschafft, ihn in den April zu schicken, indem er ihm ein fingiertes Schreiben vom Münchner Bäderreferenten zeigte, das ihm sein Schwager auf dem Computer gedruckt hatte. Und darin stand, dass er, der Pfanzelt-Maxe, als der millionste Besucher des Dampfbades registriert worden sei und man ihn aus diesem Grunde bitte, sich am 2. April für eine Aufnahme im Dampfbad zur Verfügung zu stellen. Da dieselbe aber möglicherweise sogar in einen Werbeprospekt hineinkomme, ersuche man ihn, dass er vorher ein paar Mal ins Solarium gehe, damit das Foto auch was hergebe.

Der Pfanzelt-Maxe war tatsächlich darauf hereingefallen und am Stammtisch, der am 1. April stattfand, tief gebräunt erschienen. Da hatte ihn dann, unter dem Gelächter der anderen, der Scherm-Ade über seinen Aprilstreich aufgeklärt.

Also rief der Pfanzelt-Maxe tatsächlich den Scherm-Ade an und erklärte ihm die ganze Geschichte und dass der Alfons seine Gedichte beim besten Willen nicht vortragen könne. Er appellierte inständig an die Stammtischsolidarität, wie er es nannte, und stellte ihm auch in Aussicht, dass der Alfons sich gewiss nicht lumpen lasse und ihm ein paar Halbe spendieren werde.

Der Ade weigerte sich zunächst, ließ sich aber dann doch von dem in solchen Angelegenheiten gewieften Pfanzelt-Maxe überreden. Der Maxe verständigte den Alfons Igerl und erbot sich, das Wintergedicht bei ihm abzuholen und dem Ade zu übergeben, damit der es vorlesen könne. Jetzt pressierte es aber!

Der Pfanzelt-Maxe schaffte es tatsächlich, alles zu arrangieren, und um 18 Uhr saß dann der Scherm-Ade pünktlich an dem Wettbewerbsort, einem kleinen Hörsaal in dem Gebäude der Universität. Genau dreißig Bewerberinnen und Bewerber hatten sich eingefunden. Der Professor Dietz-Jens Klose begrüßte die Anwesenden im schönsten Hochdeutsch. Dann legten sie der Reihe nach los. Der Ade registrierte natürlich sofort, dass hauptsächlich jüngere Bewerberinnen und Bewerber antraten und er sicher mit Abstand der älteste war. In der Eile hatte er das Gedicht vom Alfons gar nicht mehr durchlesen können. Aber er war ja ein geübter Rezitator und war erst gegen Ende der Lesung eingeteilt.

Mit Erstaunen stellte er nun fest, was sich die anderen Dichterinnen und Dichter zum Thema ›Winter‹ hatten einfallen lassen. Der eine startete in seinem Wintergedicht eine harte Attacke auf die Energiewirtschaft des Landes, die Nächste nahm die Tatsache, dass man im Winter immer noch Pelzmäntel und Pelzmützen sehe, zum Anlass gegen die Unsitte der Pelzbekleidung zu protestieren, wieder ein anderer prangerte die Unzeitgemäßheit bestimmter weihnachtlicher Bräuche an, und so weiter und so fort.

Da, glaub ich, bin ich nicht am richtigen Dampfer, überlegte sich der Ade, denn er konnte sich nicht vorstellen, dass das Alfons-Gedicht auch in dieselbe Kerbe schlagen würde. Also holte er sich den Beitrag aus dem Kuvert heraus. Oje, das Manuskript war ja handschriftlich, und das bei der bekanntermaßen nur schwer zu entziffernden Schrift des Alfons! Aber kaum dass er Zeit gefunden hatte das Ganze zu überfliegen, war er auch schon dran. Was blieb ihm jetzt anderes übrig, als, so gut es halt ging, abzulesen?

Die Überschrift konnte er gerade noch entziffern. Und so begann er zu lesen:

»Winters Freud und Leid. Jetzt zieht der Winter ein ins Land, – mei, hat da der a Schrift beinand«, murmelte er vor sich hin. »Wir spüren seine kalten Boten.« Und wieder raunzte der Ade leise: »Verflixt, hat der vielleicht a Pfotn. – Eiszapfen schickt er, Frost und Harsch. – Sacklzement, mi leckst am Arsch«, entfuhr es ihm leise. »Die Flockn sich mit Flocken spielt«, und er zischelte wieder: »Schau hin, des is ja vogelwild! – Der arme Vogel leidet Not«, und leise schimpfte er: »Der Deife hol den Sapperlot. – Wie ist die Winterszeit so lang.« Und jetzt konnte er wirklich nichts mehr lesen und meinte leise: »Mir langt der Schmarrn, mir platzt der Kragn.«

Oje, das war vielleicht eine Pleite gewesen! Der Ade bekam einen roten Kopf und kriegte fast nichts mehr mit von dem, was die anderen Bewerber noch vortrugen. Als der Letzte gelesen hatte, wollte er sich klammheimlich davonschleichen, aber der Professor Dietz-Jens bedeutete ihm, er solle noch dableiben.

Nach einer kleinen Pause, in der ein paar nette Studentinnen und Studenten sogar Leberkäs mit Brezen servierten, verkündete dann der Lehrstuhlinhaber, dass die Entscheidung gefallen sei. »Ich darf Ihnen«, sagte er, »die drei ausgewählten Gedichte nennen. Wir haben ein Tonband mitlaufen lassen und spielen Ihnen nun die Siegergedichte vor.«

Den dritten Platz belegte ein Gedicht über die Ausbeutung der Schneeschaufler. Das zweite preisgekrönte Gedicht hatte sich mit Dopingfällen bei den olympischen Winterspielen auseinander gesetzt.

Und jetzt kam das Siegergedicht. Ade glaubte seinen Ohren nicht zu trauen, als über den Lautsprecher seine Stimme mit folgendem Gedicht zu hören war:

> »Jetzt zieht der Winter ein ins Land
> mei, hat da der a Schrift beinand.
> Wir spüren seine kalten Boten
> verflixt, hat der vielleicht a Pfotn.
> Eiszapfen schickt er, Frost und Harsch.
> Sacklzement, mi leckst am Arsch.
> Die Flockn sich mit Flocken spielt.
> Schau hin, des is ja vogelwild!
> Der arme Vogel leidet Not.
> Der Deife hol den Sapperlot.
> Wie ist die Winterszeit so lang.
> Mir langt der Schmarrn,
> mir platzt der Kragn.«

Der Professor Dietz-Jens Klose begründete die Auszeichnung dieses Gedichtes damit, dass es dem Dichter gelungen sei, in einer völlig neuen und originellen Form Traditionelles und Kritisches zu verbinden. So etwas verdiene höchste Beachtung und sei geradezu richtungsweisend.

Am nächsten Tag besuchten dann der Pfanzelt-Maxe und der Scherm-Ade den immer noch darniederliegenden Alfons Igerl. Der Ade überreichte ihm eine Urkunde, auf der stand, dass er, Alfons Igerl, den großen Wintergedichtwettbewerb des Lehrstuhls für Bayerische Literatur gewonnen habe.

»Gratuliere!«, riefen die beiden. »Jetzt hast endlich einen gescheiten Preis! Zu deinem nächsten Geburtstag stiften wir dir einen schönen Rahmen für die Urkunde. Aber du hast ja noch was ganz Besonderes gewonnen.«

»Etwa die vierzehn Tage Kuraufenthalt im Wellness-Hotel?«, wollte der Alfons mit erwartungsgespannter, wenn auch noch schwacher Stimme hören.

»Nein, leider nicht«, meinte der Ade, »das war der zweite Preis.«

»Ja, und was ist dann der erste Preis? Vielleicht drei Wochen Bad Füssing?«, fragte der Alfons.

»Nein, leider nicht. Maxe, zeig es ihm«, forderte ihn der Ade auf.

Und dann holte der Maxe den ersten Preis herein. Es war das moderne Gemälde »Mondfinsternis im Winter«, das der Alfons schon damals vor Jahren einmal bei dem Wettbewerb des Neuhauser Anzeigers gewonnen hatte.

Der erste Schnee

Schaug naus ausm Fenster: Es schneibt!
Schau nur hi, wia's d' Flockn treibt,
wia's es wurlt und wia's es draht,
wia's as Weiße wirbelt und waht.
Und schaugst dann a kloans bissl zua,
na bist no amal der kloa Bua,
denkst ans Schneeballwerfa,
ans Schlittnfahrnderfa,
ans Schneewalznrolln,
ans Bravseisolln
zwengs an Gschenkakriagn,
an a knarzade Stiagn,
ans Kettnklirrn,
ans Herzklopfaspürn,
an d' Kerzn, wia's riacht,
ans Sternwerferliacht,
ans Glanzn und Klinga,
ans »O-Tannenbaum«-Singa …
Doch scho nach einiger Zeit,
bist halt dann wieder im Heut,
und as Schneibn duad di bloß no moniern:
Morgn muasst dir de Winterreifn montiern!

Skifreuden

»Entsetzlich«, murmelte Alfons Igerl, als er kurz vor Weihnachten einen kleinen Gang durch die Münchner Innenstadt machte. »Bei der Hetzerei und Dränglerei zwengs dem Weihnachtsgschenkerkauf könnt einem gleich ganz anders werden. Ich bin überzeugt, dass das heilige Paar, wenn's des erleben würde, nicht die Flucht nach Ägypten, sondern vor Weihnachten angetreten hätte«, grantelte er weiter.

Dabei hatte er sich so gefreut, als heute am Spätnachmittag die ersten Flocken gefallen waren und er sich wieder einmal in seine Kindheit zurückgeträumt hatte. Er dachte an seine ersten Schneeballschlachten, an den kleinen Hügel in der Lagerschmidtwiese, wo sie auf dem Hosenboden heruntergerutscht waren, wo sie die ersten Schneemänner gebaut hatten. Er dachte auch daran, wie sie der Scherm-Mausi immer einen Schneeball in den Kragen gesteckt hatten, bis sich dann ihr älterer Bruder rächte und die Bengel fürchterlich einrieb.

Und dann fiel dem Alfons ein, wie er damals seine ersten Skier – seinerzeit sagte jeder einfach »Brettl« dazu – zum Christkindl bekommen hatte. Einen Freudenschrei hatte er ausgestoßen, als sie unter dem Christbaum lagen. Er sah sie noch ganz genau vor sich mit ihrer »Riemerlbindung«. Wenn er da an eine moderne Skiausrüstung von heutzutage dachte! Bestimmt hatte er aber mit diesen vorsintflutlichen Exemplaren, die ihm das Christkindl eigenhändig geschenkt hatte und wo er die Bindung – also die Riemen – noch selber verstellen musste, weil das früher noch nicht der Skiservice vom Sporthaus besorgte, genauso viel Spaß wie die Kinder heute mit ihren Carving-Skiern. Es war ihm noch lebhaft in Erinnerung, wie er sie seinerzeit einweihte, als er in den Ferien den Onkel Hans in Eschenlohe besuchen durfte. Auch wenn es ihn, wie er noch genau wusste, ein paar Mal so geschmissen hatte, dass er beinahe am nächsten Tag auf ein Tauschangebot seines Freundes, des immer schon schlauen Pfanzelt-Maxe, eingegangen wäre. Der hätte sie ihm à la Hans im Glück gegen einen geflickten Autoreifen umtauschen wollen, den er in den buntesten Farben als das Nonplusultra für alle möglichen Gelegenheiten anpries.

Durch den Rempler eines vorbeihastenden und weihnachtspaketvollbepackten Passanten wurde der Alfons jäh aus seinen nostalgischen Träumereien gerissen. Kopfschüttelnd beendete er seine vorweihnachtliche Exkursion in die Innenstadt und quetschte sich in eine voll besetzte U-Bahn.

»Oh, mei«, murmelte er an diesem Abend beim Einschlafen, »was ist bloß aus unserm gemütlichen München geworden?« Eine überfüllte Stadt, große Menschenansammlungen und Massenkundgebungen waren für den Alfons immer etwas Entsetzliches gewesen. Trotz aller Liebe zur Gleichheit der Menschen lehnte er nämlich den Gleichschritt ab, weil der meistens in die verkehrte Richtung geht. »Obwohl«, murmelte er gähnend, »jeder von uns doch eigentlich eine Einzelanfertigung wäre, sind wir immer mehr zum Massenartikel geworden. Je mehr Leut desselbe tun, desto weniger tun's eigentlich«, überlegte er. Und er beschloss, mehr denn je ein Individualist zu bleiben, der wenigstens seine Zeit noch eigenhändig totschlägt.

Und so reifte in den letzten Sekunden seines Wachseins an diesem Abend der Plan, wieder einmal seine Brettl vom Speicher zu holen und am Wochenende in die Bergeseinsamkeit zum Skifahren zu entfliehen.

Gesagt – getan. Bei seinem vorweihnachtlichen Stadtbummel hatte er zufällig etwas von einem Skiausflug auf die Zugspitze gelesen. Er fuhr am nächsten Tag gleich hin und meldete sich an.

Am Samstag war es dann so weit. Der Bus ging vom Stiglmaierplatz ab. Obwohl Alfons rechtzeitig eine halbe Stunde vor der Abfahrt da war, war kein einziger Sitzplatz mehr frei. Er musste sich auf einen Notsitz pressen, wo er nur mit einer Hälfte seines Hinterteils Platz fand. Dieses Martyrium wurde ihm nur erträglich in der Vorfreude auf das nun zu erwartende Naturerlebnis.

Dieses ließ aber noch einige Zeit auf sich warten, denn als sie nach mehrstündigem Stau auf der Autobahn nach Garmisch in der Nähe des Zielortes angelangt waren, waren die Parkplätze bereits so voll besetzt, dass der Busfahrer umdisponierte und ein etwas entfernteres Skigebiet ansteuerte. Aber auch dort gelang es ihm erst nach längeren Verhandlungen und allen möglichen Tricks, noch einen Abstellplatz für den Bus zu bekommen. Dann endlich ging's los.

Die Naturfreunde des Igerl-Busses ergossen sich – ebenso wie die der vielen Nachbarfahrzeuge aus allen möglichen Landesteilen – auf einen Weg, der zum Skilift führte. »Der ist bequem in ein paar Minuten zu erreichen«, hatte ihnen der Fahrer zugerufen. Daraus wurde aber nichts, denn auf dem Weg drängte und schob man, dass es eine wahre Freude war.

Endlich war das Ziel erreicht. Der Alfons stellte sich eine Dreiviertelstunde an und erwarb sich einen Tagesskipass, der ihm als besonders preiswert empfohlen worden war, weil er da so oft, wie er wollte, mit dem Lift fahren könne. Um aber nur ein paar Mal fahren zu können, hätte der Tag mindestens fünfzig Stunden haben müssen, denn vor dem Sessellift stand wiederum eine kilometerlange Schlange. Nach einer halben Stunde Wartezeit konnte er aber dann doch einen Liftsessel ergattern und ließ sich auf den Sattel der sogenannten »Abfahrt« hinaufbefördern. Ja, es war wirklich nur eine *sogenannte* Abfahrt, denn über die Skipiste quoll eine unendliche Masse von Skifreunden. Da war außer ein paar Rutscherern nichts drin. So entschloss sich der Alfons nach relativ kurzer Zeit, weil ihn inzwischen ein Mordskohldampf und ein riesiger Durst plagten, dem Richtungszeiger »Enzianhütte« nachzugehen, wo er sich in der Rückerinnerung an verflossene Jugendjahre ein Skiwasser und eine zünftige Brotzeit genehmigen wollte.

Die Enzianhütte war aber vor einem Jahr im Stile eines der modernen Fast-Food-Lokale umgebaut worden. Statt der erwarteten zünftigen Brotzeit gab es als Einheitsschmaus »Gamsspitz-Burger«, und das Skiwasser, das hier oben »Energizer« hieß, konnte man von einem Automaten aus in ein Glas laufen lassen.

Freilich war es eigentlich auch kein »Schnellrestaurant«. Denn aufgrund der in dem Raum herrschenden Platznot musste Igerl zunächst einmal eine halbe Stunde warten, ehe er sich zusammen mit ein paar anderen Naturfreunden an einen von den Vorgängern völlig verschmuddelten Plastiktisch quetschen konnte. Als er dann – und das war das einzig Schnelle in diesem Restaurant – seinen »Burger« mithilfe des »Energizers« in Windeseile hinuntergeschwappt hatte, weil die nächsten Hüttenbesucher schon an seinem Stuhl nackelten, kriegte er beim Blick auf die Uhr fast einen Herzkasperl. »Um Himmels willen«, stellte er fest, »es ist ja schon viere!« Um 16:45 Uhr war aber die Abfahrt des Busses angesetzt.

Igerl lud sich seine Brettl auf den Buckel und drängte sich, so schnell er nur konnte, in der ebenfalls zur Bushaltestelle brodelnden Rückflutbewegung weiter. In letzter Minute erreichte er schwer atmend sein Ziel. Es hätte aber gar nicht so pressiert, denn der Busfahrer hatte, weil er ja unvorschriftsmäßig geparkt hatte, seinen Platz räumen müssen. Igerl musste sich also in der Reihe der Wartenden noch ein gutes Stünderl die Beine in den Bauch stehen, bis der Fahrer endlich, über die Rücksichtslosigkeit seiner Kollegen schimpfend, daherkam. Dieses Mal war der Notsitz allerdings auch belegt.

Und als dann der Bus nach diversen Staus und einer Fahrzeit von mehreren Stunden, inklusive einer Imbisspause, in einem wiederum völlig überfüllten Lokal, mit dem das Busunternehmen irgendwie vertraglich in Verbindung stand, gegen neun Uhr abends zurückkehrte, machte Igerl noch einen kurzen Abstecher zu seinem Stammtisch ins Volkarteck, wo seine Spezln ihn schon mit großem Hallo begrüßten.

»Und, wie war's, du alter Pistenstier?«, frotzelte ihn der Pfanzelt-Maxe. »Hast dich jetzt für die nächste Winterolympiade im Abfahrtslauf qualifiziert?«

»Jaja, is' schon recht«, murmelte der Alfons. »So wie früher geht's natürlich nimmer, aber das Allerwichtigste an dem Tag war für mich als Naturliebhaber und Individualist, dass ich endlich einmal rauskommen bin aus dem Gewurle von unserer Großstadt.«

Wunderbare Bekehrungen

Die Geschichte ist bekanntlich voll von Berichten über oft wunderbare Bekehrungen. Ein frevelhafter Mensch wendet sich ganz plötzlich, bedingt durch ein Erlebnis, eine Begegnung oder eine Erscheinung, von seinem bisherigen Lebenswandel ab, wird anständig, fromm, ja, sogar oft ein Heiliger. Eine der wohl bekanntesten Bekehrungen ist die des Christenverfolgers Saulus zum heiligen Paulus.

Viele solcher Bekehrungen haben sich sicher in der Stille vollzogen, man weiß nicht darüber Bescheid, und gewiss gibt es sie auch noch in unserer Zeit, die manchmal eher eine Zeit der Abkehr als der Bekehrung zu sein scheint. Eine besondere und geradezu massenhaft auftretende Form der Bekehrung vollzieht sich nun auch dieses Jahr wie immer um die »staade« Zeit in unserem Lande. Ich greife aus dieser Zahl der sich Bekehrenden nur einige Beispiele heraus.

Zum einen Schriftsteller Eberhard Schlupfig (die Namen sind im Folgenden natürlich frei erfunden, die Personen nicht), der seine Leser- und Zuhörergemeinde manchmal mit penetranten atheistischen Spintisierereien zu missionieren versucht, sich über Religionen, speziell die christliche, in primitiven Witzchen lächerlich macht und all die, die noch etwas glauben und hoffen, als dümmlich verhöhnt. Spätestens aber acht Tage vor dem ersten Advent vollzieht sich jene angesprochene Wandlung. Da packt dann der gute Schlupfig seine adventlichen und weihnachtlichen Gedichterln und Geschichterln in seine Dichtermappe, schlupft in den obligatorischen Trachtenanzug und rührt, von diversen Zither- und Harfenklängen begleitet, mit seinen besinnlichen Worten das Herz seiner ihm lauschenden Zuhörerschaft.

Und weil gerade vom Musikalischen die Rede war: Der Dieter, der Walter und der Karl, die während des ganzen Jahres feig ihren Kopf einziehen, wenn es darum geht, einmal seinen Glauben zu bekennen, die tun sich jetzt zum Hupfacher Dreigesang zusammen und verkünden, wie »Maria übers Gebirge ging« und wie die Engel die Hirten mit ihrem Halleluja aus dem Schlaf geweckt haben.

Der Schauspieler Rüdiger Röhrich, der das ganze Jahr keine Gelegenheit ungenutzt lässt, auf die Kirche, die Pfarrer, die Klosterfrauen und natürlich den Papst zu schimpfen, wird um diese Zeit ganz schnell und schmerzlos katholisch. Er erzählt in diesen Tagen oft schon am Nachmittag von dieser heilsbringenden Nacht, wo Rehlein und Füchslein, Hirschlein und Öchslein sich fromm um den Stall in Bethlehem versammelten.

Auch der Politiker Hubert Honig sei nicht unerwähnt, der, obwohl jeder weiß, wie es in seiner eigenen Familie ausschaut, und der – um mit Sigi Sommer zu sprechen – den Rest des Jahres nur so viel glaubt, dass man mit ein paar Pfund Rindfleisch eine gute Suppe kochen kann, dieser Politiker spricht nun in seinen diversen Weihnachtsansprachen ergriffen von der Heiligen Familie, von Glaube, Hoffnung und Liebe und so weiter.

Die Beispiele dieser wundersamen Bekehrungen ließen sich noch beliebig erweitern, wobei natürlich nicht eigens vermerkt werden muss, dass diese Bekehrung, diese Einkehr und Umkehr spätestens nach dem Heiligen Abend zur Abkehr werden, dann nämlich, wenn man alles zusammengekehrt hat, was das Weihnachtsgeschäft zu bieten hatte. Und ebenso schnell, wie er aufzuscheinen schien, ist er nun wieder erloschen, der Schein des Sterns der Heiligen Nacht. Aber die so schnell Bekehrten und wieder Abgekehrten trösten sich vielleicht damit, dass sie sich während des ganzen Jahres mit dem Schein des Scheinheiligen schmücken dürfen.

Igerl und die Freude

»Also, wennst mi fragst«, grantelte Alfons Igerl am Stammtisch, »dann werd des von Jahr zu Jahr eher no schlimmer. Zugeh'n tuat's drinnen in der Stadt, als wia wenn alle was gschenkt kriagatn.« – »Ja, mei«, grinste der Pfanzelt-Maxe, »jetzt is halt de staade Zeit.« Igerl aber, der in seinem Grant die feine Ironie des Maxe überhört hatte, polterte los: »Jaja, staade Zeit, von wegen staade Zeit. Gehst amal an Marienplatz, des Allerhöchste is ja des, habts des scho ghört, jeden Tag lassn s' jetzt de staadn Liader und de Stubnmusi am Marienplatz durch 'n Lautsprecher schallen. Da langst dir doch glei an Kopf hi, des daad mi scho interessieren, was des wieder für a Hirsch war, dem wo so was eigfalln is«, grantelte er weiter.

»Jaja, er hat scho recht, der Alfons«, pflichtete ihm jetzt auch der Eisenhut-Schorsch bei. »Weit her is' wirklich nimmer mit der staaden Zeit. Wenn i da bloß an de ganzen Nikolaus-, Advents- und Weihnachtsfeiern denk. Heutzutag ghörts doch zum guten Ton, dass a jeder Bamberlverein sei eigene Feier abhalt.«

»Wenn's nur wenigstens gscheite Advents- und Weihnachtsfeiern waarn«, pflichtete ihm Alfons Igerl bei. »Aber im Grund san s' doch nix anders als wie vorzogene Faschingsfeiern, bloß dass der Christbaum im Raum steht, der dann im Endeffekt lediglich beim Tanzen stört. Also, wenns di so umschaugst, dann wunderst di wirklich«, fuhr er etwas sarkastisch fort, »dass si des Christkindl ausgrechnet de hektischste Zeit im Jahr für sei Geburt ausgsuacht hat. Heutzutag, moan i, dass das Heilige Paar wahrscheinlich koa Flucht mehr nach Ägypten machat, sondern allenfalls vor Weihnachten.«

Der Pfanzelt-Maxe hatte an diesem Abend einen Bekannten mitgebracht, der bei Igerls Adventsklage interessiert zugehört hatte und da und dort beifällig mit dem Kopf nickte. Er stellte sich nun der Runde als Chefredakteur des Bayrischen Sonntagsblattes vor und meinte, zu Igerl gewandt: »Wissen Sie, was Sie da gesagt ham, des war mir richtig aus der Seele gsprochn. Im Übrigen hab i scho ghört, dass Sie manchmal ganz nette Gedichte schreiben auf Bayrisch. Wie wär's denn, wenns für mei nächste Nummer was schreiben täten, aber in Prosa, über den eigentlichen Sinn vom Advent?«

»I bei Eahna im Sonntagsblatt?«, meinte Igerl erstaunt. »Ja, meinen Sie, dass i des überhaupt kann?«

»Nach dem, was ich von Ihnen jetzt ghört hab, bin i überzeugt davon«, meinte der Herr, der sich als Wolfgang Walter vorgestellt hatte.

»Ja, aber was soll i denn da schreiben?«, fragte der Igerl nach, wobei unschwer aus seinen Worten herauszulesen war, dass er sich durch den Auftrag sehr geehrt fühlte.

»Also, des überlass ich Ihnen ganz«, entgegnete Wolfgang Walter. »Wichtig ist nur, dass ich den Artikel schon übermorgen in der Früh bekomm', weil er sonst nicht mehr in die Adventsnummer reinkommen kann.«

Der schriftstellerische Ehrgeiz Alfons Igerls ließ es trotz dieser terminlichen Brisanz nicht zu, das Angebot abzuschlagen, und er nahm sich vor, am nächsten Tag gleich ganz früh aufzustehen und mit der Arbeit zu beginnen. Er schlief aber doch etwas länger und wachte durch das Klingeln des Telefons auf. Oje, ausgerechnet der alte Lehrer Hofmannseder rief an, bei dem Igerl noch in die Schule gegangen war. Er hatte offensichtlich heute wieder seinen depressiven Tag und musste einfach mit jemand reden.

Igerl kannte das schon. Es kostete ihn meist eine Stunde Zeit, bis er ihn wieder aufgerichtet hatte. Dieses Mal aber war es ganz besonders schlimm, denn der gute Hofmannseder hatte Geburtstag gehabt, und diesmal hatte ihm keiner seiner ehemaligen Schüler gratuliert. Letztes Jahr waren es wenigstens noch ein paar gewesen, die dem alten, einschichtigen Mann gezeigt hatten, dass er nicht ganz vergessen war. Heuer hatte sogar der Alfons diesen Termin verschwitzt. Aber das ließ sich ja wiedergutmachen. Er wusste doch, wie man den alten Schulmann zu nehmen hatte, und in der Erinnerung schwärmte er ihm halt zum wiederholten Male vor, wie schön es damals bei ihm in der Schule gewesen sei, und dass doch alle, die bei ihm waren, etwas gelernt hätten und etwas geworden seien.

Dann sagte Alfons, von seinem Deutschunterricht zehre er heut noch, und die schönen Gedichte, die man bei ihm gelernt habe, hätten viel dazu beigetragen, dass er selbst jetzt auch Gedichte schrieb. Wenn's einmal ein kleines Bändchen werden würde, so versprach er, würde er es ihm sogar widmen.

Hofmannseder hängte nach eineinhalb Stunden glücklich und zufrieden ein, und Igerl rief gleich noch zwei alte Spezeln an, von denen er wusste, dass sie den Hofmannseder auch in der Schule gehabt hatten. »Gratuliert's ihm halt zum Geburtstag, dann gfreit er si«, meinte er. Mitten unterm Telefonieren war ihm aber eingefallen, dass er sich schon längst vorgenommen hatte, seinen alten Spezi, den Hoser Hansi anzurufen. Es war doch zu kindisch, dass sie sich wegen dieser kleinen Geschichte vor zwei Jahren nicht mehr gesehen und nicht mehr gesprochen hatten. Aber warum sollte er eigentlich den ersten Schritt unternehmen, wo doch der Hansi diese blöde Bemerkung gemacht hatte, mit dem das Ganze anfing? Aber was sollt's. Igerl wählte, weil er nun schon mal beim Telefonieren war, die Hoser-Nummer. Mit ein paar Sätzen war der ganze Streit aus der Welt. Er hatte richtig durchs Telefon gehört, dass dem Hansi ein Stein vom Herzen fiel. »Bin i froh«, hatte er zum Schluss gesagt, »dass alles wieder in Ordnung ist, jetzt gfreit mi des Leben glei wieder mehra.«

»Um Gott's willen«, erschrak er, als er auf die Uhr schaute. Er musste doch noch schnell das Paket auf der Post abgeben, sonst kam's womöglich zu spät an, wo doch der Vetter Egon und seine Traudl morgen in Passau ihre goldene Hochzeit feierten. Er sah im Geist schon die Freude in den Augen der alten Leute, wenn sie das Paket öffneten. Nach vielen Laufereien hat er die alte Schallplatte mit der Lieblingsmelodie der beiden endlich auf dem Flohmarkt aufgetrieben. Jetzt pressierte es aber.

Wie er vom Postschalter zurückkam, sah er vor seinem Haus, wie die Frau Wildgruber vom Rückgebäude vergeblich versuchte, ihr Auto zu starten. Eigentlich hatte er mit ihr nie viel anfangen können. Sie war ihm immer ein bisschen hochnäsig vorgekommen. Jetzt schaute sie ihn aber so verzweifelt an, dass er nicht anders konnte und fragte, ob er helfen könne, wo sie doch ganz dringend nach Gilching müsse, um ihre Heimarbeit abzuliefern. Igerl kannte sich ein wenig bei Autos aus und machte sich daran, den Schaden ausfindig zu machen. Nach einiger Zeit hatte er entdeckt, dass es die Zündkerzen waren. Er baute sie aus und lief an die nächste Tankstelle, um neue zu besorgen. Knapp eine Stunde hatte es gedauert, dann sprang der Wagen wieder an.

Die Wildgruberin dankte ihm überschwänglich und drückte ihm sogar ein Bussel auf die Wange. Eigentlich a ganz a nette Frau, dachte sich der Igerl, als er am frühen Nachmittag wieder seine Wohnung betrat. »Ja, um Gott's willen, wie schau i denn aus«, rief er, als er seine Gestalt im Spiegel entdeckte. Die Reparatur hatte ihre Spuren hinterlassen, und es blieb nichts anderes übrig, als sich in die Badewanne zu begeben.

Ein furchtbares Geschrei ließ ihn schon nach kurzer Zeit aus seinem Sitzbad hochfahren. Er schaute zum Fenster hinunter. Ja, was war denn das? Der kleine Zlatko und seine Schwester, die Kinder von den Gastarbeitern im Nachbarhaus, standen auf der Straße und heulten wie die Schlosshunde. Igerl zog sich schnell an und rannte hinunter. Es war gar nicht so leicht, aus den Kindern herauszubringen, was ihnen fehlte. Fünf Euro hatten sie bei einer Besorgung verloren. Warum die Kinder nur so scheu waren? Er versuchte es mit allen pädagogischen Tricks und schaffte es schließlich auch. Sie gingen miteinander einkaufen um fünf Euro oder ein bissl mehr und setzten sich dann zu einer Schlagrahmtorte und einer Tasse Kakao ins Café vom Bäcker Eberl. Dabei erfuhr Igerl einiges über die Familie und ihre Probleme. Als die Eltern von der Arbeit zurückkamen, führte Igerl ein längeres Gespräch mit ihnen. In ein paar Dingen konnte er ihnen sicher ein bisserl helfen. Er kannte ja die andern Leute im Haus recht gut. Ganz glücklich winkten sie ihm zum Abschied zu. Fast eine Schande, dachte sich Igerl, jetzt wohnten die Leute schon fast zwei Jahre in unmittelbarer Nachbarschaft, und er hatte sie noch kaum gekannt.

Da fiel ihm brühwarm ein, dass er der alten Dame, die seit ein paar Wochen im 5. Stock wohnte, versprochen hatte, ein paar alte Ganghofer-Romane hinaufzubringen, als sie sich das letzte Mal im Treppenhaus trafen. Wie viel Uhr war es denn? Halb acht, das konnte gerade noch gehen. Richtig gerührt war sie, als er läutete. Nein, da konnte man natürlich nicht gleich wieder gehen, sondern musste den selbst gemachten Guglhupf noch probieren. Wie gut es doch manchen Leuten tut, erzählen zu dürfen und zu erfahren, dass man ihnen zuhört. Es war wirklich ganz interessant, was die ehemalige Garderobiere aus ihrer Zeit beim Theater alles zu berichten wusste. Richtig in Schwung war sie gekommen, als ihr Igerl sagte, dass er vielleicht ein bisserl was von dem, was sie ihm erzählt habe, in eine kleine Geschichte bringen könnte. Mit einem halben Guglhupf kam er kurz vor Mitternacht in seiner Wohnung an. Ja, und da sah er das leere Blatt Papier liegen. Es würde wohl doch nichts werden mit der Geschichte. Schade. Dabei hatte er sich so eine schöne Überschrift ausgedacht. *Ein bisschen Freude machen ist gar nicht so schwer*, sollte die Adventsgeschichte heißen. Aber so sehr er sich bemühte, noch etwas aufs Papier zu bringen, es fiel ihm einfach nichts mehr zu diesem Thema ein. Morgen in der Früh würde er gleich beim Herrn Walter im Sonntagsblatt anrufen und ihm eingestehen, dass er nun doch nichts zustande gebracht habe.

Die Weihnachtsansprache

Das Telefon läutet.
IGERL: Hier Igerl.
STIMME: Hier Büro des Ministerpräsidenten. Herr Igerl, Sie sind ja der Vorstand des Kleingartenvereins »Flora«.
IGERL: Zweiter Vorstand bloß. Der Erste Vorstand ist der Hirschvogel-Mane, aber der hat eine künstliche Hüfte kriagt und ist jetzt zur Rehabilitation in Bad Endorf.
STIMME: Gut, dann bestellen Sie ihm, auch im Auftrag des Ministerpräsidenten, unsere besten Genesungswünsche. Es geht um die Weihnachtsfeier Ihres Gartenvereins Flora. Da Sie dieses Jahr Ihr hundertjähriges Bestehen feiern und der Urgroßvater unseres Staatssekretärs der Begründer war, hat der Ministerpräsident schon vor einem Jahr zugesagt, dass er heuer ein kurzes Grußwort zu dieser Feier sprechen wird.
IGERL: Ja, i hab's fast net glauben können, wia i's ghört hab. Eine solchene Ehre!
STIMME: Ja, unser Herr Ministerpräsident steht zu seinem Wort. Nun geht's um das Grußwort. Wir hatten Sie ja schon vor einiger Zeit angeschrieben und gebeten, ein kleines Gedichtchen zu verfassen, das er vorlesen könnte. Wir hatten nämlich erfahren, dass

Sie Mundartdichter sind und sogar Träger des Wiggerl-Landerer-Preises.

IGERL: Ja, das ist mir eine große Ehre. Es hat gheißen, dass es nur ein paar Zeilen sein sollen, weil der Herr Ministerpräsident natürlich wenig Zeit hat.

STIMME: Richtig. Ich habe Ihren Entwurf vor mir liegen. Zunächst einmal herzlichen Dank für Ihre Mühe. Sie haben Folgendes geschrieben:

> Ihr liaben Leut,
> zur Weihnachtszeit
> ich gratulier.
> Genau wie ihr
> lieb ich d' Natur
> lieb Wald und Flur,
> lieb Pflanze, Tier.
> Drum bin ich hier,
> mit euch zu feiern
> im schönen Bayern.
> Das Allerbest
> zu Jubel-und Weihnachtsfest.
> Und Gottes Segen
> auf euren Wegen.

Das haben Sie doch geschrieben, Herr, äh, Igerl.

IGERL: Ja, weil's gheißen hat, es sollt möglich kurz sein, weil der Herr Ministerpräsident gleich danach schon wieder einen wichtigen Termin hat.

Stimme: Stimmt. Er muss sofort im Anschluss daran nach Berlin zur Frau Merkel.

Igerl: Und? Können S' des Gedicht nun brauchen? Der Herr, äh, Ministerpräsident wird ja bestimmt noch etwas, äh, Persönliches, äh, einfügen.

Stimme: Im Prinzip ja, der Ministerpräsident hat nur ein paar Anmerkungen und Bitten, ob Sie das noch berücksichtigen könnten. Also, zunächst der Satz »lieb Wald und Flur, lieb Pflanze, Tier«: Es besteht wohl kein Zweifel, dass unser Ministerpräsident ein großer Natur- und Tierfreund ist. Das hat er auch vor Kurzem mit einer aufsehenerregenden Rede über seinen Garten bewiesen, wo er sagte, dass er gleich am frühen Morgen immer wieder neu seine Blumen hinrichtet. Aber Sie wissen ja, wie problematisch es gerade jetzt ist, etwas über Wald und Tiere zu sagen. Denken Sie dran, dass wir es in den letzten Jahren schon mit Wölfen und Problembären zu tun hatten ... Da wollen wir keine Emotionen erzeugen. Könnten Sie in Ihrem Gedicht nicht lieber was über den erfolgreichen Pisa-Ländervergleich sagen, und dass wir inzwischen auf dem besten Weg sind, Österreich einmal wieder einzuholen? Auf »frohes Fest« ließe sich doch leicht »Pisa-Test« reimen, wenn ich Ihnen einen Vorschlag machen darf.

Igerl: Ja, mei, aber ...

Stimme: Außerdem wär natürlich ganz wichtig, darauf zu verweisen, dass wir in Bayern das

Hightech-Land schlechthin sind und große Fortschritte bei der Entwicklung eines serienreifen wasserstoffbetriebenen Autos gemacht haben.
IGERL: Ja, scho, aber ...
STIMME: Und zumindest müsste doch der Jahrhundertgag auftauchen, dass Bayern das Land ist, das Laptop und Lederhosn vereint und die wenigsten Schulden in der Republik hat.
IGERL: Ja, aber wissen S' ...
STIMME: Haben Sie gehört, dass es schon wieder ein neues Jahrhundertwort aus unserer Staatskanzlei gibt: »die solidarische Leistungsgesellschaft«. Könnten Sie wenigstens diesen fulminanten Ausdruck unterbringen?
IGERL: Ja, mei, wissen S', mit der Politik hab ich's halt net so.
STIMME: Mir fehlt auch der Bezug zum Sport. Sie müssten aber wissen, dass unser Ministerpräsident ein großer Sportfachmann ist und als Vorstandsmitglied des FC Bayern immer die treffendsten Sprachbilder aus der Fußballsprache bezieht. Können Sie nicht ein wenig was von der brasilianischen Spielfreude unterbringen? Ein bisserl den Ronaldo, Ronaldinho oder Lúcio durchdribbeln lassen?
IGERL: Und des alles in dene paar Zeilen, wo's ihm doch so pressiert. I werd's amal probieren. Moment. Wia waar's mit folgende Zeilen:
Mit'm Wasserstoffauto,
da komm ich her,

und kann euch sagen:
Ich freue mich sehr.
Ich kann euch heut vor allen Dingen
die frohe Weihnachtsbotschaft bringen.
Wir haben grad im Pisatest
gewonnen gegn der Welt ihrn Rest.
Im Gegensatz auch zu Berlin
steckt Bayern nicht in Schulden drin.
Denn ich geh brasilianisch vor,
schieß wie Ronaldo Tor um Tor.
Mal mit, mal gegen Angela:
Mit meinem Laptop bin ich da.
Die Lederhose ist mein Dress.
Im Garten bau ich ab den Stress.
Drum freu ich mich, bei euch zu sein,
im Flora-Kleingartenverein.
Dazu wünsch ich auf euren Wegen
zum Weihnachtsfest auch Gottes Segen.

STIMME: Großartig, Herr Igerl! Bloß eines noch: Am Schluss müssen wir ein wenig vorsichtiger sein. Sie wissen ja: multikulti. Drum schlage ich vor:
›Ich wünsch, was wohl das Wichtigst' ist,
ob Muslim, Jude, Christ, Buddhist –
da stimmen alle überein –,
Gesundheit euch für den Verein.‹
Sind Sie damit einverstanden?

IGERL: Von mir aus gern. Bloß, wenn S' so guat waaren und ausrichten könnten: Ganz langt des mit der Gesundheit aa net. Denn gsund warn s' seinerzeit eigentlich alle auf der Titanic.

Die Vereinslesung

Wenn ich die Worte »staade Zeit« höre, muss ich etwas lächeln, denn auf der einen Seite freue ich mich immer auf das Weihnachtsfest und die freien Tage, die ich mit meiner Familie verbringen darf. Auf der anderen Seite sind die Wochen vorher alles andere als eine staade Zeit. Einerseits ist die Universität von einem krankhaften Ehrgeiz besessen, noch vor Ende des Jahres alle möglichen Kommissionen und Gremien tagen zu lassen, damit man dieses oder jenes noch vom Tisch bekommt, das man dann allerdings spätestens zu Beginn des Sommersemesters wieder herausholt und alles von vorne beginnen lässt. Zum Zweiten bringt es halt das Hobby als Mundartdichter mit sich, dass allen möglichen Personen und Stellen einfällt, man könnte ja bei den anstehenden Advents- und Weihnachtsfeiern diesmal einen besonderen Akzent setzen, indem man heuer ausnahmsweise nicht den zweiten Kassier die »Heilige Nacht« von Ludwig Thoma vorlesen lässt, sondern einen von den Turmschreibern holt.

Die Einladung zu solchen Veranstaltungen erfolgt auf die verschiedenste Art und Weise. So kam ich vor ein paar Tagen wieder einmal nach einer Sitzung müde und abgespannt aus der Universität nach Hause. Eine knappe Stunde blieb, um mich über die wichtigsten Dinge mit meiner Frau zu unterhalten. Im Wohnraum saß jedoch ein älterer Herr mit einem weißen Haarkranz bei ihr. Als ich das Zimmer betrat, sprang er fröhlich auf, eilte auf mich zu und schloss mich in die Arme.

»Da bist ja, alter Spezi«, begrüßte er mich, »sag amal, kimmst du überhaupt nimmer hoam?« Ich schaute ihn erstaunt an. »Jetzt sag bloß, dass du mich nimmer kennst? Du werst doch noch dein alten Wiesnfußballerspezi, an Trögel-Ludwig, kenna. I bin's, der Lulu.«

Ich konnte mich nicht erinnern, dass ich jemals einen Lulu gekannt hatte.

»Sag amal«, meinte er und schaute mich ganz erstaunt an, »erinnerst di nimmer an meine Flankn? Mi wenns'd net ghabt hättst, hättst als Mittelstürmer koa oanzigs Tor gschossn.«

Ich hatte nie als Mittelstürmer gespielt, soweit ich mich erinnern konnte. Aber mit meinem Gedächtnis ist es halt auch nicht mehr zum Besten bestellt. Und so tat ich, als wüsste ich von allem, und mimte ein freudiges: »Ja, so was, Lulu, wia gehts dir denn, nett, dass ich di amal wiedersiehg. Entschuldige, aber i bin heut a bissl abgspannt, deswegn hab i di net glei kennt.«

»Mei«, meinte er taktvoll, »denk dir nix, scheener samma alle zwoa net worn. I hätt di aa nimmer kennt. Bloß zwengs deiner langen Nasn. Ja, sag amal, des is ja furchtbar mit dir. Du bist ja überhaupt nimmer dahoam. Dei Frau hat mir's scho erzählt. Denkst'n du überhaupt net an dei Frau und deine Kinder? Die wolln doch aa an Vater habn, solangs no kleaner san.« Er redete lange in mich hinein und machte mir ein schlechtes Gewissen. »Außerdem«, meinte er, »i sag's dir bloß zur Warnung: Du hast doch den Scherm-

Rudi kennt«, ich hatte ihn nicht gekannt, nickte aber. »Herzinfarkt«, sagte er kurz und lakonisch, »der is, bzw. war, genauso alt wia du. Und unser linker Verteidiger, der Bachl-Wiggerl«, ... er schaute mich prüfend an, bis ich nickte, obwohl ich mich auch an einen linken Verteidiger namens Bachl nicht mehr erinnern konnte. »Herzinfarkt«, meinte er wieder. »Alles Leut in deinem Alter. Also, geh in dich«, meinte er abschließend. »Denk dro, mir san im Advent, in der staaden Zeit. Letzt's Mal hab i was von dir ghört. Du bist doch derjenige, der immer von der staaden Zeit redt?«

Er schaute auf die Uhr. »Ui jeggerl«, meinte er, »jetzt hab i mi glatt bei dir verratscht. Mir pressiert's, mir ham doch heut no Vereinsversammlung.« Er stand auf, und ich wollte ihm die Hand drücken. »So«, meinte er, »mir sehng uns dann ja sowieso in drei Tag. I hab's scho mit deiner Frau ausgmacht. De konn fei mitkomma.« Ich schaute ihn fragend an. »Ja, bei unserer Weihnachtsfeier«, meinte er, »vom Verein. Du werst doch dein alten Verein net im Stich lassen. Mir bauen fest auf dich.«

»Ja, aber«, stotterte ich, »i woaß doch gar net, ob ich da abends Zeit hab.«

»Hab ich schon mit deiner Frau geklärt. Die hat in deim Terminkalender nachgschaugt, da is noch nix eintragn.«

Richtig, da fiel es mir ein, ich hatte mir diesen Abend als einzigen vor Weihnachten freigehalten, weil ich den Nikolaus ein paar Tage später mit den Kindern wenigstens noch ein bisschen nachfeiern wollte.

»I hab deiner Frau scho des Wichtigste gsagt, wost hikomma musst und wia das Ganze abläuft. Mei, beinah hätt ich was vergessen«, meinte er und kam noch einmal zurück. »Mir ham doch da a Tombola zugunsten unserer neuen Duschanlage, da wär es natürlich nett, wennst so Stuckera zwanzig Bücher stiften kannst. Du kriagst ja gnua als Belegexemplare. Also nimm dei Frau mit, dann sehgts euch wenigstens an dem Abend, und i hab a guates Werk do. Du woaßt also, wost hi'musst. Unser Verein hat ja jetzt a neues Vereinsheim, in der Pfeufferstraß 28. Überhaupt hat sich bei uns einiges do. Aber du werst scho no a paar alte Gsichter kenna, werst sehng, des werd a Mordsgaudi.« Mit diesen Worten verabschiedete er sich.

Das war also die Ouvertüre für meine Lesung beim SC Harras. Bis zu meinem großen Auftritt zermarterte ich mein Gedächtnis, wann ich je bei diesem Sportverein gespielt hätte. Mir fiel nur ein, dass ich einmal bei den Junioren des FC Bayern gespielt hatte, die erste Profimannschaft gleich überspringen durfte, um dann nach einigen Jahren bei der AH mein Debüt zu geben. Dass sich der FC Bayern jetzt in SC Harras umbenannt hätte, das konnte ich nicht so recht glauben.

Aber was blieb mir nach diesem so eindrucksvollen Hausbesuch meines alten Sportfreundes anderes übrig, als tatsächlich auf meinen letzten freien Abend zu verzichten und mit meiner Adventlesungsmappe im besagten Vereinsheim zu erscheinen? Der Lulu hatte vorher noch mal angerufen und mir mitgeteilt, ich sollte am besten um Punkt 20 Uhr erscheinen, dann wäre der Nikolaus schon dagewesen. Nach einer kleinen Pause würde er dann zusammen mit dem Zitherspieler, dem Schmidbauer-Rainer, den ich ja eigentlich auch kennen müsste, weil er ja bei uns in der Reserve gespielt habe, auf mich überleiten. »Und dann bist du dro«, sagte er, »das ist dann dein Part, da hast du dann freie Hand. Du machst as ja net as erste Mal, da vertrau i ganz auf di und dei Gspür.«

Als ich pünktlich eintraf, kam gerade auch der Nikolaus herein. Er zog sinnigerweise einen Schlitten auf Rädern nach sich, auf dem ein großes Fass Bier lag. Die Luft in dem relativ kleinen Saal war zum Schneiden, und es empfing uns beide ein Höllenlärm. Der Nikolaus schien aber sein Metier zu beherrschen, beziehungsweise Ähnliches gewohnt zu sein, denn er hatte eine Art Nebelhorn mitgebracht, in das er mit voller Kraft und viel Puste hineinblies. Die entstehenden Schrecksekunden gaben ihm Gelegenheit, sein selbst gestricktes Nikolausgedicht aufzusagen:

> *»Von drauß vom Walde komm i rei,*
> *und deswegn halt's jetzt euer Mei.*
> *Als Weihnachtsbote bin ich hier,*
> *vom Himmel bring ich ein Fass Bier.*
> *Weil man dort weiß, der Durscht, der brennt*
> *heiß wie die Lichter im Advent.«*

Und so ging es eine geschlagene Dreiviertelstunde weiter. Der Nikolaus hatte das gesamte Vereinsjahr in Verse gekleidet, wobei er besonders ausgiebig auf einen Vereinsausflug im vergangenen Sommer nach Ungarn einging, wo alles so billig gewesen sei, vor allem der Tokajer. Auf Tokajer reimte er dann: »Ich vermiss ihn sehr auf dieser Feier.« Der Nikolaus zählte detailliert auf, was jeder Einzelne unter dem Einfluss dieses Getränkes angestellt hatte.

Ich erinnere mich, dass der Vers dabei war:

»Bös hat's erwischt den Obermaier,
dem gar nicht gut tat der Tokajer.
Drum hat er gspiebn als wie ein Reiher.«

Die Nikolausrede endete mit dem Aufruf, dass der Spender dieses Fasses, unser langjähriges verdientes Ehrenmitglied, der Stadtrat Klopfer, das Fass anzapfen sollte. Und als Letztes fügte der Nikolaus noch die besinnlichen Zeilen an:

»Jetzt danken wir dem edlen Spender
und warten auf den nächsten Sender.«

Der Stadtrat Klopfer waltete seines Amtes, war aber offensichtlich nicht besonders routiniert darin. Die herausspritzende Fontäne des edlen, braunen Gerstensaftes machte nicht nur ihn patschnass, sondern auch einen Großteil der in der Nähe Sitzenden. Fürderhin lagerte der Geruch des Freibieres weihnachtlich in dem Saal. Unter dem Gejohle der Anwesenden versuchte dann der Mäzen Stadtrat Klopfer eine Rede, zu der ihm aber erst der Nikolaus das entsprechende Gehör verschaffte, indem er sich wieder seines Nebelhorns bediente. Offensichtlich hatte der Stadtrat eine Pauschalrede für alle Veranstaltungen in diesem Jahr parat. Es ging zwar in keiner Zeile daraus hervor, warum er sie ausgerechnet zur Weihnachtsfeier hielt, aber man konnte unschwer erschließen, a) welcher Fraktion er angehörte und b) dass er für das Bäderwesen zuständig war. So brachte er unter anderem eine anschauliche Statistik über die Rückläufigkeit der Benützung der städtischen Wannenbadeinrichtung, über die Sachbeschädigungen in Umkleidekabinen durch irgendwelche Voyeure und die steigende Zahl der Fußpilzerkrankungen bei Bademeistern bzw. Bademeisterinnen. All das, meinte er, würde natürlich eine drastische Erhöhung der Gebühren im neuen Jahr bedingen. Während seines Vortrages ließ er ein paar Bilder von der neu gestalteten, gemischten Sauna im Müller-Volksbad kreisen, die ein erhebliches Interesse fanden. Den Schluss bildete ein von ihm offensichtlich selbst gestricktes Gedicht, das da lautete:

*»Das Leben ist ein Swimmingpool,
mal ist es warm, mal ist es cool.
Der eine dick, der andre dünn,
so schwimmen wir im Poole drin.
Zum Schlusse wünsch ich dem Verein
im nächsten Jahr viel Sonnenschein.
Mit einem Wetter wunderschön
und dass wir alle baden gehn.«*

Ich hatte während der tiefschürfenden Ausführungen des Stadtrats Klopfer ganz intensiv nach meinem Sportsfreund Lulu Ausschau gehalten. Jetzt endlich entdeckte ich ihn und winkte ihm zu.

Als er mich sah, kam er auf mich zu und begrüßte mich mit einem »Ah, du bist schon da. Gib mir glei de Bücher von dir. Ich stell dich dann gleich amal unserm

Vorstand vor, dann könn ma gleich 's Nähere besprechen.«

Er winkte einem kleinen, hageren Männlein zu und meinte, zu ihm gewandt: »Äh, Herr von Redwitz, des is der, von dem ich ihnen scho amal verzählt hab, der Dichter da. Der hat scho a ganze Reihe von Bücher gschriebn und daad halt heut Abend so gern bei uns was vorlesn. I glaub, mir könna scho a Aug zudrucka, der hat nämlich frühara aa bei uns Fußball gspielt. Gell, Helmut«, meinte er, an mich gewandt, »so ist's doch?«

Der Vorstand musterte mich von oben bis unten. Endlich meinte er: »Gut, wenn Sie was Lustiges draufhaben.«

»Hast ghört«, meinte der Lulu, »lustig lesen, denn sonst kimmst bei uns net o.«

»Aber ich hab doch heut meine Weihnachtslesung dabei. Die ist schon eher nachdenklich«, warf ich schüchtern ein.

»Dann lies des Zeugsl wenigstens a bissl lustig vor«, forderte mich der Lulu auf, »du hast es doch selber gehört, unser Vorstand hat gsagt, dass' lustig sei soll. Der ist nämlich hauptberuflich zweiter Direktor bei der Firma Schlüsselbau und Söhne«, flüsterte er mir ins Ohr und fügte nochmals hinzu, »also lustig, hast ghört. Aber du hast ja no Zeit, bis d' drokommst. Vielleicht fällt dir no was Lustigs ei. Sitz di derweil hinten hi, wennst di schickst, kriagst no a Freibier. Also, i muss mi jetzt wieder ums Programm kümmern.«

Der nächste Programmpunkt bestand in einigen Gstanzln, die drei Fußballer unter Ziehharmonika-

Begleitung des Kassiers Fleder vortrugen. Darin wurde vom Torwart bis zum Linksaußen jeder ausgesungen. Eine Strophe ging zum Beispiel so:

> »Wer hat uns des Spiel heut verlorn, verlorn,
> wer hat uns des Spiel heut verlorn?
> Ja, unsere Läufer,
> de saudummen Säufer,
> die ham uns des Spiel heut verlorn.«

Oder:
> »Wer hat uns des Spiel heut verlorn, verlorn,
> wer hat uns des Spiel heut verlorn?
> Ja, unsere Stürmer,
> de saudummen Würmer,
> die ham uns des Spiel heut verlorn.«

Es folgte ein Beitrag der Jugendabteilung. Vier Tanzpaare hüpften auf der ganz kleinen freien Fläche zum Rock-'n'-Roll-Rhythmus aus dem Recorder daher. Dabei trat beim Abgang nach einem Überwurf eine schon etwas füllige Maid dem in der ersten Reihe schlafenden Hund des Vorstands auf den Schwanz, der aufjaulend aufsprang und für etwas Verwirrung im Räume sorgte. Zwischendurch erklang im Übrigen immer wieder der von vielen Kehlen gesungene und inzwischen schon fast klassisch gewordene, aus der Feder des Münchner Turmschreibers Fritz Fenzl stammende schöne Reim: »Prost, Prost, Prost, dass d' Gurgel net verrost!«

Nach einiger Zeit trat der Vorstand von Redwitz nach vorne und versuchte, ein paar Worte an das inzwischen schon in guter Stimmung befindliche Publikum zu richten. Es gelang aber wieder erst, nachdem sich der Nikolaus mithilfe seines Hornes eingeschaltet hatte. Herr von Redwitz kündigte den absoluten Höhepunkt der Weihnachtsfeier an, indem er sagte: »Auch heuer hat unser Verein weder Kosten noch Mühe gescheut, um einen absoluten Weltstar für euch zu verpflichten. Was soll ich viele Worte machen? Es singt für Sie: Madonna!«

Der Lulu, der sich gerade in meiner Nähe aufhielt, flüsterte mir ins Ohr: »Des is natürlich net die echte Madonna, sondern die Tochter vom Vorstand, aber du werst as merka, de schaut der Richtigen zum Verwechseln ähnlich.«

Da ich ein gewisses Defizit in der Kenntnis von modernen Schlagersängerinnen und -sängern habe, weiß ich nicht genau, wie die Madonna tatsächlich aussieht. Eines weiß ich aber: bestimmt nicht so wie jenes kleine pummelige Wesen, das sich in ein schwarzes Negligé gepresst hatte. Zu irgendeinem Lied, das jetzt aus dem Recorder ertönte und dessen Text ich wegen meiner sehr spärlichen Englischkenntnisse nicht verstand, hüpfte sie mit dem Mikrofon an den Lippen auf und ab, fiel dann mit einem schrillen Schrei auf ihren Rücken und begann, mit den Beinen zu zappeln. »Au weh, jetzt is' ausgrutscht«, flüsterte ich dem Lulu zu, der noch immer neben mir stand. »Schmarrn«, meinte der, »des ghört dazu. Im Übrigen bist jetzt du dran. Am besten liest glei von dem Tisch aus, sonst kommt zu viel Unruh nei in den Saal.«

Ich packte meine Manuskripte aus. Indessen kündigte mich der Lulu wie folgt an: »So, liebe Sportsfreunde, nachdem wir jetzt den staaden und besinnlicheren Teil hinter uns gebracht haben, darf ich Ihnen jetzt etwas Lustigeres ankündigen. Der Mundartdichter Helmut Zöpfl liest jetzt ein paar saukomische Geschichten aus seiner Feder vor. Ich kann euch jetzt schon versichern, wer da nicht lacht, ist selber schuld. Also, auf geht's, Helmut! Der Helmut hat im Übrigen«, fügte er noch hinzu, »bei uns früahra auch im Verein gespielt, aber des is natürlich schon ewig, ewig lang her, wia ma siehgt, wenn ma'n oschaugt. Vielleicht dass ihn von den ganz Alten noch einer kennt. Ganz ehrlich, ich hab'n aa nimmer kennt. Also Helmut, lass' rauschen!«

War schon die Ankündigung des Lulu im allgemeinen Geräuschpegel untergegangen, so hatte ich jetzt den Eindruck, gegen eine unsichtbare, rauchige Wand zu sprechen. Ich schaute Hilfe suchend nach dem Nikolaus aus, der mir vielleicht mit seinem Nebelhorn wenigstens kurzfristig Aufmerksamkeit hätte bescheren können. Der war aber inzwischen offensichtlich verschwunden oder zog sich gerade um. Nun gut, ich wollte es zumindestens probieren. Ich zog mein lustigstes Adventgedicht, das ich hatte, heraus und begann zu lesen. Nicht das geringste Zeichen von Aufmerksamkeit. Ich begann, lauter zu werden, immer lauter, brüllte dann schließlich die Schlusspointe in den Raum: »Jetzt ist die staade Zeit.«

Der Einzige aber, der von mir Kenntnis zu nehmen schien, war der vorher so malträtierte Hund des Vorstands, der aufsprang, seine Pfoten auf den Tisch legte und, aus einem mir nicht ersichtlichen Grund, mich abzulecken begann. Immerhin etwas!

Ich war fast ein wenig gerührt, als ich das zweite Gedicht herausholte. In meiner Nähe befanden sich gerade ein paar Kinder. Vielleicht hätte ich bei ihnen eine ähnlich positive Reaktion wie bei dem Hund hervorrufen können. Immerhin etwas wäre es gewesen. Ich schaute sie durchdringend an und las ein hübsches Gedicht über Kinderspielzeug vor. Dieses animierte aber offenbar einen Buben, einen Luftballon aus der Tasche zu holen und ihn aufzublasen, um dann in schrillem Ton die Luft entweichen zu lassen. Spätestens da wurde mir klar, dass ich nicht mein normales Programm in voller Länge vorlesen würde. Weil ich aber von Haus aus ein sturer Typ bin, las ich einfach ohne Aussicht auf die geringste Reaktion noch einige Stücke vor.

Keiner nahm auch nur im Geringsten davon Notiz, dass ich aufgehört hatte. So packte ich schweigend meine Manuskriptseiten wieder in die Mappe ein. Nach einer Viertelstunde kam der Lulu an meinem Tisch vorbei, schaute mich an und meinte: »Ah, was, du liest gar nimmer. Wia waars mit a kloana Zugab? D' Leut ham scho gfragt, obs d' net no a paar Gschichterl vorliest«, log er, »aber lustige, wenn's geht, wo s' no amal richtig lacha kenna.« Ich entschuldigte mich mit meiner angegriffenen Stimme. »Schad«, meinte er, »schad. D' Leut hättn se bestimmt gfreut, wenns d' no a bissl was glesn hättst. Du hast es ja selber gspannt, wia mucksmäuslstaad dass' dir zughört habn. Des is fei net immer so. Mir ham scho Veranstaltunga ghabt, da is ganz schön laut zuaganga.«

Ich erklärte dem Lulu, dass ich langsam ans Heimgehen dächte, weil morgen wieder ein schwerer Arbeitstag wäre. »Siehgst«, meinte er, »ich hab dir's ja scho vor einiger Zeit gsagt, du musst einfach zrucksteckn und net alles annehmen. Denk aa an dei Familie und dei Publikum! Die wolln doch no länger was von dir habn. Übrigens, das Bier, wos d' trunken hast, geht auf unsere Kosten. Wir wissen doch, was wir am alten Mitglied schuldig san. Also servus, alte Wurschthaut, mach's gut. Unser SC kimmt bestimmt bald wieder auf dich zu.«

Meine Befürchtungen in dieser Hinsicht wurden aber sehr bald zerstreut, denn beim Hinausgehen hörte ich noch, wie der Lulu dem Vorstand zurief: »Nix für ungut, Herr von Redwitz, dass des heuer so danebnganga is mit der Lesung. Des soll uns a Lehre sei, nächsts Jahr holn ma uns wieder den Fenzl, der hat viel mehra Gspür, was bei de Leut ankimmt. In die Adventszeit ghörn nämlich besinnliche, staade Texte und net so derb-lustige Sachan, wia's der heut vorgelesen hat. Also nix für ungut, Herr von Redwitz«, entschuldigte er sich nochmals, »wissen S', er hat mi halt so inständig bettlt, dass er amal bei seim früahren Verein lesn derf, wo er doch jahrelang gspuit hat. Behauptet er jedenfalls. I konn mi nämlich net um vui Geld daran erinnern, dass der jemals bei uns dabeigwesen sei kannt.«

Weihnachtsfragen

Einmal ganz ehrlich. Wie war das bei Ihnen damals als Kind, wenn Sie auf Weihnachten die Geschichte von der Geburt des Christkindes, dem Besuch der Heiligen Drei Könige, der Flucht nach Ägypten und schließlich dem Auftreten des Jesusknaben im Tempel gehört haben? Welche Bilder, die Sie sich vielleicht noch selber ganz individuell in ihren Vorstellungen ausgemalt hatten, sind Ihnen in Ihrer Erinnerung geblieben? Bestimmt ist es Ihnen auch so gegangen wie mir, dass ich schon noch eine Menge Fragen gehabt hätte, die ich mich vielleicht gar nicht fragen traute oder die mit einem »Mei, das weiß ich auch nicht!« abgetan wurden. Ein bisschen mehr, so hab ich wie oft gedacht, hätten die Evangelisten schon noch berichten können über den kleinen Buben. Vielleicht, womit und mit wem er gern gespielt hat, wie das damals mit dem Lernen war. Wo hat er denn lesen und schreiben gelernt? In die Lehre wird er wohl bei seinem Ziehvater, dem heiligen Josef, gegangen sein. Was er da wohl als Lehrling selber gezimmert hat? Hat er vielleicht wie auch immer Bilder gemalt? Ich erinnere mich, dass der Münchner Schriftsteller Sigi Sommer gelegentlich zu sagen pflegte: »Schade, dass nicht so ein Bild übrig geblieben ist.« Was wohl so ein »echter Jesus« wert wäre?

Auch wenn die Historiker immer wieder versucht haben, sorgfältig über die damalige Zeit zu recherchieren, wir werden es im Letzten nie wissen und höchstens mit einem »Wahrscheinlich« unsere Fantasie spielen lassen.

So sei mir auch gestattet, ein kleines heiteres Gedankenexperiment zu starten und ein paar Fragen zu stellen:

Was würde wohl in der Erziehung des Buben unter dem Einfluss der neuesten Erkenntnisse der Pädagogik anders verlaufen? Wahrscheinlich würde man gleich, wenn die »Abstammung« des Kindes bekannt würde, einen Frühbegabungstest machen, um den göttlichen IQ festzustellen. Vielleicht nach dem bei uns so beliebten Multiple-Choice-Verfahren. »Der Jordan ist: a) ein jüdischer Feiertag; b) eine hebräische Spezialität; c) der Titel des Buches der Bibel; d) ein Fluss. Kreuze die richtige Antwort an!«

Oder: »Lies den vorliegenden Text leise durch und unterstreiche die darin vorkommenden Propheten.« Oder: »Welche Tiere nahm Moses auf seiner Arche mit?« Es war nicht Moses, sondern Noah. Hahaha, hahaha. Es handelt sich dabei um eine damals beliebte Scherzfrage.

Bestimmt würde man nach der neuesten Erkenntnis einen sehr hohen IQ ermittelt und den Eltern den dringenden Rat gegeben haben, das Kind nicht im Betrieb des Vaters ein Handwerk lernen zu lassen, sondern gleich in der Tempelschule – eventuell vergleichbar der heutigen Kinderuniversität – gelegentlich schon Gastvorträge zu besuchen, denn auf alle Fälle sollte der Bub bei seiner Hochbegabung die Laufbahn eines Schriftgelehrten einschlagen. Bei einer ganz besonderen Hochbegabung würde man sogar alles Mögliche tun, um ihm gar einen Auslands-Studienaufenthalt in Athen bei den Stoikern zu ermöglichen.

Ja, und wie wäre wohl der Besuch der Heiligen Drei Könige verlaufen? Auf alle Fälle hätten sie dem Kind nicht so unkindgemäßes Zeug wie Gold, Weihrauch und Myrrhe mitgebracht, sondern irgendwelche Lernspiele, die das logische Denken, frühe Rechnen und Lesen schulen könnten. Auf alle Fälle würde man wohl heute alles daransetzen, damit die volle Begabungskapazität des vom Heiligen Geist erfüllten Knaben genutzt werde.

Apropos Heiliger Geist. Es wäre natürlich schon interessant, wie sich derselbe bei einem solchen Intelligenztest schlagen würde und welchen IQ man ihm zubilligte. Bei meinen Überlegungen werde ich fast ein wenig ketzerisch und frage mich, ob es sich bei dem Besuch der Könige aus dem Morgenland nicht um irgendein Evaluationsteam gehandelt haben mag, das das frühkindliche Umfeld genauer erkundigen sollte. Wir wissen nicht, wer diese drei Männer gewesen sind, Könige, Sterndeuter, Gelehrte? Bestimmt wohl aber keine Psychologen, denn sonst wäre es schon sehr merkwürdig, wie sie zu dem Titel der »Weisen« gekommen sind.

Die Weihnachtslesung

Über Beschäftigungsmangel konnte sich die bayerische Poetengilde der Federfuchser eigentlich nicht beklagen, erst recht nicht in jener Zeit, die man absurderweise die staade Zeit nennt, denn es gab wohl keinen Abend zwischen dem ersten und letzten Adventssonntag, wo die Federfuchser nicht in geballter Ladung, in kleineren Grüppchen oder einzeln in München und Umgebung aufgetreten wären und meist zusammen mit irgendwelchen Volksmusikgruppen ihren weißblauen Senf für diese Jahreszeit abgegeben hätten. Die Entlohnung für diese adventliche Besinnung war allerdings eine recht unterschiedliche. Manche taten es einfach für einen guten Zweck und lasen in Altersheimen für ein paar Tassen Punsch und Lebkuchen. Andere wieder hatten gute Beziehungen zu dieser oder jener Partei. Und welche Partei kann es sich schon leisten, in diesen Tagen keinen Hoagascht zu gestalten? Dann fiel das Salär etwas höher aus.

Das ganz große Geschäft war diese Art von Lesung freilich nicht. Das machen bekanntlich nur jene, die das Glück haben, von einem großen Unternehmen oder einem Fußballverein zu einer »Weihnachtsgala« eingeladen zu werden, die mit Weihnachten allerdings oft wenig zu tun hat. Und doch gab es in München eine Veranstaltung, die von der LMK getragen wurde, einer Gesellschaft, die einen bedeutenden Jahresumsatz verzeichnete. Bei der wären auch die Federfuchser gerne dabei gewesen, denn da schaute für die Poeten tatsächlich was raus. Aber just dort lasen seit Jahr und Tag die Konkurrenz-Literaten der Federfuchser, die Weiß-Bleistifte. Dieser Umstand ließ den rührigen Präsidenten der Federfuchser, Wilhelm Kurz, nicht ruhen, und als er herausgefunden hatte, dass seine Frau und die eines Vorstandsmitglieds der LMK Schulfreundinnen gewesen waren, hatte er gewonnenes Spiel. Voll Stolz kündigte er in der Federfuchser-Versammlung an, dass es ihm gelungen sei, für den diesjährigen Adventsabend die begehrte Lesung bei der LMK an sich bzw. die Federfuchser-Gilde zu reißen. Unter dem Jubel seiner Mitliteraten tat er dies kund und meinte vorwärtsschauend: »Liebe Mitschreiber, der erste Schritt ist uns Gott sei Dank gelungen. Wir wollen aber auch in Zukunft alles daransetzen, dass es zu einer festen Einrichtung wird, bei der LMK die Federfuchser im Advent lesen zu lassen. Aus diesem Grund wollen wir heute, obwohl es erst September ist, unsere Vorplanung treffen. Ihr wisst, zwei Stunden adventliche, weihnachtliche Beiträge, das ist gar nicht so leicht. Hat jemand einen diskutablen Vorschlag?«

Karl-Ottokar Liebenau meldete sich und meinte: »Für Weihnachten gibt's keinen Bessern als unseren Ado Schlupf, der ist aber heute leider nicht da. Ich bin aber überzeugt, der würde uns seine eigene Dichtung ›Die Heilsnacht‹ vorlesen, mit der er doch die ganze Adventszeit unterwegs ist. Ich habe ihn selber einmal im Ettlinger Adventssingen erlebt. Dem Schlupf seine Heilsnacht geht einem wesentlich mehr ans Gemüt als die ›Heilige Nacht‹ von Thoma.« Zustimmendes Gemurmel der anderen Federfuchser.

»Ja, ich weiß nicht so recht«, reagierte Wilhelm Kurz auf den Vorschlag Liebenaus. »Ich weiß zwar, dass der Schlupf mit seiner Heilsnacht sehr stark ans Gemüt rührt, aber, meine lieben Poeten, ich muss euch darauf aufmerksam machen, dieses Mal sind wir in einer kunterbunten Runde, und ich denke, da sind garantiert ein paar dabei, die sich aus der christlichen Glaubensverkündigung absolut nichts machen, und da müssen wir halt sehr vorsichtig sein, dass wir nicht ins Fettnäpfchen treten und zum Schluss nächstes Jahr dann doch wieder die Konkurrenz geholt wird. Heilsnacht, wisst ihr, das klingt doch sehr stark christlich, äh, könnten wir da nicht vielleicht ... Ihr wisst ja, wenn zum Beispiel einige Andersgläubige bzw. einige da sind, die überhaupt nichts glauben.«

»Macht doch nix«, unterbrach ihn Liebenau, »der Schlupf glaubt ja auch nix, das ist ein erklärter Atheist, der macht es halt so, weil es Tradition ist und weil es gut ankommt. Wir wissen doch selber, was da um diese Zeit für ein Bedarf ist, und den deckt der Schlupf mit seiner Heilsnacht glänzend ab.« – »Weiß ich doch, weiß ich doch«, meinte Wilhelm Kurz, »und trotzdem, Freunde, denkt an die Pluralität an diesem Abend, das können wir uns nicht leisten. Vor allem, wer weiß denn von der LMK schon, dass der Schlupf weltanschaulich so gelagert ist? Und selbst wenn wir es vorher bekannt geben würden, dann wären eben wieder welche da, die trotzdem was glauben, und da würden wir vielleicht bei denen anecken. Nein, nein, Freunde, wir müssen uns etwas Neutrales einfallen lassen.«

»Eh, wie wär's denn«, meldete sich jetzt Leonhard Sommerer, von Hauptberuf Tierarzt, »wie wär's denn, wenn wir von der Weihnachtsbotschaft den Begriff ›Frieden‹ herausnähmen, rein säkularisiert, versteht sich, damit wir keinen Anstoß bei Andersgläubigen erregen. Ich hätte da in meinem Bändchen ›So ist's recht‹ ein paar recht nette Friedensgedichte.«

Wilhelm Kurz schüttelte den Kopf. »Nein, das geht nicht, das Wort ›Frieden‹ ist zurzeit zu emotionsgeladen. Denkt an die Friedensbewegungen und die Abrüstungsgespräche. Der eine hat diese Vorstellung vom Frieden, der andere jene. Da könnte es zu den größten Meinungsverschiedenheiten über den Frieden kommen, und über kurz oder lang hätten wir den schönsten Streit, um Gottes willen, das geht nicht.«

»Ja, und wenn«, schlug Bibi Brensel vor, »wenn wir den Gedanken der Herbergssuche aufgreifen würden und ein bisserl modern über das Thema Flüchtlinge, Heimatlose und Obdachlose in unserer Zeit nachdächten? Ich hätte da eine Geschichte, die vor kurzer Zeit in der Oberbayrischen Zeitung als Lokalspitze erschienen ist.«

»Deine Lokalspitze in allen Ehren, lieber Bibi«, entgegnete ihm Wilhelm Kurz, »aber in diesem Kreis rate ich tunlichst ab, von solchen brisanten Dingen zu sprechen. Gerade in dieser Problematik liegt eine Menge Zündstoff. Denkt mal nur über die Asylantensache nach. Wissen wir, wie die LMK-Leute darüber denken? Und zum Schluss kommen wir auch noch auf das Gastarbeiter-Problem usw. zu sprechen. Nein, bitte nicht in diesem Kreis. Da müssen wir viel vorsichtiger sein.«

»Ich hab's«, meldete sich jetzt Walter Klopfer, »ich hab eine Nikolausgeschichte, und die passt für diese Zeit immer und überall. Ihr kennt's ja, da, wo der kleine Fritz draufkommt, dass der Nikolaus in Wirklichkeit sein Onkel ist. Er hat ihn nämlich an den Löchern in seinen Socken erkannt. Das gibt immer eine Mordsgaudi, wenn ich das vorles.« – »Ja, das stimmt«, pflichtete ihm Liebenau bei, »die Geschichte kommt immer gut an.« – »Weiß ich doch, weiß ich doch«, erklärte Wilhelm Kurz, »aber doch nicht bei der LMK. Weißt du, lieber Walter, nix gegen diese Geschichte, aber da ist mir einfach für diesen Kreis zu viel autoritärer Führungsstil drinnen. Und ich weiß, wir haben bei den LMK-Leuten ein paar moderne Pädagogen und Psychologen dabei, die würden uns das nicht wenig übel nehmen, wenn wir eine so repressive Nikolausgeschichte reinbrächten.«

»Ich hab's«, rief nun der greise Franz Plattner, »ich hab's! Ich könnte die Geschichte vom Tannenbaum vorlesen, wie der draußen gestanden ist, mitten im kalten Winterwald. Wie man ihn als Christbaum in die warme gute Stube hereingebracht und wie viel Glück und Seligkeit er den Kindern gespendet hat.« – »Ja net, ja net«, schrie Liebenau dazwischen, »da würden wir uns auf ein schönes Glatteis begeben. Habt ihr denn nicht mitbekommen, was das heuer für ein Theater war, mit der Aufstellung des Münchner Christbaums, wo die Umweltschützer und die Grünen dagegen protestiert haben, dass man weiterhin Christbäume abschneidet, gerade jetzt in der Zeit des Waldsterbens? Das Thema Christbaum und Baum im Besonderen ist zurzeit nur mit Vorsicht zu genießen.«

»Dann schreibe ich halt etwas über einen Plastik-Christbaum. Wie lang haben wir denn noch Zeit bis zu der Lesung? Das müsste doch zu machen sein«, meinte der stets schreibbereite Alfred Seibert.

»Plastik ist genauso problematisch«, fuhr wiederum Liebenau dazwischen, »da sind wir über kurz oder lang bei der Chemie, und da gibt's sicher unterschiedliche Meinungen bei den LMKlern.«

»Und wenn ich aus meinem Band ›Nun sehet den Stern‹ etwas ...«

Bevor Herbert Höpfle seinen Vorschlag zu Ende bringen konnte, rief Kurz: »Um Gottes willen, lieber Herbert, nein, nein, und noch mal nein. Denk doch mal ›Stern‹: Du weißt doch, wie dieser Begriff kontaminiert ist. Ich sage nur ›SDI, Krieg der Sterne‹. Unmöglich, das Wort ›Stern‹ können wir zurzeit unmöglich verwenden.«

»Also, wenn i des siehg, kann euch bloß no i aus der Patsche – Entschuldigung, des ist ja net bayrisch – aus dem Schlamassel helfen«, erklärte selbstbewusst Jakob Jeremias Schneck. »Ich könnt' fast den ganzen Abend gestalten, indem ich Bauernsprüche aus meiner Spruchsammlung ›Hannerl mit'm Pfannerl‹, gerade erschienen im Moritz-Verlag für 19 Euro 80, vorlies. Hahaha: ›Fällt er arschlings in den Schnee, tut dem Knecht der Hintern weh.‹ Hihihi. Und denselben Spruch gibt's im Bereich von Klettham in einer gewissen Abwandlung. Und jetzt bitte ich die Damen, wegzuhören, ach so, wir haben ja gar keine Damen. ›Fällt die Bäuerin in den Harsch, hält sie ganz entsetzt den ... Mund.‹ Hihihi. Ja, was habt's denn Ihr denkt?«

»Ja, wirklich sehr originell, lieber Freund Schneck«, unterbrach ihn der Altpräsident Franz Specht, »wirklich sehr originell, aber unter der derzeitigen Konstellation würde ich dringend von Bauernsprüchen abraten. Sie wissen doch, welch leidiges Problem zurzeit die Agrarpolitik ist. Ein falsches Wort, oder auch nur ein Missverständnis, von der einen oder anderen Seite, nein, nein, da könnt's leicht sein, dass wir ein ganz entsetzliches Eigentor schießen. Ich warne ganz entschieden.« – »Ja, hm«, meinte Schneck, »ich könnte ja auch noch mit was anderem dienen. In meinem Buch ›Rund um die Winterzeit‹ habe ich eine ganze Menge von Bräuchen geschildert, die man bei uns früher und zum Teil auch heute noch in der Familie pflegt.«

»Sehr gut«, mischte sich jetzt auch Specht ein, »da hätte ich auch was anzubieten, eine sehr lustige Geschichte über das gemeinsame Platzlbacken.« Auch Leonhard Sommerer hatte natürlich ein Gedicht parat über die gemütvolle Stimmung an Winterabenden, wo ein Bratapfel im Rohr schmort und man im Familienkreis bei dem selbst zubereiteten Kletzenbrot Geschichten erzählt und Lieder singt. Aber auch dieser Vorschlag missfiel Wilhelm Kurz. Er hätte ja grundsätzlich nichts gegen Kletzenbrot und Bratäpfel, aber das ganze Drumherum wäre etwas problematisch, denn es sei ein mehr als großes Risiko, von einer heilen Familiensituation auszugehen, wo man doch ganz genau wisse, dass die normale Familie auch bei uns schön langsam etwas Unnormales geworden wäre. Wenn man bloß der nüchternen Statistik folgen würde, könnte man leicht ausrechnen, wie wenige der anwesenden LMKler noch eine solche Familienatmosphäre zu Hause hätten, wie sie in diesen Geschichten geschildert würde. Und deswegen rate er dringend ab, denn gerade im emotionalen Bereich könne man sehr stark ins Fettnäpfchen treten. »Ich darf euch, liebe Freunde«, erklärte er mit eindringlicher Stimme, »nochmals daran erinnern, dass für unsere Weihnachtslesung die Pluralität oberstes Gebot sein muss. Ich glaube«, fuhr er fort, »wir stimmen darin überein, dass wir ein Thema finden müssen, das keinerlei Anstoß bietet, weil alle darin übereinstimmen.«

»Ja, aber in was stimmen wir denn überhaupt noch überein?«, fragte Franz Eisele, der bisher geschwiegen hatte, dazwischen. »Ist es nicht so, dass wir nur mehr in einem übereinstimmen, in der Tatsache nämlich, dass wir in nichts mehr übereinstimmen? Müssten wir dann nicht konsequenterweise«, philosophierte er weiter, »an diesem Weihnachtsabend über nichts lesen, weil das Nichts sich jetzt als kleinster gemeinsamer Nenner der Übereinstimmung herausgestellt hat?«

»Nichts da«, fuhr ihn Wilhelm Kurz an, »nichts da, das Nichts ist kein Thema. Was meint ihr, was die LMK da sagen wird, wenn wir über nichts anderes mehr als das Nichts reden würden. Und unsere literarische Konkurrenz würde sich freuen wie die Schneekönige.«

Das Wort ›Könige‹ war natürlich ein Reizwort für den Monarchisten Sebastian Hollmeier, der spontan vorschlug, über einige winterliche Begebenheiten am bayerischen Königshof zu berichten. Der Vorschlag wurde aber sofort aus politischen Gründen zurückgewiesen, da man davon ausgehen müsse, dass die einzelnen LMKler die verschiedensten Vorstellungen über Staatsformen hätten. »Ganz schön schwierig«, murmelte der Altpräsident Specht.

Da zeigte sich ein Leuchten auf dem Gesicht von Wilhelm Kurz. »Was haben Sie gesagt, lieber Altpräsident?«, meinte er. »Ganz schön. Ganz ... Moment, das wäre eine Möglichkeit. Ich hab da eine wunderschöne Geschichte über die Weihnachtsgans geschrieben, die immer gut ankommt.«

Nun ging ein Aufatmen durch die Federfuchserschar, und jeder entdeckte, dass er auch einen Beitrag hatte, in dem der Gansbraten eine Rolle spielte. Der Abend war gerettet.

Im nächsten Jahr erhielten aber die Federfuchser dennoch keine neue Einladung bei den LMKlern. Wilhelm Kurz hatte bei seinen Erkundigungen ganz vergessen, dass der LMK-Vorstand gleichzeitig Vorsitzender des Tierschutzvereins und des Vegetarierbundes war.

Weihnachten runderneuert

Keinen Stress, bitte!

Oft hört man heute die Klage über den Weihnachtsstress und den Seufzer: »Mein Gott, bin ich froh, wenn dieser Tag wieder vorbei ist!« Man erinnert sich an so manche Weihnachtstage. In der Früh hat man noch schnell beim Metzger die bestellten Weißwürste oder auch die Weihnachtsgans geholt. Dazu natürlich beim Bäcker die Brezen besorgt. Vielleicht festgestellt, dass die Zutaten für den zu brauenden Punsch noch fehlen und sicherheitshalber, falls die alten nicht mehr zünden sollten, ein paar Sternwerfer besorgt. Dann ging es ab auf den Friedhof, wo man noch ein kleines Bäumchen ans Grab gestellt hat.

Nun galt es, den Christbaum aufzustellen. Oje, wo war denn jetzt wieder der Christbaumständer? Die Zeit war weit vorangeschritten, ehe man die Geschenke zusammensuchte, womöglich noch einpapierlte und unter dem Christbaum verteilte. Jetzt gings an die letzten Vorbereitungen fürs Festmahl und das Kochen des Punsches.

Jedes Jahr hatte man sich vorgenommen, dieses Mal die Bescherung früher zu machen, um sie genießen zu können. Da blieb dann wirklich nur ganz kurz Zeit, den Christbaum anzuzünden, zur Bescherung das Glöckchen zu läuten, die Geschenke anzuschauen, und womöglich sogar noch ein Weihnachtslied zu singen. Total abgehetzt raste man zur Christmette, wo man erschöpft schon während der

Predigt einschlief. Hektik, Stress! Kann das der Sinn eines so schönen Festes wie Weihnachten sein?

Höchste Zeit, dass sich da im Zeitalter des Fortschritts und des Internets endlich ein Christmas-Event-Entstress-Consulting gebildet hat, das uns seine Dienste anbietet. Die Grundidee ist nichts Neues. Sie heißt Dezentralisieren. Was das heißt? Zunächst den Heiligen Abend über mehrere Wochen vor diesem zu verteilen. Unsere Supermärkte sind ja nun schon seit Jahren bemüht, uns weihnachtliches Zubehör wie Lebkuchen, Christstollen, Zimtsterne, aber auch Christbaumkugeln, Weihnachtsbeleuchtung usw. bereits in der letzten Oktoberfestwoche zu liefern.

Natürlich finden Weihnachtsmärkte immer früher statt, und der Christbaumverkauf beginnt ebenfalls bereits im November, was bedeutet, dass, wenn die letzten Blätter von den Bäumen abgefallen sind, auch der Christbaum bereits entnadelt ist. In den auch bereits ab Mitte November stattfindenden Weihnachtslesungen ist es Usus, schon ein Christbäumchen aufzustellen und zum Schluss der Lesung der *Heiligen Nacht* das Lied »Stille Nacht, heilige Nacht« zu singen.

Vorm Rathaus und bei diversen Kripperlmärkten erklingen ebenfalls spätestens vier Wochen vorm Christfest von Live-Aborigines aus dem Voralpenland die stündlich gesungenen Aufforderungen: »Lasst uns froh und munter sein, denn heut ist Heiligabend da!« Man sieht, unsere christmas-konsumfreundliche Wirtschaft tut alles, um den Heiligen Abend zu entzerren, ihn auf kleine Häppchen aufzuteilen, um uns eine ungesunde Konzentration auf den einen Abend zu ersparen.

Wer aber traditionsbewusst nicht auf die Christmas-Konzentration am Heiligen Abend verzichten will, für den gibt es seit Neuestem ebenfalls großartige Möglichkeiten, dem Self-doing-Stress zu entfliehen. Ein neu eingerichteter Christbaum-Service liefert bis zur späten Stunde herrlich geschmückte künstliche Weihnachtsbäume »made in Hongkong« jeder Größe ins Haus.

Das Special-Christmas-Dinner-Catering bietet alle Arten von Festessen frei Haus an. Ob Fleischesser, Vegetarier oder Veganer, für jeden ist gesorgt: Von dem traditionellen Gansbraten bis hin zu echten Münchner Tofu-Weißwürsten. Selbstverständlich wird jede Art von hochprozentigem Weihnachtspunsch bis hin zum alkoholfreien Kinderpunsch geliefert.

Das Neueste aber ist der Christmas-Viewing-Service. Für den Abend, aber auch die Tage darüber hinaus, baut dieser mittels modernster Stereo und 3-D-Technik Ihr Zimmer so aus, dass Sie sich mit nur einem einfachen Knopfdruck nach Wunsch in die Schar der Hirten, der Gefolgschaft der Heiligen Drei Könige, ja, sogar in die der das Heil verkündenden Engel virtuell einreihen können. Ein solches Engagement bei den himmlischen Heerscharen ist natürlich ein anderes Erlebnis, als wenn Sie in der Christmette in St. Hedwig zusammen mit dem Haderner Viergesang »Es ist ein Ros entsprungen« mitsingen dürfen.

Was die Geschenke betrifft: Unter dem Baum wird der Computer aufgestellt, auf dem jeder für die festgesetzte Geschenksumme seine individuellen

Wünsche automatisch durch Druck auf die Pay-Taste erfüllen kann.

Ich bin sicher, dass uns jedes Jahr neue Möglichkeiten geboten werden, wie wir uns aus dem anstrengenden und stressigen Self-Celebration-Druck befreien können.

Nun mag sich der eine oder andere fragen, wie wir einen solchen nun entstressten Heiligen Abend zu Ende bringen? Da gibt es natürlich eine ganze Reihe von Alternativen, wie interkulturelle Begegnungen in der nahe gelegenen Moschee mit einem Blitzkurs für ein Muezzin-Diplom. Oder Basteln von Luftschlangen und Konfetti bzw. eine Generalprobe mit den Feuerwerksraketen für Silvester. Oder eine ganz revolutionäre Idee: Lesen aus einem alten Hausbuch, Geschichten über »Weihnachten, wie es früher war«.

Nikolotchie

Früher kam der Nikolaus
zu den Kindern noch nach Haus,
mit Knecht Ruprecht oder gar
mit einer kleinen Engelschar.
Jener las oft die Leviten,
lobte aber auch Meriten.
Und dann holte Nikolaus
aus dem großen Sack heraus
Äpfel, Birnen, Haselnuss
und womöglich auch zum Schluss
eine Rute noch geschwind
für das nicht so brave Kind.

All das ist Vergangenheit,
liegt nicht mehr im Geist der Zeit.
Nikolaus und Bischofsmütze
sind in einer Zeit nichts nütze,
in der Technik garantiert
Leistungswettbewerb regiert.
Kinder fördern ohne Ruh,
heißt's, sonst schrumpft ja ihr IQ.
Sang man früher hie und da:
»Lustig, lustig, trallala«
oder »Leis rieselt der Schnee«,
geht es heut um CAD,
Anschluss an das Internet,
denn wie schnell ist es zu spät,

lernt das Kind nicht früh verstehn,
mit Computern umzugehn.
Haltet statt mit Nik'lausgab
euer Kind gezielt auf Trab.
Wer an Kindes Zukunft denkt,
Software oder Hardware schenkt.

Doch modern sein heißt auch nicht
den totalen Brauch-Verzicht.
Denn der gute Nikolaus
darf auch weiter noch ins Haus.
Allerdings nicht wie zuvor
durch das Stiegenhaus, Tür, Tor.
Er kommt nun auf Interline
zu dem lieben Kinderlein,
allwo dies emanzipiert
Nikolaus nun dirigiert.

Sagt der was, was stört das Kind,
schmeißt es sogleich ganz geschwind
digital Sankt Nikolaus
aus dem Bildschirm einfach raus.
Passt ihm was nicht in den Kram,
wählt's ein anderes Programm,
welches ihm verheißt mehr Spaß.
Beispielsweis den Osterhas,
der nicht wie der Weihnachtsbote
ihm gar mit der Rute droht,
allenfalls nach einem Nest
Kinder surfend suchen lässt,
das der Has im Internet
zwischen Sex und Crime versteckt.

Nikolaus sagt nimmermehr:
»Vom Wald da draußen komm ich her«,
kommt nicht durch Schornstein oder Tür,
durch Windows, CD-ROM dafür.
Nicht Kettenklirren, Glockenklang,
ein Piep-piep kündigt ihn jetzt an,
der wie eine Flunder, ach,
erscheint nun auf dem Bildschirm flach.

Hat aber man noch nicht zu Haus
Computer, muss den Nikolaus
nicht missen heutzutag ein Kind,
denn die Technik ist geschwind.
Erfindergeist wird niemals ruhn.
Nach dem Tamagotchi-Huhn
kommt nun aus Japan wieder, klar,
der Nikolotchie wunderbar,
der rechtzeitig zum Weihnachtsfest
die Herzen höher schlagen lässt.

Ein Knopfdruck von den Kinderlein
haucht Nikolotchie Leben ein.
Darauf ertönt ein Piepser-Ton,
und Nikolotchie ist jetzt »on«.
»Vom Himmel hoch, da komm ich her,
ich will euch sagen, es weihnachtet sehr«,
ertönt's aus dem Computer dann,
und darauf zeigt derselbe an:
»Sag auf ein Nikolausgedicht!«
Und wenn man dann dasselbe spricht,
der Nikolaus ganz freundlich lacht.
Das heißt: »Das hast du gut gemacht!«

Und zur Belohnung, heißassa,
erklingt es: »Lustig, trallala.«
Der Nikolotchie ist erpicht,
dass man ihn füttert mit Gedicht',
mit frommen Liedern und Gebet
den ganzen Tag, von früh bis spät.

Doch wenn der Input mal nicht stimmt,
dies Nikolotchie übel nimmt.
Dann macht es auf dem Bildschirm »peng«.
Nun zeigt er Sack und Rute streng.
Und wiederholt sich das, oh Graus,
dann flippt der Nikolotchie aus.
Er ruft per Notruf, eins, zwei, drei,
den wilden Krampus schnell herbei.
Und der erscheint auch schon schnurstracks,
packt in den Sack dann, hurradax,
das böse Kind, das nicht gepflegt
und nicht laut Anweisung umhegt
den guten Nikolotchie hat,
der, ach, ein toter Apparat
nun ist, ganz ohne Leben drin.
Und den, weil er ohne Sinn,
umweltbewusst und ganz korrekt
Krampus in den Container steckt,
sich auf die Kutsch zum Himmel schwingt, ihn
dorthin zur Entsorgung bringt.

Der repressionsfreie Nikolaus

(nach einer Idee von H. Seitz)

Was an Nikolaus angeht, liabe Leut,
da glaub i, is' endlich amal an der Zeit,
dass i a ernsts Wörterl mit euch jetzat red,
weil's mit de altn Bräuch so weiter net geht.
Seids doch net so fad, seids net aso stur,
sonst ändert se nia unser Gsellschaftsstruktur!

Nikolaus, wenn i den Nama scho hör,
der klingt net wenig nach autoritär.
Heut mit de repressionslosn Kinderladn,
da kann i 'n Eltern und Erziehern grad ratn:
Der Nikolausbrauch, wenn er scho abgschafft
                                          net wird,
ghört zumindest richtig umstrukturiert.

So müasst ma zum Beispiel de Kinder erst fragn,
was de überhaupts zum Nikolausbsuach sagn;
dazua daad se dann natürlich aa ghörn,
dass demokratisch abgstimmt müasst werdn,
und d' Kinder habn dabei, wia's se versteht,
net bloß a Drittel-, sondern d' Halbparität.
Derf er wirklich na kemma laut Kinderentscheid,
na muass er scho anders ausschaugn wia heut.
Mit Sack oder Ruatn, da geht fei nix mehr,
des schaugat vui zvui nach repressiv her.

Aa sei Bischofsmützn, des wissts ja wohl,
de kannt als hierarchisches Statussymbol
de arma Kloana irritiern
und in ihrem klassnlosn Denken verwirrn.
Sei Mantel, der lange, kannt beibhaltn werdn,
denn so was san s' gwohnt, »Maxi« ist ja modern.
Und der Bart, der werd weiterhin onepappt,
weil der Marx und der Lenin ja aa oan habn ghabt.
Oans lasst si besonders nimmer vertretn:
des fromme Liader-Singa und Betn.
Heut hat ma koa goldernes Büachl mehr,
heut nimmt ma de Bibi vom Mao glei her,
aus der ma a Gsatzl draus rauszitiert
und mit de Kloana durchdiskutiert.
Nikolaus, de was auf se haltn,
baun aa sonst sinnvoll Bruckn zwischn Neuem
                                          und Altn:
Sie habn statt am Engerl an Engels dabei
und schenkan de Buam Karl Marx statt Karl May.
A bisserl werdn zwar de Kinder scho fluacha,
weil s' im Marx umsonst Indianer drin suacha.
Jetz hoff i, dass es beherzigts mein' Rat
und der bürgerliche Nikolaus ausdeant dann hat.
Wennt's des all's so machts, wia's si ghört,
derft's glaubn, dass der Abend vui lustiger werd.
Und 's Kind, des bieselt dann kaum mehr in
                                          d' Hosn
beziehungsweise, modern gsagt, kriagt Angstneu-
                                          rosn.
Doch dafür freilich möglicherweis
kriagns jetzat nacha de Nikoläus.

Der Weihnachter

Wenn wir in unserem Unternehmen die Nikolausfeier ausgerichtet haben, ist das natürlich immer arg traditionell abgelaufen mit einem Nikolaus und dem Knecht Ruprecht. Der Nikolaus hat aus einem goldenen Buch witzige Verse über die höhergestellten Leute vorgelesen, und dann hat der Knecht Ruprecht durchaus kostbare Geschenke an die Herrschaften verteilt. Das Ganze hat den Vorteil gehabt, dass es nicht übermäßig teuer war. Denn der Herr Igerl, der früher bei uns gearbeitet hat und jetzt im Ruhestand ist, hat sowohl die Verse als auch den heiligen Nikolaus gemacht. Und sein Kegelbruder, der Herr Pfanzelt, ist als Knecht Ruprecht aufgetreten.

Ich bin aber der Meinung: Alles zu seiner Zeit! Und weil der Fortschritt sich nicht aufhalten lässt, deswegen haben wir heuer das Programm runderneuert. Unsere Werbeagentur hat das Ganze in ihre bewährten Hände genommen, und dann ist auch etwas ganz Neues und Exklusives herausgekommen. Diese Agentur hat nämlich sogar ein eigenes Ressort, das sich nur auf Advents- und Weihnachtsveranstaltungen spezialisiert hat. »Adventina« nennt es sich.

Die Hauptperson des Abends heißt jetzt nicht mehr Nikolaus oder sogar Weihnachtsmann, was ja ohnehin kein bayerischer Ausdruck ist. Nein, sie nennt sich jetzt »Weihnachter«. Und wissen Sie, wer als Weihnachter aufgetreten ist? Das ist natürlich schon ein echter Glücksgriff, wenn man eine solche Persönlichkeit sozusagen an Land ziehen kann. Stellen Sie sich vor, der Weihnachter war niemand Geringer als der Karl Schlipseder. So ein stilbewusster Mensch hat es natürlich nicht nötig, dass er sich in ein antiquiertes Nikolauskostüm reinzwängt, eine Bischofsmütze auf dem Kopf trägt oder gar irgendeine Perücke aufsetzt und sich einen Bart hinpappt. Nein, der Schlipseder erscheint einfach genau so, wie er ist. Und bei ihm ist alles echt.

Seinen Idefix, oder wie das Viecherl heißt, hat er natürlich auch dabeigehabt. Nein, jetzt hab ich's, Peggy heißt sie. Die war allerdings ein bisserl maskiert oder, besser gesagt, gestylt, nämlich als Engerl. Aber sehr dezent, wie das auch die Art vom Schlipseder ist. Nicht einmal den Martinsmantel, den er wegen seiner großartigen Verdienste um die Kirche verliehen bekommen hat, hat er in seiner Bescheidenheit angezogen. Bloß seine einfache, selber geschneiderte unauffällige Kleidung.

Ja, und dann hat der Herr Schlipseder, der wo ja immerhin ein bedeutender Schriftsteller geworden ist – wahrscheinlich haben Sie es ja schon gelesen, dass er sich einen Bestseller nach dem anderen abringt –, wunderschöne Gedichte aus eigener Feder vorgetragen. Das waren zum Teil richtig stimmungsvolle Wintergedichte, zum Teil war es halt einfach bloße Naturlyrik, die wo aber ganz meisterhaft Tradition und modernes Problembewusstsein miteinander verbunden hat. Es wär höchste Zeit, dass unsere Kinder, die ja ohnehin kein einziges Gedicht mehr auswendig kennen und allenfalls nur noch ein paar von diesen modernen

Schreiberlingen wie den Böll oder gar den Achternbusch kennen, wieder was Gescheites lernen. Also, meine Hoffnung wär sogar, dass der Schlipseder, der ja auch einen guten Draht zu unserer Regierung hat, weil sich kein Politiker mehr leisten kann, dass er an einem der größten Söhne des Landes vorbeigeht, sozusagen wieder für eine literarische Renaissance sorgt. Gerade unser Kultusministerium setzt ja allenthalben auf Innovationen. Wie wär's also, wenn man Schlipseder-Gedichte als Pflicht-Lesestoff in die Schulbücher aufnähme?

Es gibt aber noch einen anderen Weg. Wenn jetzt unsere Grundschüler alle Englisch lernen müssen, dann könnte ich mir sogar die Möglichkeit vorstellen, dass man die Genialität von dem Schlipseder eventuell auch für den Fremdsprachenunterricht nutzt. Da müsste halt zuerst ein renommierter Übersetzer die Schlipseder-Verse in einer Translation ins Englische übertragen, und den Schlipseder müsste man dann ein bisserl anglisieren, vielleicht zu »Slipsy«.

Aber jetzt trag ich Ihnen einmal ein paar ausgewählte Verse vor, die der Schlipsi rezitiert hat. Ich hab mir natürlich seine ganzen Bände gekauft und – stellen Sie sich vor – von ihm sogar handsigniert bekommen.
Also, dann wirklich Originalton Schlipseder:

Die Flöcklein falln
Die Flöcklein falln vom Himmelszelt.
Wie still und heimlich ist die Welt!
Die Vöglein wetzen ihre Schnäbel,
der Eiszapf hängt vom Dach als Säbel.

Es hängt am Baum der Lichterkranz
und spendet seinen hellen Glanz.
Der Winter zieht nun übers Land
und legt darauf die weiße Hand.
Jaja, der Winter ist schon einer,
fast möcht man sagen, ein Designer.

Mein Schneemann
Als kleines Kind, als kleiner Knab
voll Freude ich gesehen hab
den ersten Schnee in unserm Garten.
Da konnt' ich dann nicht länger warten
und hab mich im warmen Gewand
begeben in das Winterland.
Ich zog mir meine Handschuh' an
und baute einen Schneemann dann,
indem ich rollte eine Walz
für seinen Körper, seinen Hals,
ein Schneebällchen für seinen Kropf
und eine Kugel für den Kopf.
Zwei schwarze Kohlen taten taugen
für diesen Schneemann für die Augen.
Als Nase stecke ich dem Wicht
ein Gelberübchen ins Gesicht.
Als Hut für diesen weißen Mann
diente ein Pappkarton mir dann.
So stand der Schneemann nun kompakt.
Doch schien er mir ein wenig nackt.
Damit er musst nicht Kälte leiden,
beschloss ich, ihn mehr zu bekleiden.
Aus einem Stoffstück, das ich hatte,
schnitt ich für ihn eine Krawatte,

die ich ihm um den Hals nun band,
was auch der Schneemann lustig fand.
Doch währt' nicht lang des Schneemanns
                                      Pracht,
er schmolz dahin wohl über Nacht.
Der Schnee zerfloss, und ich fand dann
nur die Krawatte irgendwann.
Was bleibt? So stellt ich schon als Knab
mir damals jene große Frag.
Was bleibt von all dem Gut und Geld
im Lauf der Zeit auf unsrer Welt?
Heut aber ist, was bleibt, mir klar:
Schlipsis Krawatte immerdar.

Ja, man könnt noch stundenlang schwelgen in dieser Lyrik. Am besten horchen Sie den Dichter doch selber mal an.

Aber zurück zu unserer Weihnachtsfeier. Am Schluss hat der Schlipsi dann doch noch einen Touch von dem alten Brauch hineingebracht, indem er wie ein Krampus die Rute rausgezogen hat. Ich meine natürlich rein symbolisch, denn er hat die Bösewichte psychologisch bestraft, indem dass er ihnen erst sein Schlipseder-Lied vorgesungen hat und dann dem Vorstandsvorsitzenden ein sogenanntes Präsent mitgebracht hat. Und das war ein Wochenende mit Schlipsi und Peggy im Big-Brother-Container.

Der neue Christbaum

Heuer hab ich was Schönes
in der Münchner Fußgängerzone gesehn,
das Neueste, den letzten Schrei:
ein Christbaumerl ganz aus echtem Plastik,
fast einen Meter hoch, stabil, unverwüstlich,
lila Nadeln, nicht die üblichen Christbaumkugeln,
sondern lauter kleine Kunststofffiguren
aus den Walt-Disney-Filmen:
Donald Duck, Onkel Dagobert,
Micky Mouse, Goofy, Schweinchen Dick.
An der Christbaumspitze
der »Glöckner von Notre Dame«,
der vollautomatisch die Glöckerl am Baum
bimmeln lässt.
Anstatt die Kerzn als Beleuchtung
lauter kleine »Aladine« mit einer Wunderlampe
und dazu ein Haufen Nixen,
wie die Arielle mit einem feschen Bikini-Oberteil
und einem glänzenden silbernen Fischschwanz.
Das Höchste ist aber:
Wenns'd auf einen Knopf drückst,
hüpft der Christbaum auf und ab
im Rhythmus von dem Lied »Jingle bells«.
Zum feierlichen Höhepunkt brüllt dann der Simba,
der König der Tiere,
»merry Christmas«.

An dem Christbaumständer
steht auch das Herkunftsland von dem Baum:
»made in Hongkong«.
Das Allerbeste aber war,
dass der Baum ein Sonderangebot war.
Von 250 Euro haben sie ihn
auf sage und schreibe 199,99 Euro reduziert.
Da ist mir gar nichts anderes übrig geblieben
wie zugreifen.

Am Heiligen Abend
besucht uns immer der Onkel Hans,
der zweiter Vorstand
vom Verein für Brauchtumspflege ist.
Der lässt es sich nicht nehmen,
dass er uns jedes Jahr
die »Heilige Nacht« von Ludwig Thoma vorliest.
Das wird heuer für ihn
bestimmt eine wunderbare Überraschung,
wenn wir als Background dazu
den Hongkong-Christbaum tanzen lassen.

Sprachforschung

ANSAGER: In unserer Sendereihe »So ist's bei uns halt der Brauch« hören Sie heute ein Live-Interview, das unser Redakteur Olaf Knut Klawuttke mit dem Austragsbauern Tobias Gamperl, genannt »der Guglhupfer-Hias«, führt.

KLAWUTTKE: Liebe Hörerinnen und Hörer, wir befinden uns in dem bescheidenen Stüberl unseres heutigen Interviewpartners Tobias Gamperl, oder sollen wir Sie besser mit Ihrem anderen Namen, äh, Guglhupfer-Hias ansprechen?

TOBIAS: Des is' ghupft wia gsprunga.

KLAWUTTKE: Aha. Nun gut. Es geht uns heute wieder einmal, wie sollt's anders sein, um die schönen alten Bräuche. Dazu gehört unseres Erachtens auch das Glückwünschen zu Weihnachten und Neujahr in den verschiedensten Varianten, die sich gerade bei uns in Bayern entwickelt haben. Leider scheint auch da eine gewisse Uniformierung eingetreten zu sein. Und wir finden immer mehr Wünsche wie »Ein frohes Fest« oder »Ein gutes neues Jahr«. Oder?

TOBIAS: Jaja. Heutzutag is' des Beste net mal mehr gut genug für die Bankertn. Unser Vater hat uns seinerzeit a paar Wochen vor Weihnachten unsere Holzstöckalan weggnomma. Und auf Weihnachten hamma s' dann wieder kriagt, bloß neu ang'malt. Aber mia ham uns allemal gfreut, obwohl's dieselbn gwesn sind. Sozusagen ghupft wia gsprunga.

KLAWUTTKE: Soso. Unvorstellbar heute. Aber zurück zu unseren Glückwünschen.

TOBIAS: Da hätt uns der Vater was pfiffn, wenn mia solchene Briafalan wia unsere Hundskrüppeln ans Christkindla gschriebn hättn. Am neuen Computer oder so was. Mia habn no' gar keine Computer kennt. Mia habn no' mit Holzstöckalan gspielt und sind aa was wordn. Und i behaupt halt: Computer oder Klötzelan, des is' ghupft wia gsprunga. Verstehn S'?

KLAWUTTKE: Hm, ja, selbstverständlich. Nun aber zu unserem Anliegen. Wir haben erfahren, dass Sie hier noch eine ganz besonders individuelle Art des Weihnachtswunsches pflegen. Sie zeigt, dass man der allgemeinen Sprachverarmung bei unserer Jugend wieder etwas entgegensetzen kann. Besonders, wenn wir die Buntheit gerade unserer bayerischen Mundart zum Ausdruck kommen lassen.

TOBIAS: Des is' wohl wahr. Heutzutag brauchen s' Legos oder Playmobilan oder wia des Zeugs hoaßt, und einen Haufn Geld kost's aa no'. Bei uns habn s' die Holzklötzalan 'tan, zu denen wir Baustöckl gsagt haben. Aber langweilig is' uns nia net gwesn. Im Gegensatz zu unsere Fratzn, de ungezogenen, de wo net amal mehr bitt schön oder dank schön sagn, wenn s' was kriagn.

KLAWUTTKE: Liebe Hörerinnen und Hörer. Äh, ja nun. Ich falle einfach mit der Tür ins Haus: Es ist uns gelungen, die genaue Formulierung des Weihnachtswunsches in Erfahrung zu bringen, wie sie gerade im Hause unseres, äh, Guglhupfer-Hias, alias Gamperl, ausgesprochen und weitergegeben wurde. Dieser Wunsch war nicht einmal unserem bayerischen Sprachexperten Ingwer Snigelsen bekannt. Würden Sie bitte unseren Hörern einmal in Ihrer unnachahmlichen Wortkraft ins Mikrofon sagen, wie Sie uns das Christfest wünschen?

TOBIAS: Natürlich. Mia habn nämlich noch ganz lang ans Christkindl 'glaubt und an die Engerl. Heutzutag glauben de Rotzlöffl an den Superman oder de Vampire, ghupft wia gsprunga, de wo s' immer im Fernsehn sehn. A Kreuz is'.

KLAWUTTKE: Nun gut. Äh, ich verrate Ihnen, liebe Hörer, den knorrigen Wunsch. Einen, den Sie so sicherlich noch nie gehört haben. Er heißt schlicht und einfach: »I wisch Ameri Chrys-mas.« Ein rätselhafter Spruch. Unser Sprachexperte Ingwer Snigelsen hat in den entsprechenden Wörterbüchern lange nachgeschlagen. Nicht zuletzt im bayerischen Standardwörterbuch, dem »Schmeller«. Er fand heraus, dass dieses »I wisch« wohl vom mittelhochdeutschen »wischen« und dem althochdeutschen »wuiskian« stammen muss. Das heißt in etwa: »Ich bin dir zu Diensten.« Das »Ameri« bezeichnet wahrscheinlich eine Getreideart, den Amerkern, eine Art weißen Dinkel. So heißt es bei Aventinus »Far quod a Bojis Amerkern vocatur«: Mehl, das von den Bojern Amerkern genannt wird. Nicht wahr, Tobias?

TOBIAS: Ha. Jaja. Mia habn no' schöne, lustige Spiele ghabt. Das Mehlschneiden zum Beispiel. Heutzutag sitzen die Schrazen den ganzen Tag vorm Computer und fingern an eahnan Gameboy umeinand, statt dass s' wenigstens noch Fangermandl oder »Schneider, leih mir de Scher« spielen, wo s' no' laufn müssn. Aber ma' siehgt's ja, was rauskommt, lauter rausgfressne Kinder, wia Bierfassl. Zaundürr warn mia seinerzeit.

KLAWUTTKE: Snigelsen übersetzt den Weihnachtswunsch also so: »Ich will dir zu Diensten sein und schenke dir sogar den kostbaren weißen Dinkel als Symbol dafür.« Und nun kommt das rätselhafte »Chrys-mas«. Da bleibt wohl nichts anderes übrig, als im Griechischen zu forschen, wo ja die Wortwurzel »chryso« Gold bedeutet. Das »ma« soll laut Snigelsen den Plural bekunden. Und damit bedeutet der Ausdruck: Gold in Hülle und Fülle. Fällt Ihnen etwas auf, verehrte Hörerin, verehrter Hörer? Dieser Wunsch aus dem Imsgau, wo unser Tobias herstammt, scheint etwas mit den Gaben der Heiligen Drei Könige zu tun zu haben: Gold, und dann anstelle von Weihrauch und Myrrhe Amerkern, also weißer Dinkel. Nicht wahr?

TOBIAS: Mir habn aa no' koan solchen Dünkel net ghabt, als wia unsere jungen Leut, die wo meinen, dass sie was ganz Bsonders san und dass eahna a Zacken aus ihrer Goldkrone fallt, wenn s' amal grüaßn taatn. Höchstens dass' noch »Hey« und »Hallo« sagn. Früher hat jeder bei uns alle grüaßt; sogar de Preußn. Des war für uns ghupft wia gsprunga.

In diesem Moment betritt eine alte Frau das Zimmer.

KLAWUTTKE: Ja, das ist aber eine freudige Überraschung! Soeben ist die Schwester von unserem Gastgeber, das Annamierl, von ihrer Sennhütte auf einen Besuch heruntergekommen. Vielleicht kennen Sie sie schon von früheren Sendungen her. Setz dich nur her zu uns, Annamierl. Ich führe gerade mit deinem Bruder ein interessantes Gespräch über eure ganz besonders urige und unverwechselbare Art des Weihnachtswünschens. Sie hat sich offenbar nur bei euch im Imsgau über die Jahrhunderte erhalten. Du weißt, was ich meine, Annamierl?

ANNAMIRL: Ja, sicher, scho'. Mir habn da vor vielen Jahren von unserem Vetter, dem Blasi, der wo ausgwandert is', a wunderschöne Weihnachtskartn 'kriagt, oder so. De habn ma eingrahmt und aufghängt. Und de schreibn ma jedes Jahr auf Weihnachtn ab und sagn's alle liabn Leut, weil mia eben auf Brauch no was halten. Da, lesen Sie's selber!

KLAWUTTKE *(liest die Karte von der Wand ab):* I wish you a merry Christmas. Oh mein Gott. Wir schalten zurück ins Funkhaus!

Pisa und die Religion

Beim neuesten Pisa-Test hat sich herausgestellt, dass unsere jungen Leute, was Religion betrifft, immer weniger wissen, und davon auch nicht Gescheites mehr.

So ist einigen nicht einmal mehr bekannt, wo der Kölner Dom und das Ulmer Münster stehen.

Manche meinen, dass die Nothelfer der Meister Proper und der Weiße Riese sind.

Dass der Evangelist Matthäus mit Vornamen Lothar und der Heilige Geist Melissen heißt.

Dass Sodom und Gomorrha zwei neue Kabelprogramme sind und das Elfte Gebot heißt: »Du sollst dich nicht erwischen lassen!«

Dass der Vatikan der Vater von Oli Kahn ist.

Dass der erste Mensch ein gebürtiger Bonanza war und Adam Cartwright geheißen hat und dass der Little Joe und Hoss seine Brüder waren.

Dass das Neue Testament eine Nachlasserklärung ist und die Heilige Schrift eine neue Grundschulverfügung vom Spaenle.

Dass Ostern das Gegenteil von einem Western ist.

Dass Abraham der Vater der Schlümpfe ist und dass die Frau Odes die Frau von Her-odes war.

Dass die Bergpredigt die Ansprache zum Starkbieranstich am Nockherberg ist.

Dass die Heiligen Drei Könige eigentlich vier waren und nicht Kaspar, Melchior und Balthasar hießen, sondern Eichel-, Gras- und Schelln-König. Und der Herzkönig war ihr Anführer und hat Maxe geheißen. Sie sind auch nicht aus dem Morgenland, sondern aus dem Legoland oder Disneyland angereist und auf ihren Kamelen und Elefanten hinter dem Mercedesstern nachgeritten.

Ja, und ein paar von unseren Kleinen bilden sich auch ein, dass die Weisen so geheißen haben, weil sie keine Eltern hatten und gleichzeitig die Väter der Boygroup »Die Prinzen« waren. Dass sie an die Krippe nicht Gold, Weihrauch und Myrrhe, sondern Gummibärchen, Big Mac und Pampers mitgebracht haben.

Aber wegen der kleinen Missverständnisse und Wissenslücken sollte man unseren »Kids« nicht gleich böse sein.

Im Übrigen ist es gut, dass unser akademischer Nachwuchs das alles wegen seiner sprichwörtlichen Leseschwäche sowieso nicht lesen kann.

Christmas for Kids

Das, was die Hunnen und Tartaren
nicht schafften hierzuland vor Jahren,
das Heidentum ins Land zu bringen,
wird jetzt auf neuem Weg gelingen.
Im Kinderfernsehn mit Geschick
bringt Aberglaubn der Zeichentrick.
Bald wird der ganze Aberglauben
uns unserer Kultur berauben.
Der Heilig' Georg, Florian
weichen dem Bat- und Superman.
Die Katharina mit'm Radl
und auch die andern heilign Madl
werdn abgelöst im Fernsehn nun
durch Lara Croft und Sailor Moon.
Kein Schutzengel gibt noch Geleit,
das tun die Teletubbies heut.
Verkündigung von Gabriel
läuft lediglich noch als E-Mail.
Als Heilige Familie dann,
da schaun sie sich die Simpsons an.
Den Ochs im Stall ersetzt partout
dank Rinderwahn die lila Kuh.
Und Josef, unser Schutzpatron,
der wird verdrängt von Pokémon.
Commander heißen die drei Weisen,
die auf der Enterprise anreisen.

So hat bei uns rund um die Uhr
der Aberglaube Konjunktur.
Heiliger Josef, steh uns bei!
Wann geht der ganze Spuk vorbei?
Sonst muss man Konsequenzen ziehn
und wie du nach Ägypten fliehn.
Doch, fürcht ich, ist es viel zu spät:
Auch dort herrscht schon das Internet.

Weihnachtstraditionen

BUB: Mei, Papa, heut hättst unsern Religionslehrer erleben sollen. Der is heut richtig bös wordn.

PAPA: Euer Religionslehrer, der Pfarrer Schober? Geh zua, der is doch a Seele von am Menschen.

BUB: Kann scho sei', aber heut is er amal gscheit narrisch worden. Beim Abfragen.

PAPA: Warum? Was is'n da passiert?

BUB: Der Herr Pfarrer wollt wissen, wia die Heiligen Drei Könige ghoaßn haben, und hat an Marcus aufgruafn. Und der hat gsagt, seines Wissens san des eigentlich net drei, sondern viere: der Schellen-, der Eichel-, der Gras- und der Herzkönig. Der waar der Höchste und hoaßt Maxe.

PAPA: Ja, da wundert mi natürlich gar nix mehr.

BUB: Ja, aber richtig ausg'rast' is er erst, wia der Sven auf die Frag, was die Dreifaltigkeit is, gmoant hat, des is des, was rauskommt, wenn ma die Gsichtscreme von der Dings, der Uschi Sowieso, benutzt.

PAPA: Um Himmels wuin! Hast du wenigstens was gwusst?

BUB: Klaro. I war der Oanzige, der wo die vier Evangelisten Lukas, Matthäus, Markus und Johannes gwusst hat.

Papa: Immerhin etwas.

Bub: I hätt sogar eahnere zwoaten Namen kennt: Lukas Podolski, Lothar Matthäus, Markus Wasmeier und Johannes B. Kerner.

Papa: Guat, dass d' des net gsagt hast. Aber des is scho a Kreuz mit der Religion in unserer Zeit. Und schuld daran is, wenns d' mi fragst, in erster Linie der Fernseher.

Bub: Wiaso?

Papa: Weil vui moana, wenn s' auf den Knopf drucka, na sans' die Allergscheitsten und könnan si die ganze Welt ins Wohnzimmer holen.

Bub: Jetzt übertreibst aber.

Papa: Von wegen. Wer braucht denn heut no Heilige oder gar Engel? Da gibt's an Superman. Der erledigt in oaner Person, was die ganzen 14 Nothelfer mitanander net z'stand bracht hätten. Die Teletubbies ersetzen die Schutzengel. Und die Simpsons san die Heilige Familie.

Bub: Ganz so schlimm is' aa wieder net. Du moanst halt einfach, dass früahra alles besser war und 's Weihwasser sogar allerweil dünner wird.

Papa: Jaja, is scho recht. Und wo san unsere ganzen schönen Bräuch' bliebn, grad um die Adventszeit umadum?

Bub: Also, des stimmt jetzt net ganz. Hast du net mitkriagt, wia vui heuer wieder Halloween gfeiert haben? Außerdem schaug dir o, wia's um de Zeit überall grad so wurlt vor heilige

	Nama: a Christkindl-Glühwein, a Weihnachtsbockbier, 12-Apostel-Wein und so weiter. Außerdem hat's no nia so vui Christkindlmärkte gebn wia jetzt. An jedem freien Platz stehen die Budn.
Papa:	Christkindlmärkte? Woaßt du, wia vui die mit'm Christkindl gemeinsam ham? Weniger wia as Kufsteiner Lied mit'm Nibelungenlied. De meistn Leut glauben lediglich no, dass ma aus drei Pfund Rindfleisch a guate Suppn macha konn. Des is alles.
Bub:	Und was sagst dann dazua, dass überall Weihnachtsmänner an de Häuser hängen?
Papa:	Weihnachtsmänner? Des is genau des typische Beispiel für unseren Kulturverfall. A Weihnachtsmann is a amerikanische Erfindung und hat mit dem tieferen Sinn vom Nikolaus nix z' doa. Mein Gott, wenn i da an früher denk! Da hat ma die echt christlichen Bräuche noch gepflegt. Da is der Krampus mit a Ruatn ins Haus komma. Und wehe, da war des Geringste, na hat er die Lausbuam so verdroschen, dass' a paar Tag' nimmer ham sitzen könna. Und jetzt schaug dir diese rotbackigen Weihnachtsmänner an, die wo blöd vor sich hingrinsen. Jetzt muass i aber aufhören mit dem Diskurs. I möcht nämlich noch des Programm, des wo i für unsere traditionelle Weihnachtsfeier im Kleingartenverein Flora zusammengstellt hab, ausdruckn. Geh, du kannst ma an Gfalln doa. Du kennst dich doch am Computer aus.

Bub: Von mir aus.
Er liest vor:

Feierliche Weihnachtsfeier des Kleingartenvereins Flora am 10.12.17

17:00 Uhr	Eintreffen und Glühweinausschank. Diavortrag über unseren Ausflug zum Heurigen nach Grinzing
18:00 Uhr	Ansprache des ersten Vorstands Alfons Igerl Jahresbilanz, Entlastung der Vorstandschaft und Neuwahlen
19:00 Uhr	traditionelles Spanferkelessen mit Freibier
20:00 Uhr	Tombola und Christbaumversteigerung
21:00 Uhr	Auftritt der Bauchtänzerin Suleika
22:00 Uhr	Auftritt des Bauernballetts »De Krachertn«
ab 23:00 Uhr	spielt die Mc-Chicken-Band zum Tanz auf
um 24:00 Uhr	feierlicher Schluss mit dem gemeinsamen Absingen des Liedes »Stille Nacht«

Bravo, Papa! Zu dem Programm kann i dir nur gratulieren. I nimm alles zurück. Respekt, du bist total »in«.

Lustige Weihnachtsmusikanten

Wenn man im Advent oder in der Weihnachtszeit den Fernseher einschaltet, kann man sehen und hören, was die Heilige Nacht tatsächlich alles hergibt. Das ist immer wieder ein Erlebnis.

Nehmen wir von mir aus die »Lustigen Musikanten«. Da ist schon einmal die herrliche Kulisse. Ein Mords-Festsaal, fantastisch dekoriert mit allem, was die christlich-abendländische Kultur im Lauf ihrer zweitausend Jahre langen Geschichte alles entwickelt hat: bunte Kunststoffchristbäume, Plastikadventskränze und eine Unmenge Schaufensterpuppen, als Weihnachtsmänner gestylt. Wo man hinschaut, nichts als glitzernde Sterne, gegen die der Stern von Bethlehem vor Neid erblassen müsste. Dazu natürlich ein handverlesenes Superpublikum. Alle festlich gekleidet. Ein paar davon im Trachtenanzug oder Dirndlgewand aus der neuesten Kollektion. Und alle heut in einer echt tollen Stimmung. – Kunststück! An jedem Tisch liegen Plätzchen und Lebkuchen vom Feinsten. Außerdem gibt's selbstverständlich einen würzigen Glühwein, der so richtig warm macht, dass alle in einer Art geistigem Konsens die rechte Grundstimmung für das Spirituelle einer solchen Sendung gleichsam eingeflößt bekommen.

Und dann diese Atmosphäre von christlicher Nächstenliebe! Auch wenn man einen wildfremden Tischnachbarn hat, fühlt man sich nach kurzer Zeit miteinander so innig verbunden, dass man sich dann bei dem Andachtsjodler, den die Anna und die Christine Finsterer als absoluten Höhepunkt singen, ohne alle Berührungsängste einfach beim Nachbarn oder der Nachbarin einhakt und mitschunkelt.

Aber so weit ist's ja noch gar nicht. Zuerst einmal freuen wir uns tierisch auf die jeweiligen Moderatoren. Ganz gleich, ob das der Herbert Obstler ist oder die Carla Semmele mit ihrem farbenprächtigen, stilechten, urigen Outfit. Ich hab mir fast alle Sendungen von dieser Art auf Video aufgezeichnet, und ich muss sagen: Respekt! Gerade die Frau Semmele ist in jeder von den, sagen wir einmal, fünfzig Weihnachtssendungen jedes Mal von Kopf bis Fuß total neu gestylt gewesen. Nie dasselbe Dirndl, nie dieselbe Frisur. An das sollte man auch einmal denken und dem Designer und dem Hairdresser ein ehrliches, weihnachtliches Dankeschön sagen.

Aber dann erst die Texte und die Melodien, die da geboten werden: Kreativität in Vollendung! Da könnten sich die Erzengel, der Gabriel und der Michael und wie sie alle heißen, mit ihrem ganz prosaischen Sprücherl »Friede den Menschen auf Erden« ein Beispiel nehmen. Unsere Musikanten machen da schon was anderes draus. Und wenn ich dann an den Herbert Obstler denke. Was der aus dem Trailer »Sieh, ich verkündige euch eine große Freude« alles an witzigen, spritzigen Pointen rauszaubert!

Und jetzt kommt der riesige Auftrieb von Blasmusikanten und Blasmusikantinnen aus allen möglichen Bundesländern. Überhaupt, die ganze instrumentale Vielfalt von den vielen einzelnen Kapellen: ein einziger

Augen- und Ohrenschmaus! Dagegen saufen natürlich die dürftigen paar Flöten, wie sie damals die Hirten gehabt haben, richtig ab. Und auch die paar Schalmeien und Zimbeln von den Engeln sind in diesem Fall natürlich ein Dreck dagegen. Von der Kleidung wollen wir gar nicht erst reden: dieses dürftige Hirtendressing und die einfallslosen Hemden von den Engeln! Und dagegen die Farbenpracht von den Musikcorps. Da liegen Welten dazwischen!

Aber das Beste sind, ich hab's ja schon gesagt, die Liedertexte. Ich bin immer wieder erstaunt, zu wie viel zünftigen, stimmungsvollen Liedern man die Frohbotschaft mit den entsprechenden Arrangements aufmotzen oder sogar noch weiter expandieren kann. Und das mit den unterschiedlichsten Interpreten. Gleich, ob die jetzt das Christkindl mit einem »Herzilein, du muasst nicht traurig sein« wunderbar trösten, oder ob sie gleich ein paar Hundert Mann Chor aufbieten, damit sie es aus dem Schlaf wieder aufwecken. Auf jeden Fall ist bei dem Ganzen schon mehr Inbrunst drin als in der nüchternen Verkündigung vom Gabriel.

So, und jetzt schaut euch einmal die Heiligen Drei Könige an. Mit einiger Sicherheit haben die nicht einmal einen Geburtstagsjodler draufgehabt und ihre Myrrhe mehr oder weniger wortlos überreicht. Denn wenn sie gesungen hätten, wären sie ja wohl als das »Heilige-Drei-König-Trio« oder als »Kaspar-Melchior-Balthasar-Terzett« in die Heilsgeschichte eingegangen.

So, jetzt zum Schluss eine Frage an die Kenner und die Freunde von solchen Weihnachtssendungen:

Ganz ehrlich, glauben Sie nicht, man sollt sich einmal ernsthaft Gedanken drüber machen, ob man nicht mithilfe der entsprechenden modernen Mittel und Möglichkeiten die Geburt Christi sozusagen als Remake total neu und etwas volkstümlicher inszenieren könnt?

Der Streit

HIERL: Entschuldigen S', Herr Nachbar, Sie singen da im Refrain immer falsch mit. Das Wort heißt net Freude, sondern ...

SAGERER: Falsch? Wieso falsch? Da täuschen S' Eahna. Ich kenn das Lied genau.

HIERL: Offensichtlich doch net. Sonst daadn S' ja net das falsche Wort singen. Sie habn mi jetzt bei dem schönen Lied direkt drausbracht.

SAGERER: I Eahna drausbracht? Dass i net lach! *Sie* habn *mi* ganz durcheinanderbracht, weil Sie bei dem Wort Freude immer an Halbton z' tiaf singa.

HIERL: Grad hab i Eahna gsagt, dass des net Freude hoaßt. Wenn S' scho a miserable Stimm habn, na solltn S' wenigstens a besseres Gedächtnis habn. Im Übrigen is des eine Unverschämtheit, wenn Sie mir vorwerfa, i daad falsch singa. I sing immerhin in einem Chor.

SAGERER: Sie in am Chor? Da kriag i ja an Lachkrampf! Sie habn doch a Stimm, wenn ma des überhaupts so nenna konn, wia a Giaßkanna, in de wo ma mit am Gartnschlauch a Wasser neilaufa lasst. Des mag a schöner Bamperl-Chor sei, wenn der auf so was wia Sie ogwiesn is.

HIERL: Sie, jetzt reichts mir aber, jetzt langts fei! Mi können S' ja no ogreifa. Aber dass Sie jetzt

auf mein Chor losgenga, des is eine Unverschämtheit! Des is nämlich ein ganz renommierter Männergesangsverein. Mia habn sogar schon Aufführungen im Ausland ghabt. Sogar schon in Österreich.
SAGERER: Aufführungen im Ausland? Dass i net lach! Aufgführt werds euch im Ausland habn. Des is' alls. Gell, Sie san scho 's letzte Mal zum Wählen ganga?
HIERL: Natürlich bin i zum Wählen ganga. I geh immer. Aber was geht denn Sie des o?
SAGERER: Ja, mei, weil i mir des glei denkt hab, dass Sie Eahna Stimm abgebn habn. Hahaha! Im Übrigen muass i Sie drauf aufmerksam macha, dass i sehr wohl beurteilen kann, ob oaner den richtigen Ton trifft oder net. I spui nämlich in der Lochhausener Stubenmusi, und de is Eahna ja wohl hoffentlich a Begriff.
HIERL: Was, in der Lochhausener Stubenmusi spuin S'? Na san Sie also der, der wo oiwei ausm letztn Loch pfeift. Hähähä.
SAGERER: Eahna gib i glei a Loch, Sie A…
Beide gehen aufeinander los. Ein Herr tritt dazwischen.
HERR: Also jetzt seien Sie doch friedlich, meine Herren! Noch dazu jetzt hier beim Adventssingen. Denken Sie doch an die Weihnachtsbotschaft!
HIERL: Ja, um de gehts ja grad.
HERR: Soso, und dann raufen und plärren Sie wie net gscheit. Um was gehts denn eigentlich?

HIERL: Eigentlich um nix anders als wia um a Wort. Mia habn grad bei dem Adventsliad da mitgsunga. Und er da hat beim Refrain oiwei gsunga: »Freude den Menschen«. Und jetzt probier i scho de ganze Zeit, eahm in aller Güte und mit Engelsgeduld beiz' bringa, dass des net Freude hoaßt, sondern Friede. Friede – verstenga S'. *Friede* den Menschen, *Friede* hoaßts, Sie Esel!

Der alte Brauch

ANSAGER: Hier ist die »Satellitenschüssel Südbayern«. In unserer Sendereihe »So ist's bei uns halt der Brauch« hören Sie heute ein Interview des bayerischen Brauchtumsexperten Olaf Knut Klawuttke mit einem unserer letzten Originale, der Sennerin Annamirl Hühnermund. Wir schalten um zur Live-Übertragung von der Kaserer-Alm.

KLAWUTTKE *(mit norddeutschem Akzent):* Verehrte Hörerinnen und Hörer. In unserer Sendung »So ist's bei uns halt der Brauch« erwartet Sie heute ein besonderer Leckerbissen, oder besser ein »Schmankerl«, wie's bei uns heißt. Dazu bin ich zu einem unserer letzten Originale, der Annemarie Hühnermund, kurz genannt das Annamierl, im Schweiße meines Angesichts auf die Kaserer-Alm hochgeklettert. Da sitze ich ihr nun in dem gemütlichen Sennerhütterl gegenüber. Grüaß dich, Annamierl. Ich darf dich doch wohl so nennen?

ANNAMIRL: Ja, dennerscht scho'. Sie können aa ruhig Du zu mir sagn. So is' des da herobna der Brauch.

KLAWUTTKE: Also gut, Annamirl, sag bitte unseren lieben Hörerinnen und Hörern deinen Gruß.

ANNAMIRL: Grüaß enk, liabe Leut nah und fern. Hier spricht das Annamirl von der Kaserer-Alm. I gfreu mi' dennerscht ganz sakrisch, dass i heut mit enk a bisserl über unsere letztn Bräuch, die wo mia no' erhalten habn, plaudern derf, oder so.

KLAWUTTKE: Danke, Annamierl. Übrigens kaum zu glauben, dass diese rüstige Frau mit dem ledergegerbten Gesicht und den so lebhaften Äuglein schon ein fast biblisches Alter erreicht hat. Darf ich es unseren Zuhörern verraten?

ANNAMIRL: Dennerscht scho'. I bin jetzt neunundneunzig grad, oder wos.

KLAWUTTKE: Respekt, Respekt! Nun, in diesem Alter kann man ja auf eine Reihe von Erfahrungen und Erlebnissen zurückblicken. Auch auf vieles, was es heutzutage nicht mehr oder kaum noch gibt. Wie zum Beispiel Bräuche gerade um diese Jahreszeit herum.

ANNAMIRL: Ja, dennerscht scho'. Da is' vui nimmer da, was früher a scheener Brauch war. I könnt ganze Meter davo' aufzähln, wia zum Beispui des Allerseelen-Schlumpfalan, des Klustelan, des Vergugleiarn oder den Vogales-Ritt. Viele wissen net amal mehr, was des Piruckeln is' oder was des Ausruarzn bedeut'. A Schand is'!

KLAWUTTKE: Sie sehen, verehrte Zuhörer, das Annamierl ist eine Fundgrube und gäbe Stoff für viele Sendungen. Heute soll es aber um einen ganz bestimmten Brauch gehen, der ihr besonders am Herzen liegt und den sie wiederzubeleben sucht. Könntest du uns etwas Genaues dazu sagen?

ANNAMIRL: Des is' dennerscht des Anklopfelan.

KLAWUTTKE: Anklopfelan? Das klingt ja hochinteressant. Worum handelt es sich denn da?

ANNAMIRL: Ja no, der Brauch vom Anklopfelan geht dennerscht auf eine alte Sage zurück, die wo's über die Kaserer-Alm gibt. Da soll dennerscht vor langer Zeit ein steinreicher, aber hartherziger Bauer ghaust haben, grad wo mei Hütterl steht, oder wos. Und um die Adventszeit umanand is' ein Paar vorbeigekommen, da wo die Frau hochschwanger war. Grad aso, wie dennerscht beim heiligen Paar seinerzeit halt auch. Und der Mann hat angeklopfelat und gebettelt, dass sie halt ein Quartier brauchten, zumal's eiskalt draußen gwesn is'. Aber der Gurgelesbauer, so hat der hartherzige Mann gheißn, hat die beiden bloß verhöhnt und eahna sogar droht, die Hund auf sie zu hetzen. Und da hat der Mann den Bauern mitsamt seinem Gesind und Hof verwunschen. Erst wenn sich einmal wer auf der Kaserer-Alm finden tät, der Barmherzigkeit ausübet, könnt der Fluch wieder weichen, oder wos.

KLAWUTTKE: Um Himmels willen, da läuft's mir ja eiskalt den Rücken runter! Und wie ist das Ganze weitergegangen?

ANNAMIRL: Ja, no. Es is' halt dennerscht tatsächlich so kommen, wie der Mann gsagt hat. Ein

Blitz ist darniedergefahren, und der Gurgelesbauer is' samt seinem Hof und Gesinde versteinert worden. Der Fels gleich neben meinem Hütterl erinnert noch heut dran.

KLAWUTTKE: Der Fels da? Wau! Das ist ja gruselig. Und wie hat sich der Fluch noch ausgewirkt?

ANNAMIRL: Ja, no. Es hat sich halt dennerscht kein Stück Vieh mehr auf der Alm halten können. Ochsen und Küh, aber auch Ziegen, Schaf und Hühner, die hier gweidet haben, sind von Stund an dahingesiecht, oder wos. Aber dann is' nach Jahr und Tag der Eremit Melchior hierher'zogen und hat in einer Felsenhöhle ghaust. Und der hat viel gute Werke der Nächstenliebe an Mensch und Tier vollbracht. Als er gerad einmal einen in der Felswand Verunglückten unter Einsatz des eigenen Lebens gerettet hat, da is' ein helles Licht aufgegangen über der Alm. Und am nächsten Tag hat dann, obwohl 's mitten im kalten Winter war, der Rosenstrauch im Gärtelein des Eremiten zu blühen angefangen. Und fortan war die Alm erlöst.

KLAWUTTKE: Das ist ja hochinteressant! Kaum zu glauben! Und du, Annamirl, behauptest, dass du an der alten Stelle dein kleines Hüttlein hast.

ANNAMIRL: Dessell is' wahr. Mei' Urururahnderl, die Kreszenz, die im Übrigen des Basei vom Eremiten gwesn ist, hat nach seinem seligen Tod des Hüttel baut. Sie ist eine gar gastfreundliche Frau gwesn, die jeden, der bei ihr angeklopfet hat, freundlich von dem wenigen, das ihr Eigen war, bewirtet hat. Und auf das hin ist dann in guter Erinnerung der Brauch des Anklopfelans entstanden, nicht zuletzt in memoriam des schrecklichen Fluches und der Erlösung davon.

KLAWUTTKE: Ach was?!

ANNAMIRL: Ja, dennerscht, so is'. Aber die Leut, in ihrem Rennen nach Geld und Reichtum, haben heut vielfach was anderes im Sinne. Sie sitzen auch lieber vorm Fernsehapparat und schaun, ohne sich der Sünden zu fürchten, viel Lästerliches an. Aber ich hab mir zum Anliegen gemacht, den alten Brauch des Anklopfelans nicht aussterben zu lassen. Ganz im Gegensatz zu der heutigen Unmoral und Geldgier.

KLAWUTTKE: Hochinteressant. Ja, und ich kann Ihnen, verehrte Zuhörer, nur versichern, dass es bei der Annamierl in der Zeit des Anklopfelans zugeht wie in einem Bienenhaus. Kannst du uns da noch Genaueres berichten, Annamierl?

ANNAMIRL: Ja, des is dennerscht wahr. Ich kann mich vor dem Ansturm der Anklopfalar oft gar nicht mehr retten, besonders, seit wir die Kaserer-Gondelbahn gebaut haben. Mit der wo du ja auch du auffakommen bist. I hab di' schon gsehn, gell, gell. Von wegen Raufklettern, oder wos.

KLAWUTTKE: Ach ja, richtig. Das hab ich ja fast vergessen. Du hast mich und sicher auch unsere

Zuhörer gespannt gemacht, wie sich heutzutage der alte Brauch hier oben abspielt.

ANNAMIRL: Ja, no. Vor meinem Hüttel, da is' halt so a Türklopfer-Apparat angebracht. Und mit dem, wie das Wort schon sagt, klopfelan die Klopfalar halt bei mir an. Und dann ruf ich, wie's von alters her der Brauch is':

Wer klopfelat, wer klopfelat
dort an meiner Tür?
Oh, saget mir, ihr Klopfalar,
was wollet ihr von mir?

Traditionsgemäß antworten die Klopfalar:

Wir klopfelan, wir klopfelan
an deiner Tür wohl an.
Und bittelan, und bittelan,
dass uns wird aufgetan.

Ja, und dann lass ich halt die guten Leut herein und bewirt sie mit der Klopfalats-Gspeis.

KLAWUTTKE: Klopfalats-Gspeis, ja, was ist denn das nun ganz genau?

ANNAMIRL: Die Klopfalats-Gspeis, ja, die is' was ganz was Bsonders, des wo's nur bei mir auf der Kaserer-Alm gibt. Des san Loabalan mit am ganz besondernem Kaas. De Loabalan san von mir selber in dem Ofen gebacken aus wildem Getreide, des wo hier seit Jahr und Tag wachst. Und der Kaas is a echter Kaas vom Fuße der Alpen, den wo i selber no' kaasen dua. Und drüber gib i a Gwürzsoß, de wo nach am alten Geheimrezept, des wo schon besagtes Urururahndl kennt und weiter'gebn hat. Übrigens alles aus Kräutalan, die in meinem Garterl gedeihen. Und dazu gibt's a Milch, wie ma's sonst nirgends auf der ganzen Welt kriagt. De Milch von unsere Küah hat an einzigartign Gschmack. Der kommt davon, dass unsere Küah hauptsächlich die wilden Erdbeeren und ihre Blattln fressen, die wo nur auf der Kaserer-Alm in so großer Menge gedeihen.

KLAWUTTKE: Da läuft einem ja schon vom Hinhören das Wasser im Munde zusammen. Verehrte Hörerinnen und Hörer, das Annamierl lässt es sich nicht nehmen, dass sie auch uns ihre Klopfalats-Gspeis serviert, auf einem urigen Holzbretterl. Und die Milch in einem ganz besonderen Krug, den auch schon eine Ahnin selber getöpfert und bemalt hat. Und diese Köstlichkeit kostet nur knappe zehn Euro, wie uns das Annamierl verraten hat.

ANNAMIRL: Ja, dennerscht scho'. Es geht mir halt nicht ums Geld, sondern halt nur drum, dass unsere alten Bräuch' nicht ganz aussterben, oder wos.

KLAWUTTKE: Mit diesem wunderbaren Satz und dem innigen Plädoyer für unser schönes heimatliches Brauchtum beenden wir nun die

Übertragung von der Kaserer-Alm und unser Gespräch mit einem unserer letzten Originale. Pfüa dich Gott, Annamierl.

ANNAMIRL: Ja, pfüa di' und pfüad enk, liabe Hörer. Vielleicht sehen wir uns auch bald einmal bei mir auf der Kaserer-Alm beim Anklopfelan. I versprech enk schon heut, dass i euch auftun werd, wanns ihr anklopfelats, oder wos.

Eine Stunde später.

ANNAMIRL *am Handy:* Ja, hallo, hier is' das Annamirl. Du, Marei, pass amal auf. Da war grad wieder amal so a gspinnerter Reporter bei mir. Und der hat eine Mega-Reklame für mei' Bistro gemacht. I bin richtig high, denn i kann mir vorstelln, dass auf des hin a noch größerer Run auf mei' Location losgeht. Deswegen hab i in meiner Tiefkühltruhe nachgschaut und checkt, dass i fast keinen Vorrat an Klopfalats-Gspeis mehr hab. Und morgen is' doch Samstag, und da is' sowieso immer a Riesen-Auftrieb. Komm, Marei, tu mir den Gfalln und sag dei'm Buam, dem Charly, er soll so schnell wie möglich zum McDonald's am Irschenberg 'nüberdriven und mir, sagn mir amal, 500 Cheesburger und 200 Liter von dem Strawberry-Shake raufbringen. Tschüssilan!

Schalttag

Wenn i am heutigen Abend am Plastikbaum
de elektrische Beleuchtung gschalt
und beim Kripperl den vollautomatischen
Engelschor eigschalt hab,
wenn mei Bua sei Gschenk,
as Computerspiel und mei Tochter
ihr vollautomatische Puppenküch durchschalt,
mei Frau am Fernseher auf an Sender,
da wo s' Weihnachtsliader singa, umgschalt hat,
wenn ma alles fürs Christfest
Wichtige eigschalt, umgschalt
und ogschalt habn,
na werd der Abend friedlich,
weil ma dann so schön abgschalt habn.

Was wäre
Weihnachten
ohne Geschenke?

Das Weihnachtsgeschenk

MAMA: Du woaßt scho, Alfons, dass in zwoa Wochen Weihnachten is?

PAPA: Ja klar, warum? Des sieht ma doch, weil de Christbäum in de Gschäfter, de wo's scho seit Allerheiligen aufgstellt haben, scho eahnere ganzen Nadeln verlorn haben.

MAMA: Genau. Also werds höchste Zeit, dass ma uns Gedanken machen, was ma des Jahr der Tante Gusti schenken.

PAPA: Richtig. Guat, dass d' mi dro erinnerst. Jeds Jahr desselbe. Aber was bleibt uns übrig? De Gusti is de Oanzige, von der wo ma no was erwarten können. Von deiner Verwandtschaft is ja net des Geringste drin. Was ham wir ihr denn eigentlich vorigs Jahr auf Weihnachten geschenkt?

MAMA: Mei, woaßt as nimmer? Den Sechzger-Schal von der Tombola im Gartenverein Flora, den wo niemand abgholt hat. Und a Buddha-Statue, de wo's du vom Trögl-Lulu gschenkt kriagt hast. Und halt den obligatorischen Turmschreiber-Kalender.

PAPA: Letzteren könn ma uns heuer sparn. De Turmschreiber san fusioniert mit de Husumer Leuchtturm-Poeten.

MAMA: Ah so, und de gebn jetzt den Wachturm raus?

PAPA: Jetzt sag i dir was. Heuer müass ma uns a

bisserl mehra einfalln lassn. I hab nämlich den Eindruck, dass wir vorigs Jahr mit unsere Geschenke ganz schön abgstunken san gegen des, was ihr die Schlammerl-Mausi alles geschenkt hat.

MAMA: De Schlammerl-Mausi? De is doch überhaupt nicht blutsverwandt mit ihr. Dem Ziefern geht's doch rein um gar nix anders wia um as Geld von der Gusti. Schamma daad i mi!

PAPA: Vielleicht sollt ma ihr amal a schöns Buch kaufn.

MAMA: Nana. De hat doch scho oans.

PAPA: Aber jetzt geht der Trend ganz deutlich zum Zweitbuch. Oder a CD mit dem neuesten Hit von der Helene Fischer, zum Beispui »Atemlos durch die Nacht«.

MAMA: Na, um Himmels wuin, hast net mitkriagt, wie de Tante Gusti beim Treppensteign schnaufa muass. Da waar doch des Lied »Atemlos durch die Nacht« eine einzige Provokation. Und oans kommt no dazua. De Tante is doch ein ausgesprochener Fan von Florian Silbereisen. Und seit s' erfahren hat, dass er mit der Fischer ein gschlampertes Verhältnis hat, hat's a Mords Pick auf de Fischer. Moanst net, dass ma heuer amal neue Wege bei der Schenkerei einschlagen sollten? Vielleicht sollt ma amal nix Materielles, sondern was Ideelles schenken?

PAPA: Ideelles. Na, so vui Geld wollt i eigentlich aa net ausgeben.

MAMA: Na, des verstehst du ganz falsch. I moan halt was weniger Materielles, ein, äh, nicht greifbares Produkt unterm Christbaum, eine Art Gutschein.

PAPA: Geldschein? So wie beim Herbert Schneider seim Gedicht vom Hunderter. Schenkst du mir an Hunderter, na kriagst von mir aa oan.

MAMA: Net Geldschein, sondern Gutschein, einen Bon für irgendwas.

PAPA: Ach so. Des trifft se guat. Grad hab i an Katalog »Das etwas andere Geschenk« gfundn. De bietn zum Beispiel irgendwelche Kurse an.

MAMA: Also i woaß net, ob de Tante Gusti in ihram Alter no an Kurs machen möcht.

PAPA: Grad des is' ja. Da könnts no amal was Neus dazulerna.

MAMA: Also, na lies mal vor.

PAPA: Da war amal a Surf-Kurs beim Koen Dehaecke. Oder no was mit mehra Thrilling.

MAMA: Drilling?

PAPA: Nix Drilling, Thrilling. Was für Nervenkitzel. Früher is ma amal auf der Wiesn in der Geisterbahn oder Achterbahn gfahrn. Thrilling is da scho mehra. Da steht zum Beispiel *Drachensegeln* oder *Jumping*.

MAMA: Jumping?

PAPA: Ja, da werd ma an am Gummiseil anbundn und muass dann ganz von obn wo abspringen, z. B. vom Olympiaturm. Und des Seil is grad so lang, dass vorm Aufprall zu End is, und dann schnellts wieder zruck. Und so weiter.

MAMA: Um Gotts wuin! A solch fests Gummiseil gibt's ja gar net, des wo bei der Tante Gusti ihrem Gwicht net reißn daad. Na, des is nix. No was?

PAPA: Eine Woche Urlaub am Nordpol mit Übernachtung in einem Eskimo-Iglu.

MAMA: Bist narrisch? De Tante Gusti is doch a ganz a Verfrorene und ziagt scho im September de wärmste Angorauntwäsche o, und ihre Pulswärmer.

PAPA: Na hätt ma no einen Tauchkurs an einem Korallenriff.

MAMA: De Tante Gusti und Tauchen? De konn doch gar net schwimmen. Höchstens wia a bleierna Fisch.

PAPA: Ja, und? Zum Tauchen braucht ma doch net schwimmen. Was moanst, wia schnell de mit ihrem Gwicht am Meeresboden unten is? Der Vorteil waar, wir kannten ihr als Beigabe die Taucherbrille mit Schnorchel schenkn, die wo du mir damals sinnloser Weise für meine Kur in Bad Füssing für die Therme am Mühlbachhof mitgebn hast. Völlig ungebraucht und neu.

MAMA: Sonst no was?

PAPA: Ja. Da bieten s' an Reitkurs in der Westerncity vom Fred Rai an. Bei erfolgreichem Abschneiden winkt sogar eine Hauptrolle bei den Karl-May-Festspielen als Winnetous Schwester. Die stirbt bekanntlich. Aber

vielleicht daad se de Tante Gusti dann Gedanken zwengs ihrem Testament machen.
MAMA: Also, jetzt hörst aber auf. Gibt's nix Harmloseres?
PAPA: Doch, da waar ein Sprachkurs in Plattdeutsch in Großenbrode. Oder ein Kochkurs bei einem Vier-Sterne-Koch.
MAMA: Nie und nimmer. Da setzast di bei der Tante Gusti sauber in die Nesseln, weil die doch überzeugt is, dass sie die beste Köchin der Welt is und der Schuhbeck-Alfons ständig bloß von ihr abschreibt.
PAPA: Hat de Tante Gusti net letztens amal gjammert, dass sie allerweil schlechter hört, net amal mehr ihran Wecker? Da schau her, da bieten s' jetzt an neuen Weckdienst an, von einem Muezzin, und von derselben Institution gaab's noch einen Bauchtanzkurs im Programm. All inclusive, sogar mit Nabelpiercing. Des waar doch was. Was moanst du, wie de beim Altennachmittag in St. Hedwig schaun daadn, wenn die Tante Gusti bei Kaffee und Kuchen tanzen daad. Und wenn s' nicht immer wieder bloß die langweiligen Verserl vom Helmut Zöpfl vorlesen daadn.
MAMA: A Bauchtanzkurs für d' Tante Gusti? Des waar a Gift für sie, wo's doch a so jammert wegen ihrer Bandscheibn.
PAPA: Na, hätt ma no was. Da braucherts net selber tanzn. Wia war's mit de Chippendales?
MAMA: De Chippendales?

PAPA: Du woaßt doch, des is de Boygroup, de wo so eine Art männlichen Striptease aufführt. Der Pfanzelt-Maxe hat's seiner Schwester, der Annemie, zum 80. Geburtstag gschenkt. Und die war so begeistert, dass sie sich beim Optiker Keller glei a neue Bruin hat machen lassen, damit ses bei ihrem 90. no schärfer siehgt.

MAMA: Na, na, du woaßt doch, wia gschamig de Tanta Gusti is. De strickat doch am liebstn für die paar Nacktschnecken in ihrem Garten Badeanzüge.

PAPA: Oh mei, oh mei, also zu gschamig is, schlecht hörn daats, Übergewicht hat's, schnaufa muass wia a Dampflok, am Kreiz hat se's, a Kreiz is mit der Tante Gusti! Vielleicht sollt ma ihr a Kreuzfahrt schenka. Hahaha! Aber des is ma z'teuer.

MAMA: Ja, mei, des is scho wirklich net leicht. Kosten soll's möglichst wenig und gsund soll's aber aa sei.

PAPA: Halt, jetzt host mi auf eine hervorragende Idee bracht: gsund und preiswert. Woaßt, was ma da Tante Gusti heuer schön einpapierlt schenken? Die Weihnachtsausgabe von der Apothekerrundschau.

Weihnachtsspuizeug

An Rambo, wiara grad in Äktschn is
und alls kurz und kloa schlagt,
an Way-Fung, den wuidn Hund aus der
Fernsehserie
mit bewegliche Arm und Füaß,
wo ma de Karateschläge naturgetreu eistelln ko,
a ganze Burg voll von dene greana
Rancare-Monster,
a bitterböse Braut und bluatrünstiger
wia der Dracula und der Frankenstein
miteinander,
de ganze Mannschaft vom »Krieg der Sterne«,
ausgrüst mit de neuestn Laserpistolen
und natürlich de neuestn Modelle
von Panzer, Kriagsfliager und Raketn ...
Alles aus Plastik und unverwüstlich!
Wirklich schöne Sacha hab i heuer wieder
meine Kinder für Weihnachtn kauft.
Und net zu vergessn natürlich:
a Kripperl, wo a Engerlchor
auf Knopfdruck de Weihnachtsbotschaft
vollautomatisch singt:
»Friede den Menschen auf Erden.«

Tauschgeschäfte

Es war das erste Jahr nach Kriegsende und kurz vor Weihnachten. Mein Vater war nach mehreren Monaten in der amerikanischen Gefangenschaft wieder entlassen worden. Das war eigentlich schon das schönste Weihnachtsgeschenk für mich gewesen. Meine lieben Eltern wollten aber auch ihrem Buben wenigstens noch ein bisserl Freude für den Heiligen Abend schenken. Das war leichter gedacht als getan, denn es gab damals für Geld einfach kaum etwas zu erwerben. Heute weiß ich, dass sie durch rege Umfragen im Bekannten- und Verwandtenkreis ein paar Bücher, unter anderem einen von mir so heiß geliebten Karl May, zusammengebracht haben.

Ein kleines Bäumchen hatten wir von einem entfernten Onkel, der ein kleines Waldstückchen besaß, auch erhalten. Und meine Mutter bastelte und klebte allerlei aus Papier und Pappe, damit etwas Buntes am Christbaum hing. Der Tatsache, dass meine Tante einen Bäckermeister geheiratet hatte, verdanken wir, dass wir nie Hunger haben mussten. Denn alle daumenlang bekamen wir Semmeln und Brot, aber auch ein paar Lebensmittelmarken. Für mich war immer ganz wichtig, dass auch Milchmarken dabei waren. Milch ist bis heute für mich eine Art Lebenselixier geblieben.

Meine Eltern wollten aber auch, dass am Heiligen Abend noch etwas Ansprechendes auf den Tisch kommen sollte. Da wir alle drei nicht besonders verwöhnt und anspruchsvoll waren, hätten es nun auch die paar Würstel getan, die besagter Onkel vom Land zusammen mit den Christbaum mitgebracht hatte. Ich weiß gar nicht mehr, was der Auslöser war, dass meine Mutter ganz nebenbei zu meinem Vater gesagt hatte, dass wir heuer halt das erste Mal auf die traditionelle Weihnachtsgans verzichten müssten. Aber das wäre nun wirklich kein Problem, weil wir doch dankbar und glücklich seien, dass wir gemeinsam den Heiligen Abend verbringen könnten und endlich, endlich Friede sei. Mein lieber Vater, der sein Lebtag lang versucht hat, uns, wo es ging, Freude zu bereiten, hat die Bemerkung offensichtlich zum Anlass genommen, etwas zu unternehmen, was zu dieser lustigen Geschichte geführt hat.

Zuerst muss ich berichten, dass meine Tante Centa, die Schwester meines Vaters, die in Ingolstadt wohnte, uns im vorigen Jahr auf Weihnachten eine Figur geschenkt hatte, die seitdem in unserem kleinen Zimmer, das wir als Evakuierte in Erding bewohnten, auf einem Schrank postiert war. Ich weiß nur noch, dass die Tante gesagt hatte, es handle sich bei der Frau um eine griechische Göttin namens Athene. Sie hatte ein wallendes Gewand an und auf ihrer Schulter saß eine Eule. Zu mir sagte die Tante: »Schau her, Helmut, das ist die Göttin der Weisheit. Vielleicht hilft dir ihr Anblick für die Schule.«

Ich erinnere mich noch, dass ich zur Tante vorlaut gesagt hatte: »Ich kann mir nicht vorstellen, dass die Frau wirklich so gescheit ist, wenn sie einen Vogel hat.«

So weit die Vorgeschichte. Mein Vater entschuldigte sich nach dem Gespräch mit meiner Mutter, dass er noch schnell etwas besorgen müsse. Nach ein paar Stunden kam er freudestrahlend zurück und legte uns eine große Weihnachtsgans auf den Küchentisch.

»Da«, sagte er, »das Weihnachtsessen ist gerettet. Wir können bei unserer alten Tradition bleiben.«

»Ja, wie hast du das denn gemacht?«, fragte ihn meine Mutter, und dann erzählte er etwas von dem neuen Tauschgeschäft, das in der Langen Zeile in Erding aufgemacht hatte und in dem man alles mögliche gegen etwas anderes ein- und umtauschen könne: Bücher, Kleider, Gebrauchsgegenstände und auch Naturalien.

»Und gegen was hast du denn die Gans eingetauscht?«, wollte meine Mutter wissen.

»Siehst du«, lachte er, »dir ist noch überhaupt nicht aufgefallen, dass die griechische Göttin nicht mehr an ihrem Ort steht, gell.«

Ich hab mir gedacht: Lieber eine Gans in der Bratröhre als eine Eule auf einer Statue. Meine Mutter schaute zuerst ein wenig betroffen, meinte dann aber doch, dass halt jetzt ein Staubfänger weniger in der Wohnung wär. Die gute Stimmung schwand leider schnell, als mit der Post ein Brief der Tante Centa ankam, in dem sie völlig überraschend ankündigte, dass sie an Heiligabend auf Besuch kommen werde.

»Um Himmels willen«, rief meine Mutter, »das ist ja eine freudige Botschaft, aber was machen wir jetzt? Die Centa sieht doch gleich auf den ersten Blick, dass die Figur nicht mehr da ist. Du weißt ja, deine Schwester ist eine wirklich gute Haut, aber sehr empfindlich und ganz schnell eingeschnappt.«

Jetzt schaute auch mein Vater betroffen. Er packte den gerade erstandenen Weihnachtsbraten in eine Tasche und verabschiedete sich mit einem »Ich versuch mein Bestes.«. Es dauerte zwei Stunden, bis er mit der Athene unterm Arm wieder zurückkam.

»Mein Gott, das war jetzt was«, rief er. Und dann berichtete er, dass er zunächst wieder in dem Tauschladen gewesen wäre. Die Athene war aber schon vor einer halben Stunde gegen einen Damenpullover umgetauscht worden. Der hat genauso ausgeschaut, wie der Lieblingspullover der Tante Centa, den sie vor einiger Zeit irgendwo hatte liegen lassen und nie mehr bekommen hatte.

»Schaut her!«, sagte er und holte ihn aus einer Papiertüte heraus. »Jetzt haben wir gleich ein wunderbares Geschenk für die Centa.«

»Ja, und gegen was hast du ihn denn eingetauscht?«, wollte meine Mutter wissen.

»Gegen meine alte Armbanduhr. Die ist sowieso nicht mehr gescheit gegangen. Und ich hab ja noch die schöne Uhr, die ich zur Firmung bekommen habe.«

»Aber sag doch bloß, wie du die Figur wieder bekommen hast!«

»Ja, mei«, antwortete mein Vater. »Die Frau von dem Tauschladen hat gesagt, dass die Huber-Fanny, die Tochter von unserem Kramerladenbesitzer, sie vor Kurzem eingetauscht habe. Ich bin gleich zu dem Laden am Marktplatz geeilt, und tatsächlich wollten die Hubers die Athene gerade zur Dekoration ins Schaufenster stellen. Ich versuchte mit allen Redenskünsten, den Tausch Athene gegen Gans rückgängig zu machen, hatte aber das Glück, dass gerade die Frau Treidinger vom ersten Stock Zeugin des Gespräches wurde. ›Also, ich würde die Gans für mein Lebtag gerne eintauschen‹, rief sie, ›weil auf Weihnachten mein Sohn mit den zwei Kindern auf Besuch kommt. Mei, würden die drei sich freuen, wenn ich ihnen die Überraschung mit einem solchen Festessen machen täte! Ich hätte im Übrigen auch eine so ähnliche Figur oben in meiner Wohnung. Aber es ist leider keine Göttin, sondern ein Gott. Ich glaube, es ist der Apoll. Ich kann ihn ja einmal herunterbringen.‹ Die Figur glich der der Athene stark. Und nach kurzem Bedenken kam dann der Dreierhandel Gans gegen Apollo, Apollo gegen Athene zustande. Was sagt ihr jetzt?«, fragte mein Vater und schaute uns alle stolz an.

So war also der Heilige Abend gerettet, mit der Ausnahme, dass wir uns auf ein weniger exklusives Abendessen einstellen mussten. Pünktlich um 11 Uhr vormittags kam die Tante Centa mit dem Zug aus Ingolstadt an, und wir geleiteten sie freudig in unsere kleine Wohnung. »Ich kann es kaum erwarten«, sagte sie beim Betreten derselben. »Da werdet ihr staunen, was ich euch mitgebracht habe.« Und dann holte sie aus ihrer Tasche eine einpapierlte Weihnachtsgans heraus. »Was sagt ihr jetzt?« Sie schaute uns erwartungsvoll an. »Ganz frisch geschlachtet. Ich hab sie gestern bei einem Besuch bei unserem Vetter, dem Lambert, in Ebenausen bekommen.«

Wer die Nachkriegszeit erlebt hat, weiß, was es für ein genussvolles Festmahl war. Die Bescherung war wunderbar. Das Christkind hatte für mich den Karl May »Weihnacht« aufgetrieben, und sogar ein Buch über Sterne, das ich mir so sehr gewünscht hatte. Die Tante Centa war überglücklich über den roten Pullover, der, wie sie versicherte, dem verloren gegangenen aufs Haar glich. Und dann übergab sie meinem Vater noch ein Schächtelchen.

»Was meinst du, was ich noch gefunden habe? Das ist die Armbanduhr von unserem Bruder Christoph. Die hat er anscheinend vergessen, bevor er nach Amerika ausgewandert ist.«

Dann gingen wir gemeinsam in die schöne Christmette. Danach saßen wir noch bei einem Punsch – irgendwoher hatte mein Vater eine Flasche Rotwein ersteigert – und den Plätzchen, die die Tante Centa für uns gebacken hatte, beisammen.

»Ich hab mir's ja gar nicht sagen getraut«, sagte die Tante Centa plötzlich, »aber nach dem Glas Punsch trau ich mich halt jetzt doch. Wärt Ihr mit arg böse, wenn ich das Weihnachtsgeschenk vom letzten Jahr wieder mitnehmen würde? Ich meine, diese Athene-Figur. Wisst Ihr«, sagte sie jetzt doch etwas verlegen, »ich hab sie nämlich unserem Vetter Lambert, der sie einmal bei mir gesehen hat und dessen Steckenpferd die griechischen Sagen sind, fest versprochen, sozusagen als Tauschgeschäft für die Weihnachtsgans.«

Igerl und die Geschenke

»Mei, bin ich froh«, murmelte Alfons Igerl vor sich hin, als er in der sogenannten »staaden Zeit« einen Abstecher in die Münchner Fußgängerzone machte. »Mei, bin ich froh«, sagte er nochmals, »dass mich die ganze Schenkerei nicht mehr juckt. Das ist halt der Vorteil, wenn du Junggeselle und Pensionist bist, da brauchst du dich um solche Sachen nicht mehr kümmern.«

Ein paar ganz kleine Ausnahmen gab es ja. Obwohl sie sich schon vor ein paar Jahren geeinigt hatten, dass einer dem anderen nichts mehr schenkt, kam es doch zwischen ihm und seiner Schwester Ida Maria immer noch zu einer kleinen Bescherung. Sie ließ es sich nämlich nicht nehmen, ihn jedes Jahr neu zu »bestricken«, gleich, ob es sich um ein paar Handschuhe, ein paar Socken oder den fast schon traditionellen Pullover handelte, den er dann auch stolz beim Eisstockschießen am Nymphenburger Kanal seinen Freunden präsentierte, indem er im Stile eines Exhibitionisten seinen Mantel aufknöpfte und stolz auf das Ergebnis des monatelangen textilen Gestaltens seiner Schwester zeigte.

In den letzten Jahren hatte die Ida Maria sich aber immer mehr Strickideen einfallen lassen. Ein Anzügerl für seinen Schnauzer Elvis, ein Hütchen für die Klorolle auf der Toilette und im letzten Jahr sogar etwas besonders Originelles, einen Überzug für seinen Fernsehapparat. Auf dem stand in großen Buchstaben gestickt: *No sex and crime, Alfons!* Das war also sozusagen die freiwillige Selbstkontrolle dank seiner ein paar Jahre älteren Schwester, die noch immer über seine Sitte und Moral wachte.

Gespannt bin ich, überlegte er sich, was ihr heuer wieder einfällt. Irgendwann wäre bestimmt jetzt wieder einmal ein Schal fällig. Er erinnerte sich noch gut, wann er den letzten bekommen hatte. Es war ein FC-Bayern-Schal gewesen, damals, als die Bayern den Europapokal gewonnen hatten. Aber das war ja nun schon eine ganze Reihe von Jahren her. Außerdem müsste die Ida Maria wahrscheinlich inzwischen bei der Kommerzionalisierung des FC Bayern erst um eine Genehmigung anfragen, ob sie die Vereinsfarben überhaupt verwenden dürfe.

Was ihn betraf, er hatte die Geschenke für seine Schwester längst besorgt. Sie bekam natürlich den üblichen Kalender, eine Karte für das Weihnachtsprogramm vom Circus Krone und ein paar neue Figuren für das wunderschöne Kripperl, das sie von den Eltern geerbt hatte. Die Schar der Hirten und Begleitpersonen, der Heiligen Drei Könige einschließlich der Tiere, die hier aus aller Herren Ländern versammelt waren, war von Jahr zu Jahr größer geworden, und inzwischen beanspruchte die Krippe bereits die halbe Fläche des kleinen, gemütlichen Wohnzimmers der Ida Maria. Jedes Jahr hatte es der Alfons geschafft, wieder ein paar neue Figuren zu erspähen, die sie noch nicht in ihrem Besitz hatte. Und diese waren dann eigentlich auch immer die besondere Überraschung, wenn er am ersten Weihnachtsfeiertag bei ihr zum Kaffee und dem Weihnachtsstollen, den sie immer beim Bäcker Eberl bezog, aufkreuzte.

Aber ansonsten machte sich der Alfons wie gesagt keine großen Gedanken, wenn es um Geschenke ging. Er zitierte meistens die schöne Geschichte von Herbert Schneider: »Am besten, du gibst mir heuer wieder einen Hunderter, und ich gib dir auch wieder einen Hunderter, weil wir uns die letzten Jahre zu Weihnachten auch schon gegenseitig einen Hunderter gegeben haben ...« Schmunzelnd erinnerte er sich, wie er, als er einmal in der Familie seines Stammtischfreundes Weidenzeh eingeladen worden war, Zeuge eines nachweihnachtlichen Gespräches wurde, das etwa so lautete: »Da schau her, Helga, jetzt hab ich sie entdeckt, unsere Geschenke, die wir heuer von deiner Schwester und ihrem Bruder gekriegt haben. Da stehen sie alle drin im Quelle-Katalog. Siehst du, das Hemd, 32,80 Euro kost's. Und die Krawatte 19,80 Euro, der Pullover gar 68,70 Euro und die Uhr 49,80 Euro. Dazu kommen noch das Rasierwasser, das Spray und Aftershave, miteinander etwa 29 Euro gradaus. Und das war es dann schon, denn Porto und Versand sind ja bekanntlich gratis. Das macht also, Moment einmal, ich hol den Taschenrechner her, na immerhin – 23,80 Euro haben sie mehr ausgegeben wie voriges Jahr. Ich hab es mir aufgeschrieben, schau her, in meinem Kalender. Jetzt pass einmal auf, was haben wir ihnen geschenkt? Wir haben es natürlich nicht aus dem Quelle-Katalog genommen, sondern vom Neckermann. Einen Pullover, einen Schal, der Armreif, Duschgel, Seife und Parfum. Jetzt wart einmal, das sind, Moment einmal, stell dir vor, das kommt glatt hin: 5,78 Euro, wenn ich mich nicht verrechnet hab, haben wir mehr gezahlt, aber wegen den knapp sechs Euro wollen wir auch nicht kleinlich sein. Wir haben schließlich Weihnachten, und wir schenken ja von Herzen.«

In Gedanken versunken, war der Alfons Igerl traditionellerweise bei seinem alten Schützenfreund, Christoph Vogel, gelandet, der, wie jedes Jahr, hinterm Rathaus einen der schönsten Stände des Krippenmarktes hatte, mit herrlichen Kleinodien aus Holz. Herrschaftzeiten, dachte er, da könnt ich meiner Schwester noch eine kleine Freude machen. Er freute sich schon auf die Begegnung mit seinem alten Spezl. Denn der hatte für ihn nicht nur immer ein Glas des feinsten Glühweines, den es auf dem Kripperlmarkt gab, parat – er braute ihn selbst nach einem alten, überlieferten Rezept und einigen neuen Ideen, wie er immer sagte, und gab ihn nur an seine besten Freunde aus. Nein, der Christoph wusste auch immer die neuesten Witze, die der Alfons dann stolz am Stammtisch im Volkarteck weitererzählen konnte.

Die Kegelrunde wusste schon, wann er wieder auf dem Kripperlmarkt gewesen war oder auf der Auer Dult, wo der Christoph ebenfalls seinen Stand hatte, und harrte gespannt auf das Neueste.

Der Christoph schien schon richtig auf ihn gewartet zu haben, denn er rannte gleich mit einer Tasse Glühwein auf ihn zu und fragte auch prompt: »Du, weißt du, Alfons, was das ist: zwanzig weiß gekleidete Gestalten, die mit einer Spritze in der Hand von Baum zu Baum, von Ast zu Ast hüpfen?«

Natürlich musste der Alfons bei dieser Frage passen, er hatte keine Antwort parat.

»Haha«, lachte der Christoph: »Das sind zwanzig Ärzte, die Zeckenschutzimpfung machen. – Da, trink, heuer ist er wieder besonders gut«, meinte er und reichte ihm die Tasse mit einem herrlich duftenden Glühwein. »Den musst aber ganz austrinken«, animierte er den Alfons, »schnell, wenn es geht, dann wirst du was entdecken.«

Als der Alfons am Grund angelangt war, sah er, warum der Christoph seine Trinkerei kichernd verfolgt hatte. Da hatte doch dieser alte Gauner ihm wieder eine Tasse gegeben, wo es etwas zu sehen gab, was seine moralinsaure Schwester sicher mit dem Kommentar »der Saubär, der alte« versehen hätte.

»Ich schenk dir noch mal nach«, grinste der Christoph, »damit du den Anblick nicht länger ertragen musst. Was ist, Alfons«, meinte er so nebenbei, »hast du dein Wunschzetterl schon ans Christkindl gschickt? Was wünscht du dir denn heuer?«

»O, mei«, gab der Alfons zurück, »da gibt es nicht viel zum Wünschen. Die Hauptsach ist, dass es uns einigermaßen so geht, wie es uns bisher gegangen ist.«

»Apropos Wünsche«, meinte er dann, »da musst aber gut aufpassen, wenn du dir was wünschst. Da ist nämlich einem Spezl von mir neulich Folgendes passiert. Der Trögel-Ludwig, wir sagen immer Lulu zu ihm, und seine Frau, die Fanny, die sind beide in dem Jahr sechzig geworden, und dann haben sie sich eine Reise nach Griechenland geleistet, auf die Insel Lesbos. Da gibt es eine heiße Quelle und davor einen sogenannten Wunschbaum. Das haben ihnen die

Einheimischen erzählt. Der Bademeister bei der Quelle, bei der der Lulu wegen seiner beginnenden Arthritis immer für ein paar Pfennig Eintritt seine Knie hineinghalten hat, hat ihm, wie er ihm einmal ein besseres Trinkgeld gegeben hat, unter vorgehaltener Hand kundgetan, dass am Mittsommernachtstag bei der Nacht die Möglichkeit besteht, unter dem Baum einen Herzenswunsch loszuwerden. Er selber hätte schon Fälle erlebt, in denen diese Wünsche prompt erfüllt wurden. Der Lulu ist dann auch tatsächlich aus dem Schlafzimmer, wo seine Frau sich längst – wie man in Griechenland sagt – ›in Morpheus' Arme‹ begeben hatte, rausgeschlichen und mitten bei der Nacht zu dem Baum hingewandert, hat sich druntergestellt und gesagt: ›Ich wünsche mir eine Frau, die dreißig Jahre jünger ist als ich.‹ Und dann war es ihm ganz genauso, als wenn ein, wie er sich dichterisch ausgedrückt hat, Raunen und Säuseln durch das Geäst gegangen wär. Voller Erwartung ist der Lulu dann wieder zurückgegangen. Ihm ist, wie er dann später berichtet hat, lediglich aufgefallen, dass ihm der Rückweg sehr beschwerlich vorgekommen ist. Dann hat er sich neben seine Frau gelegt. In der Früh, wie er aufgewacht ist, hat er erwartungsvoll auf diese geschaut, aber die hat um keinen Deut anders ausgschaut wie in der Nacht zuvor. Auf einmal ist sie aufgwacht und hat ihn entsetzt angschaut: ›Ja, was ist denn mit dir?‹, hat sie geplärrt. – ›Was sollt denn mit mir los sein?‹ – ›Ja, schau dich doch einmal im Spiegel an!‹ – Das hat der Lulu dann auch gmacht, und da ist ihm der Schreck in alle Glieder gefahren, denn er hat festgstellt, dass ihm sein Wunsch tatsächlich erfüllt wordn ist: Seine Frau ist zwar sechzig geblieben, aber er war plötzlich neunzig. – Was sagst jetzt da, Alfons?«, lachte der Christoph. »Pass auf, ich schenk dir noch mal nach, damit du nicht auf schlechte Gedanken kommst.«

Der Alfons wehrte ohne besondere innere Überzeugung ab, was aber den Christoph nicht weiter irritierte. »Du, pass auf«, meinte Igerl nach einem kleinen Schluck, »ich hab mir vorher grad überlegt, ob ich meiner Schwester nicht doch noch eine Kleinigkeit von deinem Stand als Überraschung mitbring. Die eine Holztafel da mit dem Spruch tät mir ganz gut gefallen.«

»Die da«, meinte der Christoph, und er las in einer für ihn ungewohnt feierlichen Weise vor:

»Schaun wir aus nach am Stern,
der uns leucht' in der Nacht,
der uns in dem Dunkeln
den Wegweiser macht
und der uns vielleicht
auch in unserer Zeit
wie den Bethlehem-Hirten auf den Weg zu dir leit'.«

»Ja, das ist ein schöner Spruch«, sagte der Christoph dann, »ich weiß gar nicht genau, wo ich den herhab.«

»Ja, und er tät ganz genau«, fiel ihm der Alfons ins Wort, »zu dem Kripperl, das die Ida Maria immer aufstellt, passen. Du weißt ja, das ist ihre besondere Leidenschaft.«

Und dann waren sie auch schon wieder mitten im Gespräch über ihre eigene Kindheit und wie das damals doch alles so anders gewesen sei. Und jeder erzählte mit leicht feuchten Augen, wie es bei der Bescherung abgelaufen sei. Gerade in Notzeiten, so erinnerten sie sich, sei Weihnachten immer etwas ganz Besonderes gewesen, weil man sich noch über die kleinste Kleinigkeit gefreut habe und nicht alles selbstverständlich gewesen sei.

»Hast das neulich gelesen?«, fragte der Christoph den Alfons, »wie viel Prozent der Geschenke umgetauscht werden? Am besten wär's, man würde sowieso nur mehr Gutscheine schenken.«

»Jaja«, lachte der Alfons und dachte wieder an die Hunderter-Geschichte von Herbert Schneider.

»Ob das Christkindl seinerzeit vorausgeahnt hat«, fragte der Christoph plötzlich etwas tiefsinnig, »was es mit seiner Geburt alles ausgelöst hat? Dass vor seiner Geburtstagsfeier die hektischsten Wochen im Jahr ablaufen, die man so schön die ›staade Zeit‹ nennt, und gleich danach die Tage des Umtausches beginnen, in denen es fast genauso zugeht. – Manchmal hat man den Eindruck«, fügte der Christoph noch an, »die meisten sind in einem solchen Umtauschwahn, dass sie sich am liebsten selber gleich gegen jemand andern umtauschen täten.« Und dann zitierte er aus dem Gedächtnis ein Verserl, das er irgendwo einmal gelesen hatte:

»*Wennst siehst, was' draus gmacht habn*
und wie sie's ausgschlacht habn,
die Heilige Nacht,
dann kannst oft den Verdacht habn,
dass das heilige Paar

in unsere Jahr'
halt vor Weihnachten gar
auf der Flucht vielleicht waar.«

»Ja«, meinte er schließlich, »so ist halt einmal der Zeitenlauf. Es hat sich schon einiges geändert. Und zum Beweis dafür erzähl ich dir noch mal eine kleine Gschicht: Der kleine Maxi schreibt einen Weihnachtsbrief ans Christkind: ›Liebes Christkind, ich wünsche mir von dir eine elektrische Eisenbahn. Dafür verspreche ich dir, dass ich vierzehn Tage ganz brav sein werde.‹

Kaum hat er das Brieferl geschrieben, überlegt er, dass vierzehn Tage doch eine recht lange Zeit sind. Nach einem Tag holt er den Brief wieder vom Fenster herein, zerreißt ihn und schreibt einen neuen: ›Liebes Christkind, ich wünsche mir von dir eine elektrische Eisenbahn. Dafür verspreche ich dir, dass ich acht Tage ganz brav sein werde.‹ Der Gedanke, acht Tage ganz brav sein zu müssen, beschäftigt den Maxi die nächsten Tage gewaltig. Als er auf dem Christkindlmarkt spazieren geht, hat er plötzlich eine Idee. Er nimmt sich von einem Kripperl, das er dort stehen sieht, Maria und Josef mit und schreibt dem Christkind einen neuen Brief ›Liebes Christkind, wenn du deine Eltern wiedersehen willst, musst du mir eine elektrische Eisenbahn bringen.‹«

Da weiß der Alfons nicht, ob er lachen oder weinen soll. Er zahlt seine Holztafel und verabschiedet sich mit einem »Vergelt's Gott« von Christoph bis zur nächsten Maidult.

Jessas, mein Gott, da fällt ihm ein, für die Maria, das kleine Kind seiner Nachbarin, wollte er noch eine Kleinigkeit besorgen. Richtig, gerade war ihm doch beim Vogel Christoph ein kleines buntes Holzpuzzle-Spiel in die Augen gestochen. Er kehrt also noch einmal um.

»Hallo, Alfons«, ruft der, »hast was vergessen?«

»Ja«, sagt der, »ich hab mir grad überlegt: ›Jessas, mein Gott, für die Maria, von der Nachbarin das Kind, wollt ich noch eine Kleinigkeit besorgen.‹ Und bei den Worten Jesus, Maria, Kind und Gott ist mir eingefallen, dass ich beinah noch etwas ganz anderes Wichtiges vergessen hätt, nämlich, worum es an Weihnachten eigentlich im Letzten geht.«

Lieber, guter Nikolaus

Lieber, guter Nikolaus,
such mir schöne Sachen aus
aus dem Kaufhaus-Katalog
mit dem Weihnachtsangebot!
Bring mir doch ein Video,
Videos, die lieb ich so!
Denn ich kann, sooft ich will
den Bud Spencer, Terence Hill
sehen, wie sie prügeln, raufen,
Whisky trinken, sich besaufen.
Und natürlich, bitte sehr,
möcht' ich von der Art noch mehr:
Batman, Rambo, eins und zwei,
und natürlich nebenbei
Trickfilme ganz viel zum Lachen,
weil sie lust'ge Dinge machen,
all die Tiere und Figuren,
welche alle nur drauf luren,
dass sie töten, um sich bringen,
sich vergiften, sich verschlingen,
runterschmeißen, platt sich drücken,
sich zerstückeln, beißen, zwicken,
sich bestehlen immerzu.
Richtig fröhlich geht's dort zu.
Bring mir auch Computerspiele,
doch nichts eins nur, sondern viele,
denn da kann ich selbst mitmachen,

lass' es aufeinanderkrachen,
kann erschießen, bombardieren,
alles Leben ausradieren.
Und erst, wenn sich nichts mehr regt,
nicht 's Gringste mehr bewegt,
ist das nette Spielen aus.
Bring mir, lieber Nikolaus,
Spiele, die mein Herz erfreun,
ich will weiter artig sein.
Darum nimm auch nicht, ich bitt',
zu mir den Knecht Ruprecht mit,
denn der ist ein rauer Mann,
der mich sehr erschrecken kann,
wenn er mit den Ketten klirrt,
weil mir da ganz bange wird.
Ich hab' Angst vor der Gestalt,
denn ich hasse die Gewalt.
Nikolaus, ich bin bestimmt
ein braves, friedliebendes Kind.
Also, lieber Nikolaus,
bring Fried und Freude in mein Haus!

Brainstorming

Jetzt gehts also wieder auf Weihnachten zua,
und auf Weihnachten gibts z' dro denka grad gnua:
Wenn i an Weihnachten denk,
dann denk i ans Gschenk
für Frau und Verwandte
und für guate Bekannte,
ans Stadtrumlaufa,
ans Christbaumkaufa,
ans Platzbacha,
ans Weihnachtsbsuachmacha,
ans Kartnschreibn
– ja nix schuidig bleibn –
an Reklameglanz,
an d' Festtagsgans,
drei freie Tag,
voll Entsetzen an d' Waag,
wenn mei Gwicht nimmer stimmt,
wia ma ab wieder nimmt.
… Und, mein Gott, für *d' Maria*
von de Nachbarn as *Kind*,
muass i schaugn,
ob i no a Kloanigkeit find.
Maria? – Kind? – Gott? –
Da is ma grad so,
als waar da an Weihnachtn
was anders no dro?

Das perfekte Spuizeug

Jeds Jahr beim Gschenkakauf
halt i mi am längstn im Spuizeugladn auf.
Was' da jetzt alls gibt, was ma da jetzt alls siegt:
Puppn, die redn und essn kenna
und, ohne dass d' as aufziagst, im Zimma rumrenna,
Auterl, de in a Rennbahn rumfahrn,
Karusseller, de vollautomatisch se drahn.
A Fliager, der ganz von selber fliagt
und, ohne dass d' irgendwas duast, de Reibn richtig
                                                          kriagt,
a elektrischer Zug, der rumroast wie gschmiert.
Alls is perfekt, alls funktioniert.
Wanns d' bloß auf an Knopf druckst, geht alls von
                                                          alloa,
und as Kind, des hats schee, braucht gar nix mehr
                                                          doa.
Es lasst dem perfekten Spuizeug sein Wuin ...
und ko dann derweil mit irgendwas was spuin.

Weihnachts-Konflikt

»Jeds Jahr desselbe um de Weihnachtszeit rum.
Jeds Jahr desselbe, des is doch zu dumm.
Mia fallt nix'n ei, so sehr i nachdenk,
was i des Jahr meiner Frau wieder schenk.«
»Ja, kauf ihr doch einfach an Schmuck, a Kettn,
                                               an Ring.
A Brosch mit Brillanten, a wertvolles Ding!«
»An Schmuck, wo daadsn den hi dann, ja, mei,
de hat doch koan Finger, koa Handglenk mehr
                                               frei!«
»Wia waars mit am Buid aus der Kunstgalerie?«
»A Buidl ja, mei, wo hängtsn des hi?«
»Wia waars mit am Pelzmantel, teuer und toll?«
»Ah, mei, bei ihr is doch wirklich a jeder Schrank
                                               voll.«
»Dann stift ihr a Reise an irgendan Ort!«
»An welchen, de war doch schon überall dort,
an jedem bsondern Punkt auf der Welt.«
»Na woaß i fei nix mehr. Doch gib ihr a Geld!«
»Bloß einfach a Geld daad ma ztiafst widerstrebn,
und außerdem wollt i so vui aa net ausgebn.«

Weihnachtswunsch

Liebes Christkind,
zum Weihnachtsfest wünsch' ich von dir
mir Hefte, Block und Schreibpapier,
und viele Stifte auch sodann,
weil ich damit viel machen kann,
zum Beispiel schreiben, zeichnen, malen
Bilder und Buchstaben und Zahlen.
Und einen großen Wunsch ich hätt':
So eine Tafel, die wär' nett,
wo man mit Griffel schreiben kann
und abwischen das Ganze dann.
Es wär' sehr schön, bekäm' ich das,
denn Schreiben und Malen machen mir Spaß.
Ich sag' schon Danke im Voraus,
dir, liebes Christkind, Dein Klaus.

Pointe:
Und diesen Wunsch ans Christkindlein
tippt Klaus dem Heimcomputer ein.

Vom Umtausch ausgeschlossen

Nach Weihnachten rennt ma in Gschäfter gern rum
und tauscht seine Gschenker glei wieder um;
a rotbleamets Gwand gegn a blaurot karierts,
an Rollkragnpulli gegn a Hemd, a taillierts,
an Goethe seine gsammeltn Werke komplett
gega zwoa Dutzend Krimis zum Lesen im Bett,
Manschettnknöpf gega Schnupftabaksdosn,
a längere gega a kürzere Hosn.
Wia des wohl waar, wenn ma uns selber umtauschn
                                          könnatn
und dann bloß zum Umtausch rennatn,
wenn ma vielleicht was draufzahln müassat
und ma uns dann wer andrer sei liaßat,
a Fuimschauspieler, a Millionär,
a Großgrundbesitzer, a Playboy, halt wer,
der an Haufn Geld vielleicht hat,
der wo recht berühmt ist, um den se d' Welt draaht?
Und du waarst nimmer der Huaber, der Maier,
sondern a ganz anderer, berühmter, a neuer.
Wia des wohl waar, wenn's des wirkli gebat?
Moanst, dass ma dann eppa glücklicher lebat?
Denk dro, es kanntat vielleicht sei aa fei,
dass a andrer von dene grad du möchat sei.

Rückbesinnung – Die wahren Werte von Weihnachten

Fröhliche Weihnachten

Jedes Jahr erlebe ich dasselbe und versuche, mich nicht mehr zu ärgern in dieser sogenannten staaden Zeit: Die Tatsache, dass das Christfest sich immer mehr bereits in den Herbst vordrängt, Nikoläuse schon im September in den Regalen der Einkaufsmärkte warten, die ersten Christbäume fast schon ab 1. November aufgestellt werden. Die Christkindlmärkte sich zwar immer mehr ausweiten, aber oft vor lauter Glühwein- und Rostbratwürstelbuden kaum mehr ein Stand mit Kripperlfiguren zu finden ist. Die Tatsache, dass Schauspieler, die übers Jahr dümmlichste Bemerkungen auf das Christentum machen, im November alle Jahre wieder eine wundersame Bekehrung erfahren, wenn eine hochdotierte Weihnachtslesung winkt, der unsägliche Kitsch in Wort, Ton, aber auch in Plastikprodukten made in Hongkong, der schreckliche Trubel und und und.

Immer wieder habe ich mir die Frage gestellt, ob der kleine, in der Krippe ruhende Gottessohn aufgrund seiner göttlichen Allwissenheit gewusst hat, was sich im Laufe der Jahrhunderte im Anschluss an seine Geburt alles abspielen werde, wofür er seinen Namen »Christ« hergeben muss. Hat er vielleicht in der Vorahnung nicht doch schon wenigstens die Stirn krausgezogen? Und hat er nicht schon, was ja mit der Vertreibung der Händler aus dem Tempel zum Ausdruck gekommen ist, ein wenig mit dem Finger gedroht?

Aber dann fällt mir Gott sei Dank auch etwas anderes ein. Die unendlich vielen strahlenden Kinderaugen, ihr fröhliches Lachen, die Zahl der Kerzen, die Licht ins Dunkel bringen, die guten Worte und wunderschönen Lieder, in denen dieses Heilsereignis immer wieder weiterklingt und -tönt. Ich glaube, wir sollten also nicht zu pessimistisch nur Lärm, Trubel, Kommerz usw. sehen. Nicht umsonst werden wir am dritten Adventssonntag aufgefordert, dass wir uns nicht ärgern sollen, sondern uns freuen.

Wie sagt die heilige Theres von Lissieux: »Die Freude liegt nicht in den Dingen, sondern im Innersten unserer Seele.«

Und so sollte, wenn wir einander fröhliche Weihnachten wünschen, diese Fröhlichkeit auch ein wenig von uns ausstrahlen.

Sternsinger

In den letzten Tagen sind sie wieder trotz der Kälte von Haus zu Haus gezogen und in den Autos der Pfarrangehörigen im Ort oder Viertel herumgefahren worden, unsere Sternsinger. Dabei haben sie das Lied von den Heiligen Drei Königen, den »Wohlgeborenen«, gesungen, die dem Stern von Bethlehem gefolgt sind und dem Christuskind ihre Gaben Weihrauch, Myrrhe und Gold darbrachten.

Alle Jahre kommen mit dieser Aktion Unsummen von Spendengeldern zusammen, die nachweislich in die ärmsten Länder gehen, und wenn es auch manchmal nur ein Tropfen auf einem heißen Stein ist, manches Leid gemindert und manche Freude bereitet wird. Gewiss, die Medien berichten ab und zu ganz kurz von dieser Aktion, wenn die Sternsinger zum Fest der Erscheinung des Herrn zum Beispiel auch bei der Bundeskanzlerin oder dem Bundespräsidenten »aufscheinen«.

Aber oft wird das Sternsingen halt als schöner Brauch abgetan, und es kommt wenig ins Bewusstsein, wie das aus der christlichen Frohbotschaft Erwachsene Gutes bringt und wie viel Heil hier aus der Heiligen Nacht weitergereicht wird.

Seit meiner Jugend habe ich mich, nicht zuletzt durch die Lektüre guter christlicher Literatur wie den Werken von Karl May, auch mit anderen Kulturen und Religionen auseinandergesetzt und mich in eigenen Schriften immer wieder bemüht, das Wertvolle aus ihnen herauszustellen. Deshalb erlaube ich mir aber auch die Frage, welche etwa nur den Sternsingern gleichzusetzende Aktionen unter dem Einfluss derselben entstanden sind und praktiziert werden. Das hat nichts mit Eigenlob oder Selbstzufriedenheit zu tun, wohl aber damit, dass wir uns öfter in aller Bescheidenheit darüber freuen dürfen, Christen zu sein. Daraus sollten wir auch jeden Tag neu unsere Verantwortlichkeit ableiten, dass der Stern von Bethlehem bis heute aufscheinen kann, indem wir ein wenig Licht von ihm in unsere Welt tragen.

Ich sag »Grüß Gott!« zu dir

Ich sag Grüß Gott zu dir,
du göttliches Kind,
das in der Krippe hier
im Stalle ich find.
Schön, dass du uns heut
geboren hier bist.
Sei uns gegrüßt!
Ich bring nicht Gold zu dir,
weil ich keines hab.
Doch habe ich dafür
ein' andere Gab.

Ich schenke dir dies Lied,
das ich für dich sing.
Ich schenk mein Lächeln dir,
das ich vor dich bring.
Und weil die Gaben mein
sind immer noch klein,
pack ich den schönsten Traum
dir auch noch mit ein.
Ich gebe selber dir
mich hin als ein Pfand.
Ich schenk mich dir hin
mit Kopf, Herz und Hand.

Ich sag »Grüß Gott!« zu dir,
du göttliches Kind,
das in der Krippe hier
im Stalle ich find.
Schön, dass du uns heut
geboren hier bist.
Sei uns gegrüßt!

Nächstenliebe

Es schimpft sich recht leicht
übers Dunkel der Welt,
aber wer ist schon da,
der ein Licht hinausstellt,
eine Kerze anzündt
und die stockfinstre Nacht
ein kleins bisschen heller
und lichter so macht.
Von Taten, von großen,
spricht man, macht Getu,
aber wer tut fürs Heut
etwas Kleines dazu?
Von der ganz fernen Zukunft,
da redet sich's leicht,
aber schwer ist's bereit sein,
wenn der Nächste mich bräucht.
Ja, die Nächstenliebe
wär gar nicht so schwer,
wenn der Nächste nicht gar
so nah bei uns wär.

Nachbarschaft heute

Komisch, die Wände
der Wohnungen und Zimmer
werden in den Häusern, scheint's,
immer noch dünner.
Man hört die Nachbarn
beim Reden und Lachen,
beim Baden, beim Spülen,
was sie auch machen.

Das Radio, den Fernseher,
man hört alles rüber.
Und die anderen
hören dafür uns hinüber.
Und trotzdem, so nah
uns die Nachbarn auch schienen,
man hört manchmal auch
recht wenig von ihnen.

Wenn der Nachbar in Not ist
und wenn's ihm schlecht geht,
wenn er Angst hat
und wenn er allein bloß dasteht,
wenn er krank ist und arm
und wenn's ihn recht schlaucht,
man hört ihn kaum rufen,
wenn er uns braucht.

Drum glaub ich, wir sollten
uns schon einmal fragen,
warum über zu dünne
Mauern wir klagen,
wo die Mauern vorm Herzen
immer dicker doch werden
und wir unsern Nachbarn
kaum sehn mehr und hören.

Kripperl-Erinnerung

Ganz besonders erinnre ich mich in der Weihnachtszeit daran, dass in meinen ersten Lebensjahren ein wunderschönes Kripperl bei uns in der Volkartstraße unterm bunt geschmückten Christbaum stand. Mein Vater, so hat er mir später erzählt, hatte es schon von seinen Großeltern geerbt.

Meine Mutter, hat mir in den Weihnachtstagen vor diesem Kripperl immer wieder von dem Weihnachtsereignis erzählt, von der Verkündung, der Herbergssuche des heiligen Paares, der Geburt im Stall zu Bethlehem, den Engeln, Hirten und dem Besuch der Heiligen Drei Könige aus dem Morgenland. Dabei betrachtete ich mit großer Freude die Tiere in der Gefolgschaft der drei Weisen. Die prächtig aufgezäumten Pferde, Kamele und Elefanten. Allerliebst fand ich auch die Herde der Hirten mit den großen und kleinen Schafen, sogar ein paar schwarze waren dabei, und die treuen Hirtenhunde. Besonders ins Herz geschlossen aber hatte ich die zwei Tiere, die hinter der Krippe des Christkindes standen und es andächtig bestaunten: Ochs und Esel.

Meine Kindertage, so schön sie in der Erinnerung waren, wiesen doch einige traurige Ereignisse auf: Der Zweite Weltkrieg wurde auch für die Kinder immer spürbarer, besonders als sich die Bombenangriffe häuften, und die Sirene zum schrillen Aufruf wurde, dass höchste Gefahr in Gestalt der Luftgeschwader im Anzug war und man sich schleunigst in den Luftschutzkeller zu begeben habe. Meine Mutter und unsere unvergessene Nachbarin, die Marie, brachten mich hinunter. Noch heute sehe ich die vielen angstvollen Gesichter. Bald bekam ich auch mit, dass es in unserer Umgebung immer wieder Einschläge gegeben hatte, bei denen der Schutzraum nichts genutzt hatte. Das Traurigste aber war, dass mein Vater im Krieg war, und ich regelmäßig schon zu Beginn jedes seiner spärlichen Fronturlaube gleich an den Abschied denken musste. Da gibt es ein Bild, bei dem mir heute noch die Augen feucht werden, wo mich mein Vater am Winthirplatz kurz vor seiner Abfahrt nochmals liebevoll in die Arme schließt.

So war es für mich eine unermessliche Freude, als er im Jahr vor dem Kriegsende in die Heimat zurückversetzt wurde, weil er einen Posten im Erdinger Fliegerhorst zugewiesen bekam. Das hatte aber zur Folge, dass wir uns in Erding eine kleine Wohnung nehmen mussten, in die wir nur ein paar Habseligkeiten aus München mitnehmen konnten. Genau vierzehn Tage nach unserem Umzug – es war ausgerechnet am Sonntag – erreichte uns dann die schlimme Nachricht, dass unser Haus in der Volkartstraße völlig ausgebombt worden war. Alle Bewohner hatten zwar glücklicherweise im Keller überlebt, aber das Haus war zur Schutthalde geworden. Meine Eltern nahmen dieses Unglück überraschend gefasst auf und trösteten sowohl sich selber als auch mich, dass wir unser kostbarstes Gut – unser Leben – gerettet hatten. Natürlich war ich traurig über den Verlust meiner Spielsachen, nicht zuletzt des Albums, in dem ich alle Kohlenklau-

Bilder (nur wenige werden sich noch an ihn erinnern) gesammelt hatte. Das Allerschlimmste für mich aber war, dass auch mein Tierfreund, der so schön singende Hansi, den wir der Marie anvertraut hatten, mit einiger Sicherheit in seinem Käfig ein Opfer dieses so unseligen Krieges geworden war. Ja, aber auch unser schönes Kripperl ist damals zerstört worden.

Das Ende des Krieges erlebten wir in Erding, wo wir kurz vorher nur knapp bei einem schrecklichen Bombenangriff mit dem Leben davongekommen waren. Infolge äußerst unglücklicher Umstände geriet mein Vater dann in amerikanische Kriegsgefangenschaft – obwohl er alles andere als ein Nazi gewesen war. Meine Mutter und ich bekamen nicht den kleinsten Hinweis, wo sich das Gefangenenlager befand, in das man ihn gebracht hatte, und ob er überhaupt noch am Leben war. Der Tatsache, dass meine Tante Käthi in München mit einem Bäckermeister, meinem originellen Onkel Jakob, verheiratet war, der von den Amerikanern als »Hoflieferant« ausersehen wurde, verdanken wir, dass wir in der ersten Nachkriegszeit immer ausreichend mit Brot und Milch versehen waren und nie richtig Hunger leiden mussten. Zu den ganz besonderen Höhepunkten gehörten da so Schmankerl wie Orangen oder Bananen, die der Onkel Jakob erhalten hatte, und die meine Cousine, die Hannelore, selbstlos mit mir teilte.

Monate waren seit dem Kriegsende vergangen, auch der Schulbetrieb hatte wieder seinen geregelten Verlauf genommen. Weihnachten rückte näher, und von meinem Vater war noch immer nichts zu hören. Anfang Dezember stellten wir uns dann die bange

Frage, wie wir wohl in diesem Jahr das Weihnachtsfest feiern wollten. In der Schule bastelten wir mit dem kargen Material, das es damals gab, ein wenig Christbaumschmuck. Irgendwann aber fiel mir ein, dass wir ja nun kein Kripperl mehr hatten. Meine Mutter versuchte, mich zu trösten, dass wir – wenn alles, wie jeder damals sehnlich hoffte, wieder besser werden würde – im nächsten Jahr irgendwie wieder ein Kripperl zusammenbekommen würden.

Aber meine Erinnerungen an das Kripperl waren so schön, dass ich mit der mir immer schon eigenen Sturheit beschloss, alles zu versuchen, damit auch in diesem Jahr ein Kripperl unterm Christbaum stehen könnte. So nahm ich mir fest vor, sogar meiner Mutter nichts zu sagen und sie am Heiligen Abend mit etwas ganz Besonderem zu überraschen. Ja, aber wie sollte ich das anstellen? Selbst wenn ich genügend Geld gehabt hätte, es nutzte damals wenig, da es fast nichts zu kaufen gab. Ich brauchte zunächst den Stall, dann die Figuren, also Maria und Josef, natürlich das Christkind, Hirten, einen Engel und zumindest ein paar Tiere, auf alle Fälle den Ochsen und den Esel. Das Einfachste war noch Zubehör wie Moose, Heu und Stroh, das bekam ich schnell bei unserem Besuch bei einer befreundeten Bauernfamilie in Sonnendorf.

Dabei entdeckte ich zufällig im Schuppen ein offensichtlich ausrangiertes Futterhäuschen für Vögel, das mir der freundliche Opa, als ich ihn bat, gleich schenkte. Mit meinen nicht unbedingt gerade großartigen handwerklichen Fähigkeiten versuchte ich, das Häuschen einigermaßen »salonfähig« zu machen, wobei ich mir von vornherein damit Trost zusprach, dass ja das Christkind auch in keiner Luxusherberge zur Welt gekommen war. So bemühte ich mich nach Kräften, mit Leim und Farbstiften das Beste aus der Gegebenheit zu machen. Aufs Dach klebte ich Strohhalme, belegte den Boden mit weichem Moos und befestigte den Weihnachtsstern, den wir in der Schule gebastelt hatten, über dem Stall.

Zu meiner großen Freude entdeckte ich in der alten Spielzeugkiste, die wir nach Erding gerettet hatten, sogar ein paar kleine Tierfiguren: Hund, Katze, ja sogar einige Schäfchen und Lämmlein. Beim Spiel mit meinem Klassenkameraden, dem Stadler-Walter, sah ich durch Zufall bei ihm eine kleine hölzerne Kuh, die genauso ein Ochs hätte sein können. Ich tauschte sie mit einer gewissen Wehmut gegen ein kleines Spielzeugauto ein.

Der Huber-Fanny, die noch heute im Geschäft steht und schon damals mit ihren Eltern den wohl bekanntesten Laden in Erding und Umgebung führte, in dem es sogar in den schlechtesten Zeiten hie und da etwas Besonderes wie Kekse gab, erzählte ich ebenfalls von meinem Krippenwunsch. Tatsächlich überreichte sie mir kurz darauf strahlend einen Esel, der allerdings bedeutend größer als der Ochse war. Auch ein paar kleine Figuren, die man mit Fantasie als Hirten identifizieren konnte, hatte sie erbeutet.

Von meinem netten Religionslehrer hatte ich viele Fleißzettel bekommen. Als er mich fragte, was ich mir dafür wünschte, bat ich ihn um einen kleinen Engel und vertraute ihm allzeitig meine Kripperlbestrebungen an. Er übergab mir in der nächsten

Stunde eine kleine geschnitzte Engelsfigur mit den Worten: »Weilst es du bist.«

Nebenbei erstand ich bei jeder sich bietenden Gelegenheit irgendwelche Tierfiguren. Sogar einen kleinen Elefanten gelang es mir an Land zu ziehen, indem ich ihn gegen ein paar Briefmarken aus der eben begonnenen kleinen Sammlung eintauschte. Es fehlten jetzt lediglich die Hauptpersonen Maria und Josef und das Christkind. Und Weihnachten rückte immer näher! Da war natürlich guter Rat teuer.

Ich ging zum Vater unserer Vermieterin, der früher Schreiner gewesen war und immer ein offenes Ohr für mich hatte. »Ich versuch's mal«, sagte er und machte sich einen ganzen Tag daran, aus einem Holzstück eine Figur zu schnitzen. Wir malten sie gemeinsam an, und sie wurde zu einem wunderschönen heiligen Josef. Es fehlten also nur noch die Muttergottes und das Jesulein. Bei der Maria half die gute Marie, als sie uns kurz vor Weihnachten besuchte. Ich erzählte ihr von meinem Vorhaben. Da kramte sie aus ihrer Tasche eine kleine Marienfigur heraus, die sie als fromme Frau immer mit sich führte.

»Da«, sagte sie, »das ist mein Weihnachtsgeschenk für dich. Ich hätte heuer sowieso leider nichts für dich gehabt außer meinen gebackenen Platzerln. Soll dich die Himmelsmutter genauso gut beschützen, wie sie das immer bei mir gemacht hat!«

Am 22. Dezember hab ich dann, als meine Mutter gerade beim Einkaufen war, das Kripperl aufgebaut. Merkwürdig sah das Ganze schon aus mit dieser Ansammlung der verschiedensten Figuren in den unterschiedlichsten Größen. Irgendwann aber gefiel mir dieses Panoptikum. Ja, aber es fehlte halt immer noch die Hauptfigur der Krippe. Letztere bastelte ich wieder mehr schlecht als recht aus einer Zündholzschachtel, die ich liebevoll mit weichem Heu ausstattete.

Am 23. Dezember überlegte ich mir bereits eine Notlösung. Ich könnte ja ein Jesuskind malen, es ausschneiden und dann in sein Heubett legen. Gerade machte ich mich mit Papier und Buntstiften ans Werk, da läutete es. Das schönste Weihnachtsgeschenk meiner Kindheitstage stand vor der Tür: mein Vater! Einen Tag vor Weihnachten war er in aller Herrgottsfrühe aus dem Lager in Heilbronn entlassen und mit dem Gefangenentransport hergebracht worden. Mein Gott, was gab es da alles zu erzählen! Am Weihnachtsabend ließ es sich mein Vater nicht nehmen, »dem Christkind zu helfen«.

Beim Aufstellen der kleinen Tanne, die uns unsere Bauernfreunde geschenkt hatten, bat ich ihn: »Vati, bau doch dazu auch ein Geschenk für Mutti und dich auf«. Ich zeigte ihm meine Sammelkrippe. »Bloß eine Figur fehlt«, gestand ich ihm. »Ich hab kein Christkind für die Krippe. Eigentlich wollt ich ja noch eines malen, aber über dem Wiedersehen mit dir hab ich es ganz vergessen.«

»Dann musst du dir halt vom Christkind ein Jesuskind wünschen«, lächelte er. Richtig, das war's. Daran hatte ich gar nicht gedacht. Ob das aber das Christkind in so kurzer Zeit noch schaffen würde?

Als mein Vater dann abends mit einem kleinen Glöckchen die Bescherung einläutete, stürzte ich ins Zimmer. Da stand ein wirklich schöner Christbaum, an dem neben meinen Bastelarbeiten alle möglichen hübschen Dinge hingen, die meine Mutter entweder selber angefertigt oder irgendwo aufgetrieben hatte. Sogar ein paar Kerzen hatte sie irgendwie erstanden. Und unter dem Baum fand ich meinen sehnlichsten Wunsch erfüllt: ein Buch über die Sterne. Als Bub wollte ich nämlich einmal Astronom werden.

Später erzählte mir meine Mutter, dass sie dieses Geschenk in dem Tauschladen in der »Langen Zeile« gegen ein kleines Schmuckstück, das sie noch besaß, eingetauscht hatte. Ich war überglücklich.

»Ja, was steht denn da?«, rief meine Mutter plötzlich. Sie hatte das von meinem Vater kunstvoll aufgebaute Kripperl entdeckt. Wirklich originell sah es in seiner Buntheit aus. Aber was war denn das? In der kleinen Zündholzschachtel-Krippe lag auf Heu und Stroh tatsächlich ein kleines Jesuskind. Später erfuhr ich von meinem Vater, dass es ihm ein kranker Mitgefangener, um den er sich sehr gekümmert hatte, anvertraut hatte. Ebenso wie Marie die Muttergottes, so hatte dieser Mann das kleine Jesulein immer bei sich getragen.

Ich habe mit meinen lieben Eltern noch wunderschöne Weihnachten erlebt, bei denen dann die Bescherung mit dem beschiedenen Wohlstand, den sich mein fleißiger Vater erarbeitet hatte, auch etwas reichlicher als in jenem Jahr ausfiel. Als das gnadenreichste Weihnachtsfest aber wird für alle Zeit das besagte in Erinnerung bleiben. Und bestimmt habe ich mit dem Blick auf die Krippe und das Christkind nie mehr so froh und andachtsvoll die dritte Strophe von »Stille Nacht« gesungen: »Gottes Sohn, oh, wie lacht lieb aus deinem göttlichen Mund ...«

Vom Kleinen und vom Großen

Die kleinen Sachen
das Große erst machen.
Erst die Sekunden
ergeben die Stunden,
das Kleine bloß
macht's Große groß.
Es fängt alles an mit
dem ersten Schritt,
klein, kaum zu sehn.
Doch den auch zu gehen,
das ist halt gerad
die große Tat.

Das Leise verstehn

In unserer Zeit,
wo bloß ghört wird, wer schreit,
wo mit Phonzahl man misst,
wer der Bessere ist,
in unserer Welt,
wo das Laute bloß zählt,
wo man meinen könnt, bloß
das Laute wär groß,
wär's öfter nicht schlecht,
wär's öfter ganz recht,
wenn man dran denkt, wie viel
ganz Großes oft still,
so leise geschieht,
dass man's fast gar nicht sieht.

Am Himmel die Stern',
da ist nichts zu hörn,
ziehen ruhig ihre Bahn
vom Anfang her an.
Der Tag und die Nacht,
die kommen ganz sacht
und gehen bald schon
still wieder davon.
Das Jahr geht den Kreis
ganz still und ganz leis.

Wie was wächst und was grünt,
gwiss keiner vernimmt –
und tät er auch gern
das Gras wachsen hörn.

Die Zeit, die nie ruht,
ihr Werk immer tut,
unhörbar sie teilt,
an allem dran feilt.

Und wer steht im Leben
bei uns stets daneben?
Wer ist's, der schon jetzt
seine Sense still wetzt?

Und zu guter Letzt, wer
wirkt leiser als ER?
Du siehst ihn oft nur,
spürst auf seine Spur.
Überhörst da und dort
seine Sprache, sein Wort.

Drum horch dich nur um:
Die Welt ist nie stumm.
Willst, was wichtig ist, sehn,
musst du's Leise verstehn,
dein Herz muss hinhörn,
du selbst ganz still werdn.

A Stern hat gleucht

Und a Stern, der hat gleucht, so hell überm Stall,
dass sei Glanz und sei Schein war zu sehn überall.
Aus der Ewigkeit rüber in d' Zeit nei, in d' Welt
is kumma des Leuchtn, hat's Dunkel erhellt.
Hat nia mehr so hell wo aufgscheint a Stern,
wia in Bethlehem damals zur Geburt unsers Herrn.
Wohin is des Liacht, des Helle, der Schein?
Is z'ruck aus der Welt, z'ruck in d' Ewigkeit rein?
Kaants net sei, dass mia bloß des Liacht nimmer
          sehn
oder dass ma as Leuchtn nimmer verstehn?
Kaants net sei, dass vielleicht an uns grad oft liegt,
dass in unserer Welt so vui Dunkel ma siegt?
Wenn ma alle dazuadaadn, dass mehr Liacht in d'
          Welt kimmt,
waar koa Gfahr, dass der Stern von der Krippn
          verglimmt.

Fröhliche Feste und Feiern

Die neue Advent-Location

Über viele Jahre hatte Alfons Igerl, der Kassier vom Kleingartenverein Flora, jedes Jahr so um Mitte Dezember herum seine Lesung in der Neuhauser Gaststätte Volkarts-Eck abgehalten. Dabei hatte es genügt, dass er den Wirt, den Trögel-Wiggerl, irgendwann um den 20. Oktober herum angerufen hatte mit der Frage: »Bleibts heuer wieder dabei?«

So wollte er es auch heuer wieder um diese Zeit versuchen und wählte die schon leicht vergilbte Nummer des Lokals in seinem Telefonbuch. Igerl hörte nach dem Anläuten aus dem Hörer irgendein englisches Lied und dann die Mitteilung: »Hold the line, please!«
IGERL: Wer ist da? Is da das Volkarts-Eck?
Er hörte aber nur, dass dasselbe Lied angespielt und danach wieder dieselbe Mitteilung gemacht wurde. Nach einiger Zeit legte er kopfschüttelnd auf.
IGERL: Ah, ja. Vielleicht is des a Sechser und koa Achter. [liegt's am Geldstück]
Er wählte neu. Dieses Mal hörte er aus dem Hörer nur einen Piepser und die Meldung: »The number you have called is not connected.«
IGERL: Jetzt muass i langsam aufpassen. I glaub, de verbindn mi allerweil ins Ausland. Und des kommt mi teuer.
Igerl wählte erneut und versuchte es diesmal statt dem Sechser mit einem Fünfer. Darauf erfuhr er: »The number you've called is temporary not available.«

IGERL: Jetzt probier i's a letztes Mal. Ah, ja, da steht ja no a zweite Nummer.

STIMME: Hallo, die Well-come-Gastronomiezentrale. Was kann ich für Sie tun?

IGERL: Well-come-Gastronomie? Na, i wollt bloß an Wirt vom Volkarts-Eck, an Trögel-Wiggerl sprechen. Igerl ist mein Name, Alfons Igerl vom Kleingartenverein Flora.

STIMME: Da muss ich Sie leider enttäuschen, der Herr Trögel hat schon vor einem halben Jahr alles seinem Sohn übergeben, und der hat sich mit seinem Lokal der »Well-come-Gastronomie-Group« angeschlossen.

IGERL: Au weh. Na gibt's jetzt des Volkarts-Eck womöglich gar nimmer?

STIMME: Ja und nein. Der alte Laden wurde natürlich von unserem Management gründlich umgekrempelt und heißt jetzt »Zum Volki-Burger«.

IGERL: Oh, mei. Dann haben Sie vielleicht auch keinen Nebensaal mehr, wo ich meine traditionelle Adventslesung heuer wieder machen könnte?

STIMME: Ach so, Sie fragen, ob wir noch eine Event-Location haben? Da kann ich Sie beruhigen. Die Well-come-Gastronomie ist geradezu auf Events spezialisiert. Fast jeden Abend haben wir Special Events von namhaften Künstlern. Heute Abend ist beispielsweise Len Art Lonely, die ihr neuestes Album vorstellt, unser Highlight. Wollen Sie bei uns auch Ihr Album vorstellen?

Igerl: Mei Album? Ja, i woaß net, ob meine Buidl jemand interessieren daadn. Na, i wollt doch nur fragn, ob i mit meiner Adventlesung wieder bei euch neikann. So um den 10. Dezember rum hab i's allerweil gmacht.
Stimme: In welchem Jahr? 2019 oder 2020? Nächstes Jahr sind wir leider schon ausgebucht.
Igerl: Na, na, i moan scho heuer, also 2017.
Stimme: Heuer? 2017? Wissen Sie denn nicht, der wievielte heute ist?
Igerl: Ja, normalerweise schon. Aber zur Sicherheit schaug ich nochmals aufn Kalender. Heut is der 21. Oktober. Warum?
Stimme: Aber unsere Group plant auf fünf Jahre im Voraus, um nicht zu sagen, in Dezenien.
Igerl: Auf fünf Jahr! Ja, mei, da weiß ich ja gar nicht, ob ich noch leb. Wissen Sie, wie alt ich bin?
Stimme: Nee, aber das tut ja auch nichts zur Sache.
Igerl: Ich bin Jahrgang 1937. Die Kriegsgeneration, wenn Ihnen das was sagt. Da könnt ich Ihnen allerhand erzählen. An manche Sachen erinnere ich mich noch ganz genau, z. B. …
Stimme: Sein Sie mir nicht böse, aber ich bin etwas in Eile. Aber Moment mal, ich habe gerade eben nachgeschaut. Das gibt's ja nicht. Der 10. Dezember wäre in diesem Jahr noch frei, weil der Christmas-Faschingsball der Narrhalla kurzfristig abgesagt wurde.
Igerl: Also nacha gangats also doch? Dann buchen S' einfach unter meinem Namen Alfons Igerl, Kleingartenverein Flora.

STIMME: Okay. Aber für die Details bin ich jetzt nicht mehr zuständig. Da muss ich Sie mit meiner Kollegin vom Event-Management, Frau Müller-Ziegenfreund, verbinden.
IGERL: Ha? Na, na, des brauchts net. Bei mir is sowieso alles klar. I machs wie immer.
NEUE STIMME: Hier Sabine Müller-Ziegenfreund. Was kann ich für Sie tun?
IGERL: Ja, hier Igerl, Alfons Igerl vom Kleingartenverein Flora. Eigentlich bräucht ich Sie ja gar net, weil das jedes Jahr dasselbe ist.
MÜLLER-ZIEGENFREUND: Um was geht es denn eigentlich?
IGERL: Ja, um meine Adventlesung halt, für die Flora.
MÜLLER-ZIEGENFREUND: Also ein Advent-Event?
IGERL: Ja, wenn Sie so meinen.
MÜLLER-ZIEGENFREUND: Gut, dann sagen Sie mir alles über Ihr benötigtes Equipment, die Performance usw.
IGERL: Ha?
MÜLLER-ZIEGENFREUND: Was Sie für Ihren Auftritt benötigen.
IGERL: Benötigen? Tja, eigentlich nix. So halt wia allerweil. *imma.*
MÜLLER-ZIEGENFREUND: Geht's nicht präziser?
IGERL: Ja, mei, wenn S' meinen. An Tisch halt und an Stuhl.
MÜLLER-ZIEGENFREUND: Na also. Da geht's schon los. Kleiner oder großer Tisch? Tischdecke? Welcher Stuhl? Hocker? Sessel?
IGERL: Oh, mei. Da hab i nia nachdenkt. Da war halt

irgendein Stuhl und ein Tischerl dagstanden. Und dann hab i meine Gschichtln glesn.

MÜLLER-ZIEGENFREUND: Was war, ist vorbei. Die Gastro arbeitet perfekt. Wir überlassen nichts dem Zufall. Tischdecke oder nicht?

IGERL: Ja, vielleicht, wenn's geht. A Tischdecke ist doch ein bisserl feierlicher.

MÜLLER-ZIEGENFREUND: Weiße Tischdecke? Bunte?

IGERL: Bunt vielleicht.

MÜLLER-ZIEGENFREUND: Welche Tischbeleuchtung? Tischlampe? Kerze?

IGERL: Ja, mei, also a Liacht brauch i schon, weil i ja lesen muass. Vielleicht gangert beides.

MÜLLER-ZIEGENFREUND: Okay. Farbe der Kerze?

IGERL: Lila-blass-blau.

MÜLLER-ZIEGENFREUND: Wie bitte?

IGERL: Das war nur ein Scherz.

MÜLLER-ZIEGENFREUND: Ach so? Welchen Tischschmuck benötigen Sie, Tannenzweige oder Kürbis?

IGERL: Kürbis? Wieso Kürbis? De Leut langt mei Kürbis, glaub i, hahaha.

MÜLLER-ZIEGENFREUND: Nein, nein, ich frage ganz bewusst, ob Sie noch ein wenig was mit Halloween machen, so nen kleinen Nachschlag?

IGERL: Hallo Wien: Nein, nein, da liegt ein Irrtum vor. Ich mach eine Adventlesung und keinen Wiener Abend. Nix Wien, keine Heurigen-Lieder.

MÜLLER-ZIEGENFREUND: Wie stehts mit der Musik? Live-Musik oder Konserve?

IGERL: Ja, gut, dass Sie fragen. Also, da wär wie jedes Jahr die Frau Schwankl dabei. Das ist die Frau von unserm Vorstand, die Mathilde. Und die spielt Zither. Zumindestens glaubt sie's. Unter uns gesagt: De Mathilde lernts nie. Beim Lied »Nun saget an den ersten Advent« verspielt sie sich regelmäßig schon in der zweiten Zeile. Aber sie ist unbelehrbar und glaubt halt, dass sie immer recht hat. Wie sie der Pflanzelt-Maxl das letzte Mal darauf angesprochen hat, wie falsch dass sie gspielt hat, hat's bloß gsagt: »Also, ich hab richtig gspielt. Was kann ich denn dafür, dass sich der Komponist vertan hat?« Haha. Aber was bleibt mir übrig, sie ist halt die Frau vom Vorstand, und außerdem ist sogar ihre Falschspielerei schon a guate Tradition wordn.

MÜLLER-ZIEGENFREUND: Aha. Also Live-Musik. Ich hab's mir notiert. Nächste Frage: mit oder ohne Mikrofon?

IGERL: Ja, eigentlich waars mir ja ohne Mikrofon lieber, und ich hab ja eine durchaus laute Stimme, aber in zunehmendem Alter werden halt unsere Mitglieder immer schwerhöriger. Und de, wo am schlechtesten hören, setzen sich immer am weitesten weg. Der Scherm-Max sagt z. B. jedes Jahr am End dasselbe: »Schön hast glesen, Alfons. Bloß schad, dass i kein Wort verstandn hab.«

MÜLLER-ZIEGENFREUND: Apropos verstehen: Brauchen Sie einen Dolmetscher? Wir hätten

sogar eine Anlage für Simultan-Übersetzung.
IGERL: An Dolmetscher? Ja, Sie san guat. I lies alles auf Bayrisch vor. Seit Jahr und Tag, und unsere Mitglieder sind in der Regel Einheimische. Unser Gartenverein Flora setzt sich, wenn ma des so sagn darf, vornehmlich aus Bayern, aus Aborigines zusammen, haha! Des heißt, wenn man von der Hui-Ming absieht. Des is de Frau vom Sohn vom Vorstand, die kommt aus China oder Thailand oder sonstwoher. Aber wega der rentiert sichs net, dass wir a Dolmetscher verpflichten.
MÜLLER-ZIEGENFREUND: Herr Igerl, ich habe Ihnen schon gesagt, dass meine Zeit nicht unbegrenzt ist. Bitte schränken Sie sich also bei meinen Entweder-oder-Fragen auf eine kurze Antwort ein! Ich frage weiter: Getränke am Tisch? Saft oder Wasser? Wenn Wasser, mit Gas oder ohne Gas?
IGERL: Mei, i hab halt immer vor der Pause ein Weißbier vorn stehn ghabt. Und nach der Pause, wenns besinnlich wordn is, ein Glaserl Glühwein. Aber des spendiert immer die Hupfer-Betty, und der ist so pappert süß, dass oam glei an Hals zsammklebt.
MÜLLER-ZIEGENFREUND: Brauchen Sie eine Leinwand und einen Overhead-Projektor?
IGERL: Ja, mia waars gnua.
MÜLLER-ZIEGENFREUND: Ach so, dann bringen Sie Ihren Computer für eine PowerPoint mit?

Eine ganz wichtige Frage: Bei unseren Comedy-Veranstaltungen haben wir öfter das Problem, dass manche die Pointe zu spät oder gar nicht verstehen. Brauchen Sie einen Applauser?

IGERL: Oa- Einen was?

MÜLLER-ZIEGENFREUND: Jemanden, der ausgebildet ist, dass man an der richtigen Stelle klatscht, richtig Beifall spendet. Eine oder mehrere Personen?

IGERL: Also, einen solchernen Schmarrn hab ich noch nie ghört. Jetzt reichts mir wirklich. Sie können mich jetzt langsam am A...

MÜLLER-ZIEGENFREUND: Kreuzweise oder spiralförmig?

An dero Stelle hatte der Gartenvereins-Vertreter ganz spontan den Hörer aufi g'legt.

Nikolausfeier

Letztes Mal haben wir wieder einmal im Dezember eine wirklich schöne Veranstaltung in meinem Verein gehabt.

Da ist also der Weihnachtsmann zu unsere Kids kommen. Mit einem echten Snow-car ist er daherdrived.

Eine richtige Girlgroup hat er in seiner Connection gehabt, die wo aber auf Engel hergestylt waren.

Ich hätt ja lachen können, wie clever heutzutag schon unsere Minis sind. Baggert da nicht gleich einer von den Jungs den Weihnachtsmann an und sagt zu ihm: »Hallo, Santa Claus, stimmt's, oder hab ich recht, dass du heut Geburtstag feierst?«

Und dann hat er ihm ganz ohne Playback einfach live »Happy Birthday« vorgesungen.

Der Weihnachtsmann war sichtlich amused.

Dann hat die Frau von unserm Kassier, die Frau Hirschnagl, auf'm Keyboard »Jingle bells« gespielt. Auf das hin hat der Weihnachtsmann so eine Art Smalltalk mit den Kids gemacht, aber nicht streng, sondern ganz easy, halt bloß just for fun.

Dann hat er seinen Laptop raus'zogen und davon eine Art Weihnachtsstory abgelesen.

Nachher hat er in seinen Sack hineinglangt und den Kids in ihre Moon-Boot-Schuh', die wo sie schon vorher brav hingestellt haben, lauter verschiedene kleine Presents hineingelegt, Sweeties wie Smarties und Choconuts, aber auch ganz moderne Energydrinks und halt so kleine Zeichentrickfiguren wie beispielsweis die Turtles oder den He-Man.

Dann haben wir die elektrische Beleuchtung ausgeschaltet.

Beim Candle-light hat schließlich der Berger-Jonny, den wo wir eigens von Oberaudorf einjetten haben lassen, auf seiner Oldtimer-Zither »Jetzt wird's scho glei dumpa« gespielt.

Richtig geil haben sogar die Kids den Sound gefunden.

Kurzum, das Ganze war ein Riesen-Event, und ich bin immer wieder richtig happy, wenn uns einmal ein solches Highlight wie der Abend glückt. Da kann man nämlich auch noch in unsere Tag' live erleben, dass wir halt doch grad um die Christmas-Zeit rum immer noch unser schönes, altes Brauchtum hochhalten.

Die Weihnachtsfeiervorbereitung

Rechtzeitig zum Sommeranfang fand auch dieses Jahr wieder im Nobelrestaurant Kaiser im kleinen Vorstandskreis der führenden Computerfirma »Art Soft« die Vorbesprechung für die diesjährige Weihnachtsfeier statt. Herr Dr. Knut Klawuttke war mit der Organisation beauftragt.

»Ich darf Sie«, verkündete er einleitend, »den sehr geehrten Herrn Kollegen von Düringshofen, ebenso herzlich begrüßen wie Sie, lieber Herr Müller-Menterschweige. Ich glaube, wir sollten zunächst einmal, äh, wenn ich so sagen darf, Systemkritik an unserer letztjährigen Weihnachtsfeier üben. Ich darf Sie bitten, mir ganz unverblümt zu sagen, wenn Ihnen etwas nicht gefallen hat.«

»Nö, nö«, meinte Herr Müller-Menterschweige, »da gibt's wohl im Nachhinein nicht viel einzuwenden. Erste Sahne, wenn ich so sagen darf. Habe selten so gut und viel gegessen wie an diesem Abend. Auch der Wein, exzellent. Meine Frau hat noch nie so'n gutes Dessert gegessen, sie schwärmt heute immer noch davon.«

»Bloß der Bärwurz«, unterbrach von Düringshofen, »bloß der Bärwurz ...«

Klawuttke schaute ihn erstaunt an. »Bärwurz? Wieso Bärwurz?«

»Ja, weil der eben nicht da war. Wir wollten noch einen Bärwurz trinken. Als Verdauungsschnaps sozusagen – und in dem ganzen Nobelrestaurant war kein Bärwurz aufzutreiben«, monierte von Düringshofen.

»Ach ja, ich entsinne mich«, lachte Müller-Menterschweige, »aber das war ja nicht so tragisch. Wir haben doch dann eine Lage Enzian nachgetrunken. Hat hervorragend geschmeckt, der Enzian.«

»Enzian ist kein Bärwurz«, verbesserte ihn von Düringshofen, »Enzian kommt aus dem Gebirge und der Bärwurz aus dem Bayrischen Wald. Der Bayrische Wald ist ja wohl nicht aus der Welt, und deswegen ist es mir unverständlich, dass so ein Nobelrestaurant wie Kaiser keine Bärwurz hatte. Ja, aber sonst war alles bestens in Ordnung.«

»Kann ich also davon ausgehen«, meinte Klawuttke, »dass wir auch heuer wieder auf dieses äußerst bewährte Lokal mit seinem hervorragenden Service zurückgreifen sollen? Oder sollten wir nicht lieber mal die Lokalität wechseln und etwas anderes ausprobieren?«

»Um Gottes willen!«, riefen alle beide wie aus einem Munde. »Der Kaiser ist erste Sahne. Vor allem, was die Weihnachtsveranstaltungen anbetrifft.«

»Danke für die Zustimmung«, rief Klawuttke, »das erspart mir, dass ich ein neues Lokal suchen muss. Ich verspreche Ihnen schon heute, Herr von Düringshofen, dass ich rechtzeitig dafür sorgen werde, dass der Wirt eine Flasche Bärwurz für Sie kalt stellt. Aber mir geht es in der heutigen Sitzung mehr darum, die inhaltliche Seite des Abends zu besprechen, zum Beispiel, wie der musikalische und literarische Ablauf sein soll.«

»Ich würde sagen«, rief Müller-Menterschweige, »wir lassen das Ganze so wie im Vorjahr. Es war ja alles recht hübsch. Meiner Frau hat am besten die Geschichte gefallen, die dieser Dingsda vorgelesen hat. Können Sie sich noch daran erinnern? Dieses Streitgespräch zwischen einem Semmelknödel und einem Leberknödel. Haben wir gelacht!«

»Hahaha«, lachte jetzt auch von Düringshofen, »ich muss heute noch schmunzeln, wenn ich daran denke. Immer wenn ich einen Leberknödel esse, fällt mir die herrliche Geschichte ein. Wissen Sie eigentlich, wo man diese Geschichte finden kann, Herr Dr. Klawuttke? Ich hätte sie gerne noch einmal nachgelesen.«

»Nein, leider nicht«, meinte Klawuttke.

»Schade«, murmelte von Düringshofen, »schade, ich hab Tränen gelacht.«

»Wissen Sie, äh«, meinte nun Klawuttke, »heuer kommt für unsere Feier etwas Problematisches dazu. Wir müssen nämlich aus einem ganz bestimmten Grund unser Programm etwas anders gestalten.«

»Anders gestalten?«, fragte Müller-Menterschweige erstaunt. »Heißt das, dass wir dieses Jahr auf die Trüffelnudeln verzichten müssen? Unter uns gesagt, ich hab noch kein Lokal gesehen, wo man so viel Trüffel auf die Nudel gerieben bekommt wie hier. Grandios, grandios.«

»Nein«, meinte Klawuttke, »ums Essen geht es nicht in erster Linie, es geht um den Inhalt der Darbietungen. Wissen Sie, ähm, wir haben ja heuer einen besonderen Gast. Unsere Firma hat einen Exklusivvertrag mit der Evangelischen Akademie abgeschlossen.

Wir stellen für sie das ganze Soft- und Hardwareprogramm in der Bundesrepublik und darüber hinaus zusammen. Und da kommt unser Connection-man, der Akademiedirektor Dr. Gleiber.«

»Ja, und?«, meinte Müller-Menterschweige, »was hat denn das mit den Trüffelnudeln zu tun?«

»Nichts mit den Trüffelnudeln. Ich sagte es Ihnen bereits, Herr Kollege«, beruhigte ihn Klawuttke, »es geht um den Inhalt. Vielleicht, so wurde mir bedeutet, sollten wir dieses Mal bei der Gestaltung doch ein wenig mehr auf, ähm, na, wie soll ich sagen, aufs Weihnachtliche oder, ähm, wenn Sie so wollen, Adventliche eingehen beziehungsweise zumindestens einige Gedanken darauf verwenden. Vielleicht sollten die Engelchen, die in Begleitung des Nikolauses waren, na ja, Sie wissen schon, auch etwas dezenter gekleidet sein.«

»Hat meine Frau auch schon gesagt«, monierte Müller-Menterschweige, »ich wollte ohnehin diese Anmerkung machen. Es muss ja nicht alles so transparent sein, hihihi.«

»Nu, nu, nu«, lachte von Düringshofen, »jetzt tun Sie nur nicht so. Ich fand das Ganze durchaus schön und ästhetisch.«

»Jaja«, korrigierte Müller-Menterschweige, »Ihre Frau war ja auch nicht dabei. Kommt die heuer im Übrigen mit?«

»Jaja«, meinte der nachdenklich. »Vielleicht haben Sie doch recht, es war schon ein bisschen zu transparent. Muss ja nicht immer sein, und vielleicht sollten wir auch auf den Tanz der Salome verzichten, obwohl das ja ein zutiefst biblisches Thema ist, wenn ich so sagen darf. Übrigens, wie hieß diese bezaubernde Stripperin doch gleich?«

»Sagen Sie bloß«, rief Müller-Menterschweige, »dass heuer dann auch die herrliche Transvestiten-Show ausfällt. Vor allem dieses großartige Solo von diesem oder dieser, na, man weiß ja nicht so genau, wie hieß er oder sie denn gleich wieder, mit dieser Arie aus der ›Fledermaus‹?«

»Nee, nee, das geht natürlich nicht«, rief Klawuttke, »außerdem nennt sich die Olivia inzwischen wieder Oliver und tritt als große Sensation auf. Sie ist nämlich jetzt als transvestierter Transvestit tätig und singt wieder Männerrollen, beziehungsweise er oder was oder wie. Man weiß ja nicht so genau.«

»Oje«, murmelte darauf Müller-Menterschweige, »dann wird die Luft langsam dünn. Nur gut, dass das mit den Nudeln und den Trüffeln bleibt.«

»Und dass der Wirt einen Bärwurz hat«, warf von Düringshofen ein. »Müsste ja leicht noch möglich sein, in ein paar Monaten ein paar Flaschen aus dem Bayrischen Wald einjetten zu lassen.«

»Es bleibt nun allerdings nicht recht viel vom Vorjahresprogramm übrig«, klagte Klawuttke. »Sie haben das schon richtig gesehen. Ich könnte mir lediglich vorstellen, dass die Mini-Playback-Show, die voriges Jahr so gut angekommen ist, auch heuer wieder über die Bühne gehen kann. Wird ja nun unser Akademiedirektorchen nichts dagegen einwenden können. Waren ja durchaus harmlose Lieder, die die Kleinen hier gesungen haben. – Nicht gesungen, sie haben sich ja nur zur Musik bewegt. Sehr eindrucksvoll, wie die kleine Achtjährige diese Madonna nachempfunden hat und der Bub mit seinen knapp zehn Jahren den Michael Jackson geradezu gedoubelt hat.«

»Wie wär's denn«, schlug von Düringshofen vor, »wenn wir dieses Mal die Kinder, sie sind ja nur ein Jahr älter geworden, etwas mehr weihnachtlich einsetzen könnten? Es müsste doch mit dem Teufel zugehen, wenn wir nicht irgendwelche traditionelleren Lieder nehmen könnten. Wie wär's denn mit dem Ententanz?«

»Nein«, warf Klawuttke ein, »das ist doch auch nichts Weihnachtliches. Aber die Idee ist gar nicht schlecht, so ein hübsches Weihnachtslied wie ›Es wird scho glei dumpa‹ oder ›Stille Nacht‹ als Mini-Playback. Ich müsste gleich mal die Managerin der Kids anrufen, ob die das noch hinbringt in den paar Monaten.«

»Ich hätte auch noch einen Programmpunkt«, schlug Müller-Menterschweige vor, »nämlich Traditionelles, Bodenständiges. Unser Vorstandsvorsitzender, Dr. Westfalen, hat mich sogar gebeten, Ihnen diesen Vorschlag zu machen. Er hat doch jetzt in dritter Ehe eine echte Bayerin, die Theres Eidbichler, geheiratet. Die Mutter von der, also seine neue Schwiegermutter, ist eine angesehene Heimatdichterin. Herr Dr. Westfalen hat mir im Übrigen einige Texte dieser Dame mitgegeben, um sie hier zur Begutachtung vorzulegen. Wäre natürlich eine großartige Geste, und Westfalen scheint einiges daran zu liegen, dass wir hier seine Schwiegermutter einplanen könnten. Ich verstehe zwar nicht viel von der bayrischen Sprache, aber ich finde diese Verse ungeheuer urig. So richtig naivlyrisch. Ich habe in der Hoffnung, dass Sie diesem Gedanken wohlwollend gegenüberstehen, gleich eine Interpretin mitgebracht, da ja ich nicht so ulkig wie echte Bayern vorlesen kann. Draußen wartet die bekannte Volksschauspielerin Kreszentia Hühnermund. Darf ich sie reinholen?«

»Selbstverständlich«, rief Klawuttke.

Die Dame betrat den Raum, zog ein paar handgeschriebene Blätter aus der Tasche und begann zu lesen:

»Mei' Löwenzahn.
In mein' klein' Häuserl hinten dro,
da hab i a kloans Garterl no.
Ich sag's ganz ehrlich, dieses Stück
bedeut' für mich as große Glück.
Es macht zu jeder Jahreszeit,
is' auch ganz winzig, 's Herz mir weit.
Ihr werds es glauben net ganz gwiss,
a Löwenzahn mei Liebling is.
Mir hat's ganz bsonders angetan
der wunderschöne Löwenzahn,
den in mein' Garterl, gelb wie d' Sonn,
i jedes Jahr entdecken konn.
Er leucht' jedoch bloß kurze Zeit.
Schon falln – es is ganz schnell so weit –
die gelben Blütenblattln dann,
und schon sind kloane Fallschirm dran.
Die fliagn durch d' Luft beim kleansten Hauch.
Ach, wär ein Löwenzahn ich auch.
Dann tät i gelb a bisserl blüahn
und könnt dann wira Fallschirm fliagn.«

»Hm, na ja, sehr originell und – Sie sagten es schon – urig vor allem«, hüstelte Herr Dr. Klawuttke etwas verlegen, »aber, na ja, Löwenzahn und Weihnachtsfeier, da müssten wir vielleicht schon doch noch zumindest künstlich irgendeine Brücke schlagen. Hm, ich könnte mir gut vorstellen, dass wir über den gelben Stern zum Stern von Bethlehem …«

»Wie war denn das voriges Jahr mit den Leberknödeln und den Semmelknödeln?«, fragte von Düringshofen. »Da ist ja eigentlich auf den ersten Blick auch nicht unbedingt ein großartiger Bezug zum Weihnachtsfest herzustellen. Ich kann mich aber erinnern, dass das Ganze doch recht harmonisch eingebaut war.«

»Vor allem war's echt lustig«, prustete jetzt Müller-Menterschweige laut los, »ich hätt mich wirklich kugeln können. Wie ein Leberknödel. Oder sollt ich besser sagen: wie ein Semmelknödel«, lachte er in Erinnerung daran, »um bei dem äußerst schwierigen Vergleich zu bleiben.«

»Ich hätte diese Geschichte ja zu gern irgendwo einmal nachgelesen«, unterbrach von Düringshofen. »Ist sie wirklich no»ch nirgends erschienen? – Schade bloß, dass es an dem Abend keinen leckeren Bärwurz gab.«

»Moment«, rief Müller-Menterschweige, »da fällt mir ein, die Schwiegermutter unseres Vorstandes hat ein ganz reizendes Gedicht über die, äh, Bärwurz – nein, Entschuldigung, über die Hauswurz gemacht. Wenn es Ihnen nichts ausmacht, lass ich es wieder von der Volksschauspielerin Kreszentia Hühnermund vorlesen.«

Frau Hühnermund las:

> *I sag's grad heraus, mei Garterl is*
> *für mich a kloanes Paradies.*
> *Da wachsen, wia kann's anders sein,*
> *vui schöne Pflanzen wunderfein,*
> *doch i, i hab a Lieblingsgwachs,*
> *i sag's ganz ehrlich, ohne Flachs,*
> *des is die Hauswurz ganz alloa,*
> *de ganz bescheidn wachst am Stoa.*
> *Is' aa für manche unscheinbar,*
> *die Hauswurz is mei bsondrer Star*
> *mit ihre dicken Blatteln, und*
> *vor allem ist die Hauswurz gsund ...«*

Klawuttke unterbrach: »Alles wunderschön, aber sagen Sie mal, ist das auch für die Weihnachtslesung zu gebrauchen? Ich weiß nicht so recht ...«

»Überhaupt kein Grund zur Panik«, rief Müller-Menterschweige, »Frau Hühnermund hat auch etwas Winterliches parat. Moment bitte.«

Die Schauspielerin trat wieder nach vorn, um zu deklamieren:

> *»Zwergerl im Winter.*
> *Im Garterl hat's a Schneewerl gschneibt.*
> *I hab mich gfreut, dass' liegen bleibt.*
> *Und hab draus baut a kloanes Bergerl.*
> *Und auf des hab i gstellt a Zwergerl.*
> *Da steht's jetzt drobn auf dem Gipfel*
> *mit seinem lustig roten Zipfelmützerl*
> *auf seim Kopf, dem süaßn.*

Mei Zwerg lasst auch im Winter grüaßn.
Drum, Leut, machts auch, grad wia des Wichterl,
trotz kalte Füaß a frohes Gsichterl!«

Jetzt blieb also den Beteiligten gar nichts anderes übrig, als aus Sympathie zum Vorstandsvorsitzenden Beifall zu klatschen.

»Ja«, meinte Klawuttke nun, »so etwas könnte man durchaus zu einem bestimmten Zeitpunkt vortragen.«

»Da wäre noch ein weiteres Gedicht, das sich meines Erachtens gut eignen würde«, rief Müller-Menterschweige.

Und wieder kam Frau Hühnermund nach vorne und begann zu rezitieren:

> »*Mei' Tannabaum.*
> *Es steht, zum übersehen kaum,*
> *im Garten drin mei' Tannenbaum.*
> *Er steht scho dort seit Jahr und Tag.*
> *Und i gib zua, dass i eahm mag,*
> *net bloß, wenn er voll Zapfen hängt,*
> *die wo als Putzküah er mir schenkt.*
> *I mal sie gold und silbern an*
> *und häng sie an den Christbaum dann.*
> *Die Zapfen sind, Leut, glaubts es mir,*
> *fürn Christbaum a ganz bsondre Zier.*
> *Net bloß als Putzküahlieferant*
> *hat er bei mir an bsondern Stand.*
> *Mei' Tannabaum is ohne Faxn*
> *als guater Freund ans Herz mir gwachsn.*
> *So hat er doppelt seinen Ort*
> *im Garterl und mein' Herzerl dort.«*

»Wow«, riefen alle Beteiligten wie aus einem Mund bewundernd aus.

Und Klawuttke fügte hinzu: »Mit diesen Gedichten können wir schon einen großen Teil der Weihnachtsfeier bestreiten, zumal ja Wortbeiträge nicht unbedingt den ganzen Abend ausfüllen müssen. Es braucht ja nicht beim Ohrenschmaus zu bleiben, da gibt es noch den Augenschmaus, vor allem aber den Gaumenschmaus.«

»Das war ja voriges Jahr wirklich exzellent, exzellent«, rief von Düringshofen. »Apropos Gaumenschmaus, ich hab eine gute Idee. Sagen Sie einmal, äh, Frau Kreszentia Hühnermund, Sie sind doch eine viel beschäftigte Schauspielerin mit einem enorm großen Trottoir – äh, ich wollte sagen Repertoire –, sagen Sie einmal, ist Ihnen bisher nicht einmal jenes entzückende Gedicht untergekommen, wo ein Leberknödel mit einem Semmelknödel in eine – wie soll ich sagen – Diskussion, beziehungsweise ein Streitgespräch gerät.«

»Doch, doch«, meinte Frau Hühnermund, trat nach vorne und begann, von Neuem zu deklamieren:

»Zwoa Knödl san hart z'sammagstessn
im Wirtshaus nach 'm Mittagessen.
Zwoa (scho abkocht) treffen sich
im Topf drin in der Wirtshausküch.
Bloß findn s' aneinand koan Spaß,
sie warn net von der gleichn Rass.
Der oa war braun, der ander heller,
vom Kessel komman s' aufn Teller.
Da landn s' auf am hölzern Brettl,
der Semmel- und der Leberknödl.

> *Und grad a so wie oft die Leut*
> *kemman aa d' Knödl zu am Streit,*
> *weil jeder eibuid se ganz wichtig,*
> *bloß er hätt recht und er waar richtig.«*

»Herrlich, herrlich«, unterbrach sie Müller-Menterschweige, »genauso war's. Entschuldigung, wenn es die anderen Herren nicht zu sehr störte, hätte ich gerne noch die Fortsetzung gehört, vorausgesetzt natürlich, dass Frau Hühnermund noch weiter zu erzählen weiß.«

»Selbstverständlich«, entgegnete ihm Frau Hühnermund und fuhr fort:

> *»Da Semmelknödl z'reißt se glei*
> *mit vollem Dampf sei freches Mei:*
> *›Da brauchst fei an Humor, an guatn,*
> *was' unseroans net alls zuamuatn.*
> *Da klatschen s' dir, ganz ekelhaft,*
> *an so an Kerl in d' Nachbarschaft.‹*
> *Dann legt er no, so grob er ko,*
> *den Leberknödl richtig o:*
> *›Sag amal, bist jetzt du so dreckig*
> *oder bloß schiach und leberfleckig?‹*
> *Natürlich hat, so schwer beleidigt,*
> *der ander sich aa glei verteidigt:*
> *›Du hast as nötig, dummer Hund,*
> *bist net amal anständig rund,*
> *schaugst aus, als wiar am Wirt sei Glatzn,*
> *du selten blöder, blasser Batzn!‹«*

Die Akteurin wurde ständig durch das Kichern von Müller-Menterschweige unterbrochen.

»Herrlich, herrlich, wirklich herrlich«, rief er immer wieder dazwischen, »ja, das ist echter bayerischer Humor. Bitte, sagen Sie uns doch noch ein paar Zeilen von diesem Meisterwerk der Mundartliteratur auf.«

»Gerne«, meinte Kreszentia Hühnermund und fuhr fort:

> »*Ja eahm schaugts o, nennt mi der blass,*
> *du pockennarbigs Aushilfsgfrass,*
> *du durchedraater Knorpelspeicher,*
> *du Salmonellen-Suppenschleicher,*
> *du majoranverpatzter Gauner,*
> *aufkochter Rossbollen, du brauner.‹*
> *Des treibt den Leberknödl 'nauf,*
> *drum schreit er zruck: ›Du, gell, pass auf,*
> *dass i dir dei frechs Maul net stopf,*
> *du selber gstrickter Wasserkopf,*
> *umsonst bist du net übrig bliebn,*
> *du schaugst ja aus wie dreimal gspiebn*
> *und wieder z'sammgscharrt zum Vergleich,*
> *du ausrangierte Wasserleich,*
> *wias d' ausschaugst, so pfui deifi schmeckst.*
> *A Semmeknödl, ja, mi leckst!‹«*

»Mein Gott, mein Gott«, rief Müller-Menterschweige, der sich vor Lachen kaum mehr halten konnte, »selber gestrickter Wasserkopf, ausrangierte Wasserleiche, zum Brüllen, das muss ich mir unbedingt merken.«

»Meinen Sie«, fragte von Düringshofen nun Frau Hühnermund, »dass ich das Gedicht irgendwann einmal schriftlich bekommen könnte?«

»Ja, ich weiß nicht genau«, überlegte die, »wo habe ich das bloß gelesen? Ich weiß nur, dass ich es von meiner Nichte habe, die studiert bei Professor Dietz-Jens Klose, der den Lehrstuhl für Bayerische Literatur an der Universität hat. Der hat das Gedicht dort durchgenommen. Ich weiß nicht einmal, von wem es genau stammt.«

»Aber Sie könnten mir doch eine Fotokopie davon zukommen lassen«, rief von Düringshofen begeistert, »darf ich Ihnen mal meine Faxnummer geben? Ich muss meine ganzen Freunde mit diesem herrlichen Poem beliefern. Er wird ihnen ebenso Freude machen wie mir. Ich glaube, das Gedicht geht aber noch weiter, oder?«

»Selbstverständlich«, entgegnete ihm Frau Hühnermund und fuhr fort:

»Da fährt der Semmelknödl hoch
und plärrt: ›Du Missgeburt vom Koch,
woaßt, wo dei braune Farb herkimmt?
De kimmt vom Kuchimensch bestimmt,
de wascht se nämlich nia die Bratzn,
bevor s' an Toag duat z'sammabatzn.
Da kommt aa her dei graue Rass.
Und jetzt sag nomal, i waar blass.‹
›Du bist und bleibst a blasser Schlampn
mit deiner fadn Semmewampn,
du wasserpanschter Soßnbrocka,
du überbliebner Brettlhocker.

*Drum ham s' di aa herin vergessen,
di mecht der Hundertste net fressn.‹
›Und di frisst net amal a Katz,
höchstens im Tonnenhaus a Ratz.‹«*

»Wasserpanschter Soßnbrocka«, rief Müller-Menterschweige, »wasserpanschter Soßnbrocka, das muss ich mir gleich aufschreiben. Mein Gott, sind die Bayern urig. Ich glaube, das Geschichtchen geht ganz lustig aus, nicht wahr, Frau Hühnermund? Wenn wir das Happy End noch hören könnten?«

»Selbstverständlich«, meinte die:

*»So putzt der oa den andern abe.
Da kommt die Wirtin mit der Gabe'.
Zwoa letzte Gäst' san grad auftaucht.
Für de wern de zwoa Knödl 'braucht.
Umsonst warn Eifersucht und Zorn.
De zwoa san einfach gfressn worn.
Die Gäste ham se d' Lippen gschleckt:
›Guat war's, Frau Wirtin, guat hat's
gschmeckt.‹«*

»Mein Gott«, rief Müller-Menterschweige vor Lachen schier berstend. »Mein Gott, war das ein Vergnügen! Das Geschichtchen könnte ich immer wieder hören. Meinen Sie nicht, dass es doch eine Möglichkeit gäbe, es bei der diesjährigen Weihnachtsfeier wieder zu integrieren? Irgendwie müssten wir doch – wenn schon dieser Dingsda, dieser evangelische Akademiedirektor, da ist – irgendeinen weihnachtlichen Bezug herstellen können. Gibt es denn gar keine Legende um die Weihnachtszeit herum, wo ein Knödel vorkommt?«

Die Anwesenden dachten angestrengt nach.

»War da nicht vielleicht was mit den Heiligen Drei Königen, beispielsweise, dass einer statt Weihrauch und Myrrhe ein Schmankerl, sagen wir mal einen, na ja, Sesamknödel gebracht haben könnte?«, fragte Müller-Menterschweige.

»Keine schlechte Idee«, rief von Düringshofen, »man weiß ja ohnehin nicht, ob nicht noch irgendwann einmal ein neues Evangelium auftaucht. Denken Sie an Qumran, ich hab da neulich ganz interessante Dinge gelesen. Im Übrigen kenne ich einen Archäologen sehr gut, ein Bruder des Mannes meiner ersten Frau, der hat da drüber schon einiges ausgegraben. Mit dem müsste ich einfach mal reden. Notfalls könnte man ja nachforschen«, lachte von Düringshofen, »erfinden wir halt ein Hieroglyphenzeichen für Knödel. Lassen Sie mich das mal machen.«

»Mein Gott«, rief Klawuttke, »das ist wirklich eine großartige Idee. Ich hab nämlich ganz vergessen, dass in diesem Jahr einer unserer wichtigsten Kunden, Konsul Gotthard, da ist.«

»Das ist doch der Besitzer der Toffi-Knödel-Werke«, sagte Müller-Menterschweige erstaunt.

»Natürlich, Konsul Gotthard. Wenn wir es schaffen könnten, seine Produkte in den Mittelpunkt unserer Weihnachtsfeier zu stellen, das wäre wirklich der Clou. Das wird eine echte Herausforderung für den Kaiser werden, was die Dekoration anbetrifft. Aber, wie ich den kenne, macht er das glänzend und hängt anstelle der bunten Christbaumkugeln die verschiedenartigsten Toffi-Knödel-Klöße an den Weihnachtsbaum. Das wär mal was!«

»Dann bleibt auch sicher noch ein wenig Platz für ein paar kleine Fläschchen Bärwurz«, lachte von Düringshofen, »und wenn das der Fall ist, dann wird die Weihnachtsfeier im wahrsten Sinne des Wortes eine runde Angelegenheit.«

Staade Lesung

Im Nebensaal vom Maierwirt
is' ganz adventlich gricht.
De Musi spuit a staades Stück,
i lies a staads Gedicht:
As Jahr geht langsam zua seim End,
vui Ruah is weit und breit,
mia samma im Advent jetzt drin,
drin in der staaden Zeit.
Ganz winterlich is de Natur,
der Heilig Abnd is nah,
alls is jetzt staad, alls gibt a Ruah.
»Da Schweinsbratn waar da!«
De Nacht kimmt bald, es dämmert scho,
und d'Flockn falln ganz leis.
Alls schickt se zum Schlafa o.
»Wer kriagt'n no a Weiß?«
Koa Vogerl singt im Wald mehr drauß,
ma hört jetzt fast koan Laut,
ganz hoamli und ganz ruhig is,
»De Pfälzer mit'm Kraut!«
So feierlich is de Natur
und ganz verschlafa d'Welt.
»Wer hat da vorher grad bei mir
den Wurstsalat no bstellt?«
I hab de staadn Tag so gern,
wenn weiß de Flockn falln.
»Kriagt wer da was zum trinka no,

wer möcht bei mir jetzt zahln?«
Ja, so a bsinnlich-staader Abnd,
jetzt in der staadn Zeit,
mit Musi, Liader und Gedicht
macht richtig 's Herz mir weit!
Bloß hoff i, dass mei staads Gedicht
im Saal vom Maierwirt
de Kellnerin hat beim Serviern
net zu sehr irritiert.

Weihnachtsfeier

Weil ma christlich san, gibts heuer
wieder unser Weihnachtsfeier.
Freibier und der Sekt san gratis,
essn konn ma, bis ma satt is.
Und beim Nikolaus gibts nacha
allerweil an Haufa z' lacha.
Der verzählt dir Witz, da wo
i sogar no rot werdn ko.
Dann de Tombola mit Preise
ganz gewaltige, a Reise
gar nach Thailand is dabei.
Warn S' scho dort? Des lohnt se fei.
Nachher spuit a Tanzkapelle
heiße Musi und a schnelle,
wo i rumhupf mit mein' Ranzn,
bloß der Christbaum stört beim Tanzn.
Richtig zünftig gehts no zua,
bis um zwoa, drei in der Fruah.
Feierlich werd Schluss gemacht
mit dem Liede »Stille Nacht«.
Jedes Jahr da is a neuer
Höhepunkt der Weihnachtsfeier,
wenns so würdig is und schee.
Humpa, humpa, tätarä!

Die Weihnachtsfeier im »Vital-Club«

»Verfasser eines bekannten Buches über einen Münchner Rentner, sechs Buchstaben.« Alfons Igerl grübelte schon geraume Zeit über dem Kreuzworträtsel der *Münchner Palette*. Der zweite Buchstabe war ein »O«. Dann konnte es eigentlich nur der Sigi Sommer sein. Aber da war ja noch der Buchstabe »L« am Ende dieses mysteriösen Namens. Das war sicher, denn der Vorname des deutschen Rekordfußballnationalspielers war doch eindeutig Lothar und nicht Richard oder Rudolf.

»Vielleicht hat ein Chinese das Kreuzworträtsel gemacht«, lachte der Alfons in sich hinein. »Die bringen doch das ›R‹ und das ›L‹ ständig durcheinander.« Er ging noch einmal im Geist die Namen all derer durch, die diese Rentnergeschichten geschrieben haben könnten: Herbert Schneider, Franz Ringseis, Kurt Wilhelm, oder könnte es der Manfred Bacher sein? Der hatte doch die netten Geschichten »Lausbuben gibt's« geschrieben. Aber auch mit dem Bacher ging es sich nicht aus, da war ja wieder dieses blöde »L« am Schluss.

»Wenn ich nur den Anfangsbuchstaben hätte. – Was war denn 14 senkrecht? – Ein Name mit fünf Buchstaben, ›Hersteller des Bayerischen Haussegens‹ – wie hieß der Mensch bloß? – Das ist doch der Erich Klotz«, überlegte Igerl. Der gesuchte Schriftsteller begann also mit einem »Z«.

Aha, und jetzt dämmerte es dem Alfons. Er erinnerte sich, dass er bei einer entfernten älteren Verwandten, der Manzenrieder Lilo, einmal ein altes, verstaubtes Gedichtbändchen gefunden hatte mit dem Titel »Geh weiter, Zeit, bleib steh!« Zöttl oder so ähnlich hatte dieser Mensch geheißen.

Ja, da war ja noch 12 senkrecht: *Deutsche Lichtgestalt aus Bayern – Vorname*, stand dort. Lichtgestalt? Ein Politiker würde das wohl nicht sein, dachte sich der Alfons. Ihm fiel als Erstes unser großer Schauspieler Gustl Bayrhammer ein, aber das ging sich mit den Buchstaben wieder nicht aus.

Der letzte Buchstabe war ein »Z«. Ach ja, richtig, der Beckenbauer-Franz. Klarer Fall doch. Jetzt hatte er also noch ein »F« als vorletzten Buchstaben herausgefunden. Und dunkel erinnerte er sich jetzt, dass dieser Mensch »Zöpfl« geheißen hatte.

So, jetzt war das Kreuzworträtsel fertig. Emsig suchte sich der Alfons das Lösungswort zusammen. Der Name eines bekannten bayerischen Zauberers war gefragt. Klarer Fall: Der Peps Zoller war es natürlich. Das hätte er aber auch ohne langwieriges Kreuzworträtsel wissen müssen.

Jetzt erst schaute sich der Alfons die genaueren Bedingungen für dieses Preisrätsel an. *Schicken Sie das Lösungswort*, stand da, *an die Redaktion der Münchner Palette. Der erste Preis ist ein Traumurlaub.*

Igerl zögerte lange, ob er sich die Arbeit des Zuschickens und die Kosten des Frankierens auftun sollte, denn bei Losen, Lotto oder dergleichen war der Alfons ein ausgesprochener Pechvogel. Er konnte sich eigentlich nicht erinnern, dass er jemals bei irgendeiner Verlosung etwas gewonnen hätte. Schließlich entschloss er sich aber doch, nachdem man bei ihm wirklich schon seit längerer Zeit nicht mehr von einem Glück in der Liebe sprechen konnte, sein Glück im Spiel zu versuchen, und schickte das Lösungswort »Peps Zoller« ab.

Das war Ende November gewesen. Vierzehn Tage vor Weihnachten bekam er die Mitteilung der Redaktion, dass er den ersten Preis gewonnen habe. Eine Weihnachtstraumreise in den Vital-Club auf Lanzarote.

Zunächst konnte es der Alfons gar nicht glauben, dass er etwas gewonnen hatte. Dann stieß er einen Juchzer aus und hüpfte auf einem Bein durch seine Wohnung, wobei er das Lied sang: »Gwonnen habn ma, gwonnen habn ma, hei, hei, hei!« Sie hatten es damals immer auf der Altersheimwiese gesungen, wenn sie gegen die Mannschaft aus der Riessersee-straße einen Sieg erfochten hatten. Offensichtlich löste sein Freudentanz einen ziemlichen Lärm aus, denn kurz darauf klopfte die unter ihm wohnende, bissige Zenta Schreivogel mit einem Besenstiel an den Plafond.

Nach einiger Zeit wurde die Begeisterung des Alfons aber von einer gewissen Skepsis abgelöst. Ein Weihnachtsurlaub, und dann auf Lanzarote? »Ja, wo ist denn das überhaupt?«, murmelte er. Er holte sich seinen alten, etwas vergilbten Schulatlas, den er noch immer zu Hause hatte, heraus und wurde nach einiger Zeit des Suchens fündig. Aha, eine der Kanarischen Inseln.

»Ja, mich hast ghaut«, brummelte er. »Was tu denn ich Weihnachten irgendwo im fernen Süden? Was werden denn die für ein Wetter da haben? Schneien tut es bestimmt nicht. Na ja, das macht nix, bei uns hat es auch schon einige Zeit zu Weihnachten nicht mehr gschneit«, überlegte er. »Aber, ausgerechnet an Weihnachten …« Da würde er ja einiges verpassen. Der Alfons Igerl war zu Weihnachten noch nie von seiner Heimatstadt weggefahren.

Die Abreise war für den 20. Dezember angesagt. Na ja, den Kripperlmarkt bekäme er noch mit und die Weihnachtsfeier vom Kleingartenverein »Flora« war ja schon am 17. Dezember. Aber auf die Christmette beim Pfarrer Hausladen in Sankt Thomas Morus müsste er wohl verzichten.

Sein Spezi, der Pfanzelt-Maxe, antwortete auf seine Zweifel, ob er denn wirklich mitfahren solle, lediglich: »Ja, sag einmal, spinnst denn du? Da wärst ja nimmer zu retten.« So entschloss er sich schließlich doch zu einer Zusage.

Am 20. Dezember stand der Alfons tatsächlich am Flugschalter, und nach den üblichen Formalitäten des Eincheckens befand er sich in der Boeing, die ihn zu seinem Urlaubsziel brachte.

Am Flughafen empfing ihn eine junge Spanierin, die ein Schild »Vital-Club« in die Höhe hielt.

Der Alfons nannte ihr seinen Namen. Dafür begrüßte sie ihn mit einer überschwänglichen Geste und einem freundlichen »Ah, Sie sind die Gewinner von die große Preis!«

Ein Kleinbus stand bereit, nahm den Alfons mit seinem Gepäck auf, und sie fuhren durch eine eher triste Landschaft. Der Alfons hatte sich alles ganz anders vorgestellt.

Zwischendurch erzählte ihm die Empfangsdame, dass Lanzarote eine Vulkaninsel sei und nur eine spärliche Vegetation aufzuweisen habe.

»Ja, sagen Sie einmal«, meinte er zu ihr zwischendurch, »da ist ja alles schwarz.«

»Vulkangestein«, meinte diese, »Vulkangestein.«

Nach einer halbstündigen Fahrt waren sie endlich am Ziel. Schon von Weitem hatte der Alfons die Aufschrift *Vital-Club* gelesen. Als er ausstieg, empfing ihn ein lustiger Gesang von fünf jungen Leuten, die alle orange gekleidet waren und auf deren T-Shirts groß stand: »Vita-Vitallala«.

Der Alfons bekam zur Begrüßung ein Sektglas mit einer rosa Flüssigkeit überreicht. Die erinnerte ihn stark an die Himbeerlimonade, das Kracherl, das er in seiner Kindheit immer bei seiner Großmutter bekommen hatte. »Ist unsere Club-Cocktail«, meinte die Reiseleiterin, die den schönen Namen Conchita trug.

Dem Alfons wurde ein Zimmer in einem Bungalow zugewiesen. Man servierte ein gut mundendes Abendessen, und mit einem »Schlaf gut, buenas noches« wurde er verabschiedet.

»Denk dran, dass wir hier alle ›du‹ zueinander sagen«, rief ihm die Reiseleiterin noch zu. »Morgen beginnt eine harte Tag für dich!«

Der Alfons hielt das für einen Witz, denn er war ja zur Erholung hier, wie er bis dato noch glaubte.

Die harte Wirklichkeit erfuhr er am nächsten Tag schon in aller Früh, als er von einer sehr lauten Musik unsanft geweckt wurde.

»He, was ist denn da los?«, schimpfte er vor sich hin. »Haben die da einen Umzug?«

Durch den Lautsprecher kam die Mitteilung, dass jetzt gleich Frühstück sei und dass man sich anschließend, um neun Uhr, an der Pool-Bar versammeln müsse.

Beim Frühstück merkte der Alfons, dass er offensichtlich die falsche Bekleidung mitgenommen hatte. Alle saßen nämlich im T-Shirt und in kurzen Hosen herum. Er hatte nur eine einzige Turnhose dabei und sein altes Vereinstrikot vom MTV 1879, wo er einmal vor Urzeiten Tischtennis gespielt hatte. Igerl errötete fast bei dem Gedanken, dass er sich sicherheitshalber sogar drei lange Unterhosen mitgenommen hatte, und schwor jetzt dem Pfanzelt-Maxe Rache, der ihn grinsend bei der Kleiderauswahl für seinen Urlaub beraten hatte.

Nach Beendigung des Frühstücks trat der Alfons pflichtbewusst am Swimmingpool an. Dort stand ein athletischer Typ mit langen Haaren, der sich als »Alfonso« vorstellte, was dem Alfons natürlich sehr sympathisch war.

Alfonso redete in relativ gutem Deutsch kurz auf die Versammelten ein und machte ihnen klar, welches sportliche Programm sie heute erwarte. »Für die Neuankömmlinge«, sagte er, »muss ich noch eine Neueinteilung machen. Wer ist Neuankömmling?«

Der Alfons hob brav den Finger, so, wie er es in der Grundschule bei dem Fräulein Schrettenbrunner gelernt hatte.

»Du als Einziger?«, fragte Alfonso. »Gut, dann bekommst du für die nächsten Tage deine Plakette.

Du bist ein Kamel«, sagte er zu Alfons und überreichte ihm eine Kamelplakette.

Der Alfons wollte schon mit einer spitzen Bemerkung reagieren, als es ihm dämmerte, dass das irgendwie mit einer Sportgruppe zu tun haben könnte, in der er jetzt starten müsse.

Er schaute sich um und entdeckte noch mehrere »Kamele«, aber auch eine Reihe »Esel«, »Dromedare« und »Papageien«. Nach irgendeiner Musik kam die Durchsage: »Kamele gegen Papageien, Dromedare gegen Esel im Volleyball. Die Sieger spielen gegen die Sieger.«

Der Alfons hatte noch nie in seinem Leben Volleyball gespielt. Er wusste zwar aus diversen Fernsehsportstudios, dass das eine Art »Ball-über-die-Schnur« war, wie sie es seinerzeit beim Lehrer Empfenzeder gespielt hatten. Bei einem richtigen Volleyballspiel aber hatte er noch nie mitgemacht. Dementsprechend fiel auch seine Premiere aus.

Nach dem Volleyballspiel ging es sofort weiter. Die Animateure marschierten mit ihren Mannschaften an den Swimmingpool. Dort bekamen sie »Schlafanzüge« in verschiedenen Farben überreicht. Die »Esel« etwa bekamen einen grauen und die »Kamele« einen braunen. Nun veranstalteten sie eine Schwimmstaffel.

Der Alfons war zwar im Sinne einer gewissen Gesundheitspflege jede Woche einmal im Müller-Volksbad und schwamm, bevor er ins Dampfbad ging, immer eine halbe Stunde im Becken auf und ab. Aber sein Schwimmstil war bestimmt nicht an den neuesten sportwissenschaftlichen Erkenntnissen orientiert. Es war so eine Art Zwischending zwischen »Hundstapperer« und Brustschwimmen.

Bei der Staffel ging es nun darum, zunächst in der Badehose ins Wasser zu springen, eine Bahn zu schwimmen, am Ende dieser Bahn den Schlafanzug überzustreifen, wieder ins Wasser zu springen und zuletzt am Beckenrand anzuschlagen, um dem nächsten Startspringer den nicht vorhandenen Staffelstab weiterzugeben.

Igerl stellte sich als Letzter an. Ich habe vergessen, zu sagen, dass die »Kamele« eine durchaus sportliche Schar von Männern mittleren oder jüngeren Alters waren, die sofort mit Feuereifer ans Werk gingen. In Nullkommanichts hatten sie einen Vorsprung von fast einer Bahn herausgeschwommen, und als der Alfons drankam, lagen sie schon fast zwei Bahnen vorn. Wenn das bloß gut geht, dachte er sich, als er mit einem »Baucherer« ins Wasser sprang – so, wie sie ihn als Buben immer gesprungen waren, obwohl doch am Schwimmbecken stand: *Seitliches Einspringen verboten!*

Igerls Gegner auf Seiten der »Esel« und der »Dromedare« waren athletische Typen, die von ihren Mannschaften taktisch für den Schluss aufbehalten worden waren.

Nachdem er schon beträchtlich an Vorsprung eingebüßt hatte, kletterte der Alfons aus dem Wasser und versuchte, sich den Schlafanzug überzustreifen. Auch da gebrach es ihm an Routine, denn der Alfons schlief ganz altmodisch jede Nacht in seinem Nachthemd.

Endlich war es so weit. Nach einem erneuten »Baucherer« musste er feststellen, dass der Schlafanzug sich sofort mit Wasser füllte und ihn beträchtlich nach unten zog.

Aber der Alfons gab alles her, was in seinen Kräften stand, wechselte sogar noch seinen Schwimmstil, indem er sich an die Bewegungen des Pfanzelt-Maxe erinnerte, der im Volksbad immer eine Art »Seitenschwumm« schwamm, und rettete schließlich unter dem ohrenbetäubenden Geschrei seiner Mitkämpfer einen hauchdünnen Vorsprung bis ins Ziel.

Anerkennend klopften ihm seine »Mitkamele« auf die Schulter. Einer – oder vielmehr eines – sagte sogar: »Respekt!«

Das baute den Alfons gewaltig auf, denn seine Stammtischspezln hätten angesichts der kläglichen Schwimmvorstellung höchstens gesagt: »Gratuliere, dass du nicht ersoffen bist.«

Hatte der Alfons nun gehofft, dass die sportliche Betätigung für diesen Tag beendet wäre, so wurde er bitter enttäuscht. Der Animateur ließ einen kurzen Pfiff aus einem Pfeiferl erschallen, wie es der Schwanghart-Walter, der beim FC Amicitia Schiedsrichter war, immer um den Hals trug. Dann verkündete er der versammelten Schar, wie es weitergehe: »Ihr habt nun zwei Stunden Zeit, da könnt ihr euch relaxen. Um zwölf Uhr ist Büffet, und um zwei Uhr sehen wir uns wieder.«

Alfons schaute auf die Uhr. Fünf vor zwölf! Er rannte auf seine »Bude«, trocknete sich kurz ab und zog sich seinen schönen Anzug an. Als er damit am Büffet erschien, erntete er nur erstaunte Blicke, denn die anderen waren alle locker-sportlich gekleidet gekommen.

»Der Pfanzelt-Maxe«, murmelte er vor sich hin, »kann was erleben!« Denn der hatte ihm gesagt, dass man zu jedem Büffet einen Anzug tragen müsse.

Hatte der Alfons erwartet, nun eine zünftige Brotzeit vorzufinden, so wurde er bitter enttäuscht. Das Büffet war zwar prächtig aufgebaut, aber er sah eigentlich nichts, worauf er im Augenblick einen Gusto gehabt hätte. Er war zwar selbstverständlich nicht davon ausgegangen, dass er Weißwürste und eine Halbe Weißbier nebst süßem Hofbräukeller-Senf und knusprigen Brezen vom Bäcker Eberl serviert bekäme, aber zumindest einen Leberkäs hatte er sich schon erwartet. Das Büffet jedoch bestand in erster Linie aus Schalen voller Körndl, Flocken und irgendwelchen Früchten, von denen er lediglich die Orangen, Apfel und Melonen identifizieren konnte.

Richtig, da hinten lagen auch noch Feigen und Datteln. Igerl hatte nichts gegen Früchte, aber zum Mittagessen? Brrr!

Da aber aufgrund der sportlichen Leistungen, die Igerl vollbracht hatte, oder vielmehr hatte vollbringen müssen, sein Magen beträchtlich knurrte, entschloss er sich schließlich doch zu einem für seine Verhältnisse exotischen Menü, bei dem er in seiner Verzweiflung in eine Schale einfach Körndl, Nüsse, Flocken und Weinbeerln, Marmelade, Honig, Joghurt und »Quark« – zu dem sagte der Alfons selbstverständlich immer noch »Topfen« – gab und kräftig umrührte. Dazu holte er sich, weil ihn gewaltig dürstete, ein paar Glasl der angebotenen Fruchtsäfte, und da Hunger bekanntlich der beste Koch ist, schmeckte ihm nach relativ kurzer Zeit der Mampf, den er sich bereitet hatte, gar nicht so schlecht. Später erzählte er dann seinen Stammtischspezln einmal bei einem Frühschoppen, als die anderen genüsslich ihre Weißwürste auszuzzelten, dass das doch eigentlich ungesund sei und man anregen solle, dass das »Volkarteck« auch ein »Körndlbuffet« bereitstellen solle. Was ihm allerdings ein dezentes Kopfschütteln beziehungsweise ein etwas undezenteres An-die-Schläfe-Tippen des Scherm-Ade einbrachte.

Nach dem Büffet legte sich der Alfons erschöpft in seiner Bude aufs Ohr und hätte sicher den Rest des Tages schlafend verbracht, wenn ihn nicht der lautstarke Aufruf des Animateurs aus seinen Träumen geweckt hätte. Schuldbewusst kletterte er in seinen nun schon leicht verschwitzten Sportdress und sah mit gemischten Gefühlen dem weiteren Ablauf der Wettkämpfe entgegen.

Der nächste war ein Seilziehen, bei dem der Alfons aufgrund seines nicht unbeträchtlichen Gewichts wenigstens einige Pluspunkte mit einbringen konnte. Er holte sich zwar ein paar große Blasen und Hautabschürfungen an den Händen, aber die Freude über den errungenen Sieg ließ ihn den leichten Schmerz wieder vergessen.

Dem Sieg folgte dann allerdings ein größeres Debakel bei der Laufstaffel im tiefen Sand des Strandes. Zu allem Überfluss rutschte der Alfons dann auch noch kurz vor dem Ziel aus, verknackste sich den linken Knöchel und kam zwar tapfer hinkend, aber als abgeschlagener Letzter ins Ziel.

Inzwischen war es 16 Uhr geworden. Der Animateur versammelte wieder seine Tiergruppen, gab den neuesten Punktestand bekannt, nach welchem die

»Kamele« jetzt einen Punkt hinter den »Eseln« an zweiter Stelle lagen, und meinte: »Die Entscheidung fällt abends beim abschließenden Wettbewerb. Jetzt habt ihr zwei Stunden zur persönlichen Verfügung.« Die Sportler stoben leistungsbesessen in verschiedene Richtungen, nur der Alfons blieb unschlüssig stehen.

»Ja, was darfs sein?«, fragte ihn der Animateur. »Wir haben eine Menge Wassersportangebote: Surfen, Ski – oder möchtest du vielleicht Squash spielen?«

Der Schreck fuhr dem Alfons in alle Glieder. Aber schlagfertig entgegnete er: »Ja, an sich würde ich alles gern machen, aber ich glaub, dass das jetzt grad nicht geht.« Und er zeigte auf seinen lädierten Knöchel.

Verständnisvoll nickte der Animateur. »Gut«, sagte er, »dann komm mit. Kannst du Backgammon?«

»Ha?«, fragte der Alfons zurück.

»Backgammon, das ist ein Brettspiel.«

Der Alfons konnte zwar Mühle und »Mensch ärgere dich nicht«, aber von diesem »Backgammon« hatte er noch nie etwas gehört.

»Gut«, meinte der Animateur, »wir haben heute einen Anfängerkurs.«

Ob er wollte oder nicht, bekam der Alfons seine erste »Backgammon-Lesson«.

Anschließend fand der Entscheidungswettkampf statt. Und da hüpfte das Herz des Alfons etwas höher, denn der letzte Wettbewerb wurde im »Bowling« ausgetragen. Der Alfons war ja ein passionierter Kegler, der jeden Donnerstagabend im »Volkarteck« mit seinen Spezln in die Vollen zielte. Auch wenn das Bowling etwas andere Regeln hatte als das Kegeln, erwies sich der Alfons als ein echter Matador. So war es kein Wunder, dass die »Kamel-Staffel« Erste wurde und damit als Tagessieger aus dem Wettkampf hervorging.

Nachdem der Alfons auf sein Zimmer gegangen war, sich geduscht und umgezogen hatte, kam der erfreulichste Teil des Abends, denn das Abendbuffet war fürwahr eine Augenweide. Der Alfons entdeckte eine Reihe Schmankerl, wie er sie zuletzt bei einem Empfang anlässlich des hundertjährigen Jubiläums seiner Firma »Gschwandtner & Co.«, in der er früher gearbeitet hatte, genossen hatte.

Keine Frage, dass der Alfons steinmüde ins Bett fiel und wie ein Ratz schlief. Vorher hatte er sich allerdings noch einen Umschlag auf seinen leicht angeschwollenen Knöchel gelegt.

Am nächsten Tag wurde er schon ziemlich früh wieder aus den Federn gejagt, als der Animateur mit seiner »Flüstertüte« das Sportprogramm des Tages bekannt gab. Nachdem der Alfons am Körndlbuffet gefrühstückt hatte, musste er, ob er wollte oder nicht, an den verschiedensten »Schnupperkursen«, wie das so schön heißt, teilnehmen.

Einer davon war das »Diving«, das Tauchen. Igerls letzte Taucherfahrungen waren die, dass er am Deininger-Weiher als Schulbub von seinem bärenstarken Klassenkameraden, dem Wöhrmann-Franze, getaucht worden war und, hustend und prustend und schon etwas rot im Gesicht aufgetaucht, dem Tauchsport ein für alle Mal entsagt hatte. Und nun wurde er nolens volens in einen Gummianzug gesteckt und bekam eine Art Sauerstoffflasche angeschnallt.

Das »Schnuppern« fand im hauseigenen Swimmingpool statt. Der Tauchlehrer schwamm voran, und Igerl musste eine ganz beträchtliche Zeit alle möglichen Gegenstände, die man in das Becken warf, vom Grund wieder heraufholen.

Am Nachmittag war Surfen angesagt, aber als er zum wohl fünfzigsten Mal vom Brett abgerutscht und sein Bauch vom vielen Aufplatschen im Wasser schon knallrot war, entschuldigte er sich mit seinem geschwollenen Knöchel erneut.

»Nun gut«, meinte der Animateur, »da müssen wir halt ein anderes Programm aufstellen.« Und er nahm den Alfons Igerl mit in den Trimmraum. Da blieb diesem nichts anderes übrig, als irgendwelche Kraftmaschinen, die er vorher lediglich aus Fernsehfilmen kannte, zu ziehen, zu drücken und zu pressen, dass es nur so eine Freude war. Zum »Refreshen« durfte er sich dann in ein türkisches Dampfbad setzen, was ihm natürlich auch vom Müller-Volksbad her schon vertraut war.

Keine Frage, dass er am nächsten Tag mit einem beträchtlichen Muskelkater erwachte. Aber der Vormittag war diesmal wirklich zur freien Verfügung, und Igerl plätscherte ein paar Runden im Swimmingpool. Er glaubte, feststellen zu können, dass sich sein Bäuchlein schon etwas reduziert hatte, und startete frohgemut in die weiteren sportlichen Aktivitäten. So lernte er bei der Gelegenheit auch noch squashen, machte sogar beim Stretching und bei der Wassergymnastik mit und besah sich zwischendurch ein paar Mal wohlgefällig im großen Spiegel, der im Trimmraum angebracht war. Inzwischen hatte er sich auf Anraten des Animateurs auch einen Clubanzug besorgt, auf dem der Schlachtruf des Clubs geschrieben stand: »Vita-Vitallala«.

Am 24. Dezember versammelten sich alle zur Vital-Weihnachtsfeier, die wie folgt ablief: Unter einem ohrenbetäubenden Lärm stürzten zehn als Nikoläuse verkleidete Sportler auf die Bühne und tanzten eine Art »Nikolausballett«, bei dem sie wild mit den Ruten fuchtelten. Anschließend wuchteten sie Hanteln in die Höhe, die an beiden Enden mit Lebkuchen-Attrappen dekoriert waren. Darauf hüpften die weiblichen Animateure in hautengen Stretchinganzügen herein, mit Flügelein dekoriert und mit Gold- und Silberperücken auf dem Kopf. Sie fassten sich an den Händen und tanzten um zwei Christbäume herum, indem sie im Playbackverfahren das Lied sangen: »O Tannenbaum, wie grün sind deine Blätter!« Bei den zwei Bäumen handelte es sich aber keineswegs um Tannenbäume, sondern um zwei Pappeln, die an den Wipfeln weihnachtlich geschmückt waren.

Alfonso, der als eine Art »Supernikolaus« verkleidet war, ging nun ans Mikrofon und rief den ersten Höhepunkt des Weihnachtsabends aus: »Wir kommen nun zu unserem weihnachtlichen Wettklettern. Die besten Kletterer des Clubs veranstalten eine Wettkletter-Staffel.« Unter dem Absingen des Clubliedes »Vita-Vitallala« marschierten die Athleten im Hirtenlook ein, machten ein paar Auflockerungsübungen und starteten dann ihre Staffel.

Als Nächstes folgte ein Zielwettbewerb. Mit Bällen, die wie Christbaumkugeln aussahen, kämpften die zwei Mannschaften gegeneinander. Sieger wurde die Mannschaft, die die meisten Kugeln in eine Art Nikolausschuhe hineingeworfen hatte.

Daran schloss sich der »Auspustwettbewerb« an. Zwei große Adventskränze voller Kerzen wurden hereingeschleppt, in entsprechendem Abstand vor den Mannschaften aufgestellt, und diese bemühten sich jetzt, aus der Entfernung von etwa 15 Metern die Kerzen auszublasen. Sieger war die Mannschaft, die mit ihrer Lungenkraft als erste alle Lichter auf ihrem Kranz ausgelöscht hatte.

Die nächste Aufgabe war das »Herbergssuch-Wettrennen«. In Windeseile wurde von Helfern auf der Bühne eine Art Parcours aufgebaut, der über alle möglichen Hindernisse führte: Zum Beispiel musste man über einen künstlichen Esel und einen Ochsen springen, dann über ein Wasserbecken, das den Namen »Jordan« trug, ferner unter irgendwelchen Schaf-Attrappen durchrobben. Am Ende des Parcours gelangte man dann zu ein paar Häuschen. Aus denen musste man die richtige »Herberge« herausfinden und, wenn man sie gefunden hatte, dem »Herbergsvater« das Losungswort »Vita-Vitallala« ins Ohr flüstern.

Als Nächstes wurden dann zwei überdimensionale Sterne, mit Schießscheiben versehen, auf die Bühne gebracht, auf welche die Mannschaften mit kleinen Pfeilen, die als Kerzen »maskiert« waren, zielten.

Der anschließende Wettbewerb war das »Dreikönigs-Wrestling«. Die Mannschaften mussten sich im freien Catchen gegen die als Wachen des König

Hero verkleideten Tennis-, Surf- und Tauchanimateure »durchringen«, um schließlich in den Stall zu gelangen.

Nach zwei Stunden standen die Sieger fest. Sie wurden von den Stretching-Engeln anstatt mit Lorbeerkränzen mit einer Art Adventskränzen, auf denen vier kleine Kerzen brannten, geehrt.

Der Animateur Alfonso trat nun wieder ans Mikrofon und verkündete, dass heute eine besondere Attraktion bevorstehe. Damit die Weihnachtsfeier etwas würdiger werde und nicht nur einem sportlichen Wettbewerb gleiche, habe man sich heuer entschlossen, eine Art Adventslesung vorzubereiten. »Durch einen glücklichen Zufall«, sagte Alfonso, »habe ich bei einem kurzen Aufenthalt in München eine Kassette mit einer wunderschönen Weihnachtsgeschichte geschenkt bekommen. Lassen Sie sich überraschen!«

Die Stretching-Engel traten wieder in Erscheinung und sangen zusammen mit den Nikoläusen und den Athleten, die noch immer als Hirten verkleidet waren, wiederum im Playbackverfahren das Lied »Es wird scho glei dumpa«. Dann brachte man einen großen Lehnstuhl auf die Bühne sowie ein großes silbernes Buch. Der Alfonso erschien im Trachtenlook mit einem Gamsbarthut auf dem Kopf und begann, seinen Mund zu bewegen, ohne, dass dabei ein Ton über seine Lippen kam.

Der Alfons hatte nun bei seinem kurzen Aufenthalt im Vital-Club schon einiges erlebt. Was aber jetzt folgte, verschlug ihm wirklich die Sprache. Aus dem Lautsprecher ertönte zu den Mundbewegungen des Alfonso die von ihm, Alfons Igerl, gedichtete »Alt-Neuhauser Weihnacht«, die er seinerzeit auf Anraten seines Stammtischspezis, des Werner Dasch, der ein kleines Tonstudio besaß, für seine Freunde aufgenommen hatte.

Nach dem brausenden Beifall wurde der Alfons auf die Bühne geholt und als Verfasser dieser schönen Geschichte vorgestellt. Er bekam von einem Stretching-Engel ebenfalls einen Adventskranz auf das Haupt gedrückt. Schließlich trat der Alfonso noch einmal ans Mikrofon und forderte alle Anwesenden auf, auf die Bühne zu kommen. Nun fassten sich alle an den Händen und durften im Playback das Lied »Stille Nacht, heilige Nacht« singen.

Der Alfons erlebte noch einige recht abwechslungsreiche, aber auch sehr sportliche Tage im Vital-Club. Man erspare mir die Schilderung des Silvesterabends, der ebenfalls ein Zwischending zwischen Mini-Olympiade und Playback-Show war.

Als der Alfons braun gebrannt und mit beträchtlich geringerem Bauchumfang noch am Abend nach seinem Rückflug in der traditionellen Stammtisch-Kegelrunde erschien, wurde er von seinen Spezln mit lautem Gejohle begrüßt.

»Gott sei Dank, dass du wieder da bist«, meinte der Pfanzelt-Maxe. »Du wirst dich wundern, was heut noch auf dich zukommt. Lass dich nur überraschen, du Duselbruder. Ein solches Massel wie du möcht ich einmal haben.«

Alfons schaute fragend. Der Maxe flüsterte seinen Stammtischspezln zu: »Nix verraten!« Zum Alfons sagte er: »Jetzt hock dich erst einmal her und erzähl!«

Das tat Alfons auch genüsslich. Als er gerade von der Vital-Weihnachtsfeier erzählte, kam der Wirt mit einem Herrn an der Seite auf den Alfons zu und meinte: »Das ist unser Stammgast, der Herr Igerl.«

Der Herr nickte freundlich und reichte ihm seine Hand. »Gratuliere«, sagte er.

Als der Alfons ihn erstaunt anschaute, erklärte ihm der Wirt: »Das ist der Herr Direktor Albert Riedl vom Hofbräu. Erinnern Sie sich noch, Herr Igerl, Sie haben doch bei dem Bierfilzl-Wettbewerb vom Hofbräu mitgemacht.«

»Ja, freilich«, meinte der Alfons. »Ich weiß schon noch, das Lösungswort war: ›Münchner Kindl‹.«

»Richtig«, nickte der Direktor Riedl, »und Sie, Herr Igerl, sind unter vielen, vielen tausend Einsendungen Sieger geworden.«

»Das gibt's doch nicht«, rief der Alfons überrascht aus.

»Doch, wenn ich es Ihnen sag«, meinte der Direktor. »Sie haben den ersten Preis gewonnen. Sie wissen doch sicher schon, was dieser ist.«

»Nein, ich müsst lügen«, stotterte der Alfons. »Wahrscheinlich ein paar Tragl Freibier. Freunde«, sagte er, »damit feiern wir gemeinsam.«

»Nein«, meinte der Direktor, »ein paar Tragl Freibier stift ich noch dazu. Ihr Hauptpreis ist aber etwas ganz anderes. Sie haben einen 14-tägigen Abenteuerurlaub in Grönland gewonnen, in dem sie auf Walfang gehen können und in Original-Iglus bei Eskimos wohnen. Herzlichen Glückwunsch!«

Igerl und die Adventslesung

Jahrelang hatte es bei der Firma Schüsselbauer und Söhne zur guten Tradition gehört, dass die Weihnachtsfeier von dem langjährigen Betriebsmitglied Alfons Igerl gestaltet wurde. Ganz im Gegensatz zu anderen Betriebsfeiern, bei denen die Weihnachtsfeier eher einem Faschingsball gleicht, ließ es sich der gestandene altbayerische Geschäftsführer Franz Steinbichler nicht nehmen, dass die Weihnachtsfeier würdig und besinnlich ablief. Hauptgarant dafür war die Lesung Igerls, der sich jedes Jahr monatelang darauf vorbereitete.

Als dann der Alfons in Pension ging, war es für Steinbichler eine Selbstverständlichkeit, dass Igerl gebeten wurde, trotz seines Ruhestandes alljährlich weiterhin die Feier zu gestalten. Drei Jahre nach der Pensionierung Igerls ging auch Steinbichler in den Ruhestand. Sein Nachfolger wurde ein gewisser Dr. Wilhelm Wuttke, ein Name, der unschwer erraten lässt, dass der Besitzer desselben nicht aus diesem Lande stammt, dessen Fähnlein weiß und blau ist.

Obwohl dieser immer wieder betonte, dass er nun schon zehn Jahre in Bayern wohne und überdies, ausgestattet mit einer Großmutter mütterlicherseits aus Schweinfurt, eigentlich ja auch schon ein richtiger Bayer wäre, änderten sich doch einige Sitten in der Firma recht schnell. Herr Wuttke organisierte eine recht exklusive Faschingsfeier, von der auch später noch die Rede sein wird. Und der Betriebsausflug, der bis dato immer ins nahe gelegene Isartal geführt hatte, ging im ersten Jahr des Amtswechsels an den Gardasee, wobei als reine Badezeit lediglich eine halbe Stunde übrig blieb, da man die meiste Zeit im Bus verbrachte. Bei dieser Gelegenheit kündigte Dr. Wuttke eine ganz besondere Weihnachtsfeier an; diese wären, so sagte er, seine besondere Spezialität. Rechtzeitig am dritten November setzte er sich dann mit seiner Sekretärin, dem Fräulein Gögelein, zusammen, um das Programm bis ins letzte »I-Tüpfelchen« zu besprechen, gemäß seinem Lieblingsmotto »Gegen alles ist gefeit, wer stets plant zur rechten Zeit.«

»Also, Fräulein Gögelein, ist jetzt alles klar für unsere Adventsfeier? Sie wissen ja, wir können uns da nicht blamieren! Wo wir doch heuer unsere ganze Vorstandschaft dahaben! Die Direktoren verschiedener Banken haben zugesagt, und der Herr Staatssekretär will auch kommen. Sie wissen, ich habe da einen besonderen Ehrgeiz bei Festen. Von unserem diesjährigen Faschingsfest sprechen die Leute heute noch.«

»Da haben Sie recht«, stimmte die Gögelein zu, »der Herr Abgeordnete Zimmerle hat, wie er die Zusage gegeben hat, gesagt: ›Hoffentlich wird es genauso lustig wie damals im Fasching!‹«

»Was«, fragte Wuttke erstaunt, »der Zimmerle kommt auch noch? Aber von lustig kann doch dieses Mal nicht die Rede sein! Dieses Mal müssen wir ja auf besinnlich machen. Sie wissen doch: Advents- und Weihnachts-Pipapo. Wobei wir ja auch auf das heitere Moment nicht verzichten wollen. Wir haben ja schließlich auch die lustigen Oberpframmerer wieder dabei, die im Fasching damals die G'stanzl gesungen haben.«

»Ui, ja, ich weiß noch«, versicherte die Gögelein, »da warn Sachen dabei, hihihi ganz schön scharf, aber lustig. Und die singen auch wieder zum Advent?«

»Jaja, aber natürlich etwas Weihnachtliches«, versicherte Wuttke. Im Übrigen haben wir auch noch den Weikertshofener Dreigesang dabei. Übrigens waren die ja auch im Fasching dabei. Damals sind sie allerdings als die Bierstößler aufgetreten.«

»Jaja, die wo immer die politischen Sachen gesungen haben, wo dann der Abgeordnete Weininger so sauer geschaut hat, die singen jetzt auch? Was wird der Herr Staatssekretär dazu sagen, wenn die wieder ...«

»Wo denken Sie denn hin?«, tröstete sie Wuttke. »Die singen natürlich ganz etwas anderes. Diese urigen Burschen sind ja wandlungsfähig. Ich habe sie selbst schon bei den verschiedensten Anlässen erlebt. Sie werden sehen, wie die auch gemütvoll sein können. Beim großen Adventssingen im Fernsehen haben die an die Volksseele gerührt. Wenn man neben der Einschaltquote auch die Rührungsquote ermitteln würde, wären die ganz vorn. Wo die Weikertshofener den Andachtsjodler singen, bleibt kein Auge trocken, das kann ich Ihnen versprechen.«

»Jetzt sagen Sie bloß, Herr Dr. Wuttke«, unterbrach ihn die Gögelein, »dass der Stefan Plotz auch dabei ist, der wo mit den Bierstößlern die Szenen gebracht hat. Der hat vielleicht eine Stimmung reingebracht! Wissen Sie noch, wie er diese Szene in der

Striptease-Bar mit der Lulu gespielt hat, wegen der der Herr Direktor Süßig solche Stielaugen gekriegt hat und seine Frau so bös geschaut hat, dass er dann früher gegangen ist?«

»Natürlich ist er auch dabei und die Lulu, die Gisi, ist auch von der Partie als Engel. Dezent, versteht sich. Sie werden sehen, bei uns geht es auch besinnlich zu.«

In diesem Augenblick läutete das Telefon. »Der Herr von Seidele hat angerufen«, berichtete Fräulein Gögelein Herrn Wuttke. »Er hat auch gesagt, dass es heuer beim Fasching so lustig war und dass er auch zur Adventsfeier kommt.«

»Da sehen Sie, dass ich recht hatte«, bemerkte die Gögelein. »Er hat auch gesagt, er hofft, dass es wieder so zünftig wird wie zum Fasching.«

»Fräulein Gögelein, ich habe Ihnen doch schon gesagt, Advent ist Advent, und Fasching ist Fasching. Aber der Plotz als Nikolaus wird schon seine Show abziehen. Er hat mir versprochen, dass er da was Tolles ›draufhat‹. So eine Bauchredner-Nummer. Und die Gisi kann als Engel auch ganz schön sexy aussehen. Sie kennen ja die Darstellung der kleinen Barockengelchen, Fräulein Gögelein. Hahahaha! Und mit den Bierstößlern kann ich ja reden, die werden ja sowieso ein wenig Winter-Touch mit reinbringen. Also, Sie müssen sich im Klaren sein, dass der Hauptakzent unserer Veranstaltung auf der Besinnlichkeit liegt. Das wird auch in der Dekoration des Saales deutlich werden. Ist mit der Dekoration im Übrigen auch alles klar?«

»Jaja, selbstverständlich«, beruhigte ihn die Gögelein. »Der Saal ist zwar jetzt schon komplett für

Silvester hergerichtet, aber wir haben doch den großen, schönen Christbaum mit den echten Wachskerzen.«

»Genau das ist es, was ich meine«, stellte Wuttke fest. »Der Baum bringt eben die besinnlichen und feierlichen Elemente in den Abend. Wo soll er denn im Übrigen stehen? Passen Sie auf, dass er sich nicht in der Mitte des Saales befindet. Was meinen Sie, was da los ist, wenn die Bierstößler zum Tanz aufspielen? Da stoßen die Leute ja ständig dran, wenn's heiß hergeht, bei heißen Rhythmen. Und dann fällt der Baum womöglich noch um, mit den brennenden Kerzen. Stellen Sie sich das mal vor, Gögelein, was da passieren könnte! Nee, nee, Gögelein, das Ding muss raus. Rufen Sie gleich mal an. Außerdem haben wir noch genügend Besinnliches drin an dem Abend. Da kommt doch garantiert noch dieser Dingsda, dieser Dichter, der bei euch immer diese Weihnachtsfeiern da gemacht hat. Diese Lesung steht natürlich im Mittelpunkt. Ich will ja nicht mit den alten Traditionen brechen. Denn um diese Lesung und die adventlichen Worte soll sich ja das ganze Programm eigentlich herumranken, sozusagen Beiwerk sein. Im Mittelpunkt steht selbstverständlich traditionsgemäß die Lesung von diesem Herrn, äh, wie heißt er noch gleich?«

»Igerl«, meinte die Gögelein, »Alfons Igerl. Der Herr Igerl ist bei uns immer der Mittelpunkt gewesen. Da haben Sie schon recht. Und alle Betriebsangehörigen haben natürlich gemeint, dass Herr Igerl auch dieses Jahr wieder die Lesung machen soll. Sie werden sehen, das macht er wirklich sehr schön, sehr besinnlich. Ja, aber gut, Herr Doktor, dass Sie mir das sagen, der Igerl sitzt ja schon seit einer Stunde im Vorzimmer und wollte mit Ihnen das Programm besprechen. Ich habe ihn ja auf Ihren ausdrücklichen Wunsch hierherbestellt. Soll ich ihn gleich hereinrufen?«

»Igerl ist schon draußen? Ja, um Gottes willen, natürlich, Gögelein, rufen Sie ihn herein!«

Alfons Igerl betrat das Büro und schaute sich recht bedächtig um. Dann ging er auf Wuttke zu und stellte sich vor: »Igerl ist mein Name. Vielleicht haben Sie schon von mir gehört. Ich habe jahrelang ...«

»Weiß ich doch, weiß ich doch, Herr Igerl«, unterbrach ihn Wuttke, »weiß ich doch. Ich habe ja schon viel von Ihnen gehört. Außerdem haben wir doch miteinander telefoniert. Gut, dass Sie da sind. Sie sollen ja wie jedes Jahr das Kernstück unseres Adventsabends werden. Dieses Jahr soll unsere Weihnachts- und Adventsfeier noch größer und schöner werden als alle Jahre zuvor. Ich habe da einen Slogan: Zeige mir, wie er Feste feiert, und ich sage euch, in welcher Firma er ist. Ich hoffe, Herr Hängerl, Sie sind sich ihrer Verantwortung bewusst, denn Sie sind somit ja auch irgendwie das Aushängeschild unserer Firma.«

»Da brauchen Sie sich nichts zu denken, Herr Wuttke«, meinte Igerl, »sehen Sie, ich habe ja schon seit Jahren, vielleicht hat man das Ihnen erzählt ...«

»Jaja«, pflichtete die Gögelein etwas liebedienerisch bei, »der Herr Igerl macht das schon. Sie werden sehen, Herr Direktor.«

»Gut, gut, das glaube ich Ihnen, Sie sind mir ja von allen empfohlen worden«, besänftigte Wuttke.

»Deswegen sind Sie ja auch hier, und jetzt wollen wir gleich in die Vollen gehen. Wie haben Sie sich denn den Lauf des Abends vorgestellt?«

»Ja, mei«, begann Igerl, »ich werde halt meine Alt-Neuhauser Weihnacht vorlesen, die ich selber verfasst habe.«

»Alt-Neuhauser Weihnacht«, fuhr Wuttke dazwischen, »wie lang ist denn das Opus? Wir haben sie nämlich zwischen der Hauptmahlzeit und dem Dessert eingeplant.«

»Die Alt-Neuhauser Weihnacht«, meinte Igerl, »ja, die dauert eine gute Stunde, aber ohne irgendeinen Gesang halt.«

»Was?« unterbrach ihn Wuttke. »Eine Stunde, um Himmels willen, Herr Igerle. Nee, nee, so lange kann die Küche mit dem Dessert nicht warten. Haben Sie denn nicht etwas Kürzeres? Aber schon was Besinnliches natürlich, das zum Stil des Abends passen muss.«

Igerl überlegte: »Ja, ich könnte Ihnen vielleicht meinen Bogenhausener Advent vortragen, der wäre schon ein wenig kürzer.«

»Ja, und wie lang ist denn diese Story?«, wollte Wuttke wissen.

»Also, wenn ich mich ein wenig schickten␣tät …«, überlegte Igerl, »so runde 33 bis 34 Minuten.«

Wuttke sprang von seinem Sitz auf. »33 Minuten? Mensch, Mann, Igel, wo denken Sie denn hin? Wissen Sie denn nicht, dass es in der Küche keinen Stau geben darf? Nach dem Dessert kommt schließlich noch der Punsch mit echtem Christstollen und Plätzchen. Ja, und später gibt es auch noch echte Weißwürste. Wir sind ja hier in Bayern, und dann ist das ja Tradition. Mensch, Igel, Sie werden doch was Kürzeres haben! In der Kürze liegt die Würze, Sie kennen doch das Sprichwort. Ist übrigens mein Leib- und Magenmotto.«

Igerl schaute betreten. »Ja, dann hätte ich halt noch meine Haidhauser Herbergssuche. Die wäre natürlich noch etwas kürzer. Wenn ich die Einleitung weglassen tät'…«

»Sehen Sie, Herr Heigl«, meinte Wuttke jetzt in freundlichem Ton, »jetzt kommen wir der Sache schon etwas näher. Natürlich ohne Einleitung. Wir gehen gleich in die Vollen. Und wie lange dauert dann das Geschichtchen?«

»Ohne Einleitung?«, fragte Igerl nochmals zurück. »Ja, ohne Einleitung so ungefähr eine Viertelstunde halt, mehr nicht.«

»›15 Minuten, mehr nicht‹ ist gut«, polterte Wuttke wieder los. »Mensch, Mann, Hegele, habe ich Ihnen gesagt, dass wir auch noch eine Tombola haben? Bis die Leute ihre Preise haben und so … Übrigens, tolle Preise heuer. Stellen Sie sich vor, als ersten Preis eine vierzehntägige Reise nach Thailand mit allem Pipapo. Hahahaha! Sie verstehen? Sagen Sie mal, wenn Sie schon auf die Einleitung verzichten können, wie wär es dann, wenn Sie den Mittelteil weglassen und vielleicht sofort auf den Schluss übergehen?«

Igerl wusste nicht mehr, wie ihm geschah: »Na also, wissen Sie, ich habe ja bloß …«, jammerte er.

»Jetzt geben Sie mal ihrem Herzen einen Stoß, guter Mann«, redete Wuttke auf ihn ein und klopfte ihm dabei auf die Schulter. »Denken Sie an das Dessert.

Bratapfel mit Marzipanfüllung in heißer Vanillesoße. Wir können doch die Bratäpfel schließlich nicht kalt servieren. Das würde ja die ganze Adventsstimmung kaputtschlagen. Na, geben Sie sich einen Stoß. Wie geht denn Ihr Schluss eigentlich?«

Igerl kramte in seinem Manuskript und las vor:

»Passt's auf, dass des net aa noch heut'
in unsre Tag, in unsrer Zeit,
vielleicht in unsrer Näh passiert,
und dass bei uns net aa kalt wird
dene da draußen vor der Tür.
Und deswegen, Leut, habts a Gspür,
und laßts, sollts oamal soweit sei,
die andern vor der Tür drauß nei.«

Da sprang Wuttke begeistert auf, klatschte in die Hände und schlug ihm auf die Schulter: »Bravo, Igerl, vorzüglich! Das ist genau das, was wir brauchen. Das ist genial! Erstens haben wir genau den besinnlichen Touch, und zweitens ist es eine großartige Überleitung. Wie war das? Passen wir auf, dass es nicht kalt wird, und deswegen lassen wir sie schnell herein. Mann, Igerl, das passt genau auf das Dessert. Die Bratäpfel usw. Jetzt sind wir so weit. Der Adventsabend kann beginnen. Wie heißt das Sprichwort noch, auf Wilhelm Wuttke angewandt? Wo ein Wilhelm ist, da ist auch ein Weg. Hahahaha.«

Wilhelm Wuttke hatte allerdings nicht bedacht, dass es auch noch einen anderen Spruch gab, der da heißt: »Denn erstens kommt es anders und zweitens als man denkt.«

Die Weihnachtsfeier ging nämlich wie gehabt über die Bühne, ja, sogar unter der Leitung von Steinbichler, der selbstverständlich Alfons Igerl in gewohnter Weise mit seiner Adventlesung in den Mittelpunkt stellte. Steinbichler war kurzfristig aus seiner Pensionierung zurückgeholt worden, weil Dr. Wilhelm Wuttke der Firma zugunsten höherer Aufgaben den Rücken kehrte. Er bekam nämlich im Münchener Kulturreferat eine Führungsposition und betreut nunmehr die Abteilung zur Pflege und Aufrechterhaltung bayerischen Brauchtums.

Das Weihnachtsspiel

»Wia stehts, Alfons, is dei Weihnachtsstück schon fertig?«, fragte der Pfanzelt-Maxe seinen Freund, den Alfons Igerl, als sie sich wieder einmal beim Stammtisch im Volkarteck trafen. »Schön langsam pressiert's. In am Monat hamma den Termin in unserem Gartenverein Flora. Du woaßt ja, heuer feiern mia unser Fünfzigjähriges. Dass d' uns fei ja nicht blamierst!«

»I und blamieren?«, begehrte der Alfons auf. »Des muasst grad du sagn. Erinnerst du dich no an unser vierzigsts Jubiläum? Da warst a du zuständig. I erinner mi no, wias d' auf'n Putz ghaun hast mit deim Kontakt zu de Turmschreiber. ›Mei Baserl mütterlicherseits‹, hast oiwei gsagt, ›is a guade Freundin von der Frau Siebenzahn. Und de Frau Siebenzahn hat a Schreibwarengschäft, bei dem kauft die Nichte vom Schneider oiwei ein. Und über diese Verbindung‹, hast ogebn, ›bring i den Schneider todsicher in den Flora.‹ Woaßt as no?«

»Ja, is scho guat«, meinte der Maxe leicht verlegen. »I hab'n ja dann her'bracht. Aber wer woaß denn scho, dass' *zwoa* Turmschreiber mit dem Namen Scheider gibt? Natürlich hab i den andern gmoant. Und der waar a guat gwesen. Genau der Richtige für uns. I hab'n ja selber scho öfters ghört. Was moanst du, wia ma da jeds Mal glacht haben über seine Verserl.«

»Brauchst ma nix verzähln, I hab'n ja aa scho öfters ghört. Kein Zweifel, des ist der Beste, wo ma zurzeit habn. Aber der andere – i derf gar nimmer dro denka. Statt a Weihnachtslesung mit Gedichterl und Gschichterl hat der anderthalb Stund über peruanische Grabinschriften und den Totenkult der Inkas referiert.«

»Na ja, der Schneider-Friedrich is halt a Historiker, und ganz so uninteressant war des aa wieder net. Ma hört ja sonst über solche Sachen net allzu vui.«

»Alles zu seiner Zeit, und net als Adventlesung. Des Schlimmste aber war, dass ma doch den Gerner Dreigsang zum Singen eingeladn ham, der, wo über Kletzenbrot, Eisstockschießen oder gar über die Herbergssuche hätt singa wolln.«

»Mein Gott, heutzutag is aber a so a Kontrastprogramm durchaus modern. – Im Übrigen oiwei no besser wie vorigs Jahr, wo de Frau Schnikelsen uns bloß ostfriesische Kochrezepte vorgelesen hat, weil unser damaliger Vorstand, der Hingerl-Schorsch, mit derer gspinnerten Amsel a gschlamperts Verhältnis ghabt hat. Siehgst, und genau deswegn is' heuer so wichtig, dass du den Auftrag ernst nimmst, den wo ma einstimmig beschlossen habn. Du schreibst a ganz a neue Gschicht alloa für d'Flora. Und des werd eine Welturaufführung. Im Übrigen hab i schon mit'm Schuster-Franz vom *Neuhauser Anzeiger* gredt. Der macht a Voranzeige und schreibt an großn Bericht über de Premiere. Was sagst? Is des net a Verpflichtung?«

»Du werst as net glauben, i bin scho fertig mit meiner Gschicht.«

»Hör auf! Respekt, derf ma erfahrn, um was es da im Genauen geht?«

»Na ja, weil du das bist! Die Gschicht hoaßt ›Weihnacht auf der Kaserlalm‹. Also, auf der Kaserlalm lebt seit einiger Zeit die Schmidtramsel-Zenzi. Die hat si dorthin vor vielen Jahren zruckzogn, weils' in ihrer Jugend a ganz a traurigs Erlebnis ghabt hat. Die Zenz, die wo in ihrer Jugend a bildsaubers Madl und die Tochter von dem reichsten Bauern war, is kurz vor ihrer Hochzeit gstandn. Sie wollt den Loisl heiratn, den feschestn Burschen aus'm ganzen Gäu, und der Loisl wollt ihr am Tag vor der Hochzeit a Edlweiß aus der hohen Bergwand brocken und sozusagen als eine Art Hochzeitsstrauß überreichen. Und dabei is er abgstürzt. Koaner hat sein' Leichnam jemals gfundn. Da is de Zenz aus Verzweiflung auf die abgelegne Kaserlalm zogn und allerweil menschenscheuer wordn. Und da lebts' jetzt ganz alloa mit ihrem treuesten Freund, dem Goaßbock Simmerl, z'samm.«

»Im selben Zimmer?«

»Schmarrn. Pass lieber auf, wia's no weitergeht! Heuer feierts' ihren 80. Gebutrtstag. Sie hat si scho drauf eigstellt, dass des ganz alloa mit'm Simmerl sei' werd, und singt versonnen Weihnachtsliader aus ihrer Kindheit, bei denen sie sich mit der Zither begleitet, die wos' da drobn perfekt zum spuin glernt hat, da ... ja, da klopft's an der Tür. Die Zenz erschreckt fürchterlich. Und wia s' aufmacht, steht a großer, stattlicher Mann mit Bart draußn. ›Grüß Gott‹, sagt er freundlich. ›Ich bin der Giovanni Parmesano, der bekannte Filmregisseur, und möchte hier oben meinen Film ›Weihnacht in den Bergen‹ drehn. Darf ich reinkommen?‹ Etwas zögerlich lässt die Zenz den unerwarteten Besucher in die Hütte. ›I hab net vui‹, meint sie, ›a Scherzl Brot, a Glas Milch und an Kaserl Kaas. Darf's des sei?‹ – ›Wunderbar‹, ruft der berühmte Regisseur, und dann setzt er sich hin und erzählt. Die Zenz taut immer mehr auf und schenkt ihm und ihr einen Enzian ein, bei dem sich immer mehr die Zunge löst. Der Parmesano berichtet seine unglaubliche Lebensgeschichte. Vor vielen Jahren haben ihn italienische Schmuggler, die ihr Versteck hier hatten, schwer verletzt in einer Felsschlucht gefunden. Sie hätten ihn mitgenommen und gesund gepflegt. Er habe sich bis zum heutigen Tag nicht erinnern können, wer er überhaupt sei und wie er in die Felsschlucht gelangt sei. Die Schmuggler hätten ihm nur erzählt, dass er ein Edelweiß in der Hand gehalten habe. Durch Zufall sei er dann nach Rom gekommen und hätte dort eine glänzende Karriere als Sänger, Schauspieler und später Regisseur gemacht. Also, ich mach's kurz. Es stellt sich raus, dass der Parmesano der frühere Bräutigam der Zenz ist. Er zieht aus einem Etui ein getrocknetes Edelweiß raus und sagt: ›Des hab i seinerzeit für dich brockt. Jetzt kann uns nichts mehr trennen.‹ Die beiden fallen sich weinend in die Arme, die Zenz schluchzt immer wieder: ›Des is mein schönstes Weihnachtsgeschenk!‹ Dann holt sie ihre Zither raus und stimmt das Lied ›O Tannenbaum‹ an. Bei der zweiten Strophe fällt auch der Parmesano ein. Draußen beginnt's zu schneim, und der Simmerl schaut zum Fenster rein. Vorhang. Aus. Ende. – Was sagst, Maxe?«

»Net schlecht«, meint der. »Aber, wia willst des Ganze dramaturgisch lösen? Wird die Geschichte vorglesn oder gspielt?«

»Beides. Ich hab mir gedacht, ich mach den Leser. Ich sitz dann an am Tischerl mit Weihnachtsschmuck und Kerzen. Daneben lass' ma de Szene auf der Sennhüttn von dem Zeitpunkt, wo der Parmesano anklopft, spielen. Mir san ja heuer wieder im Saal vom Volkarteck zur Feier. Und die ham da drin doch die Bühne, wo des Laienbrettl ›De Zünftigen‹ oiwei spieln. Ich hab scho recherchiert. Die ham a Kulisse von am Bauernhauszimmer, und des nehmen wir glei her dazu.«

»Und wer spielt de Zenz und den Parmesano?«

»Da hab i aa scho drüber nachdenkt. Den Parmesano kaannt unser zwoater Kassierer, der Hirschvogel Mane, spielen. Der Mane singt im Kirchenchor von St. Stephan sogar mit dem bekannten Dietmar Schmidtbauer z'samm. Manchmal darf er aa a Solo singen, wias d' woaßt. Er hat einen wunderschönen Bass. Und er hat an langen Bart. Na brauch ma eahm koan opappn, hahaha. Und die Zenz, die könnt dann glei sei' neue Lebensgefährtin spielen. Die behaupt' oiwei, dass' in ihrer Jugend Schauspielerin war. Außerdem spielts' net schlecht Zither, die is beim Zitherclub Alpenrose, wo der Mühlbauer Erich Dirigent is.«

»Wia hoaßt'n de?«

»De hat den wohlklingenden Doppelnamen: Irlinger-Zsvinkyloursanska.«

»Und wia schreibt ma des?«

»Ganz einfach, mit Bindestrich«

»Und wer spielt den Goaßbock Simmerl, hahaha?«

»Also, darüber hab i no net nachdenkt, aber mir können ja amal Casting mit dir macha, hihihi. Im Ernst, Maxe, was sagst jetzt?«

»Net schlecht, du hast dir wirklich was einfalln lassen. Jetzt müass' ma halt schaun, dass des mit de Proben hihaut. Du woaßt, am 19. Dezember hamma den Volkerteck-Saal gmiet'.«

Jetzt läutet das Handy vom Pfanzelt-Max. Er hebt ab. »Jawohl, ich bin's. Jawohl, jawohl, Herr Rai. Mei, des waar ja fantastisch, Herr Rai! Und des gangert wirklich am 19. Dezember, Herr Rai? Natürlich, Herr Rai. I komm dann zu eahna raus und daad alles no genau besprechen, Herr Rai. Alles klar, Herr Rai, und vielen Dank, Herr Rai. Auf Wiedersehen und an schönen Gruß an' Spitzbuam, Herr Rai.«

Der Maxe legt das Handy weg und tut geheimnisvoll. »Du, Alfons, des erratst jetzt nia, mit wem i grad telefoniert hab.«

»Also, wenn i mi net ganz täusch, mit einem gewissen Herrn Rai.«

»Einem gewissen Herrn Rai? Des war net *ein gewisser Herr Rai*, sondern der bekannte Fred Rai!«

»A, geh, der von der Westernstadt in Dasing?«

»Genau, der berühmte Reiter, Sänger und Intendant von den süddeutschen Karl-May-Festspielen.«

»Wirklich, hör auf, wia kommt denn der dazua, dass er di anruft?«

»Weil i des Karl-May-Quiz gwonna hab. Und der Hauptpreis war a kostenloser Auftritt vom Fred Rai mit seim Pferdl, an Spitzbuam. Und den Auftritt stift i für die Weihnachtsfeier von unserer Flora. So bin i.«

»Des find i ja einmalig. Hmm. Bloß, wo bring ma denn den Rai unter? Passt der überhaupt da nei?«

»Ja bist du no zum retten? Mia kriagn den Fred Rai, und er da fragt: Passt der überhaupt ins Programm?«

»Mei, i woaß halt bloß, dass der Rai in erster Linie Western-Songs singt. Und mei' Stück spielt doch auf der Kaserlalm.«

»Ja und, na muasst dir halt was einfalln lassn. I sorg für d'Organisation. Du bist der Schriftsteller. Na, muasst halt des Stückerl so aufschreibn, dass der Rai sei' Repertoire durchsinga kann. Gib eahm halt die männliche Hauptrolle von dem Dings, dem Loisl. An Hirschvogel-Mane werdn mir's scho beibringa. Vielleicht kannst die Rolle von dem Goaßbock a bisserl erweitern. Na soll er halt den spieln.«

»Jetzt denk amal a bisserl logisch. Der Loisl is als junger Bursch vom Felsn abgstürzt, und jetzt kimmt er dann zruck, reit' auf'm Pferdl auf die Alm und singt des ›Bonanza-Liad‹, wia soll denn des passn?«

»Moment, der Rai singt aa des Liad ›Von den blauen Bergen kommen wir‹, merkst was? Blaue Berge! Lass halt des Stückl in de ›Blauen Berge‹ spieln. Besteh halt net so stur auf deiner blöden Kaserlalm! Na is halt der Loisl in de Blauen Berge beim Edelweißbrocken abgstürzt. Und statt de italienischen Schmuggler ham ihn Indianer gfunden und gsund gepflegt. Irgendso a Medizinmann von de Komantschen oder de Sioux.«

»I woaß net. I konn doch dem Fred Rai net so a alte Frau zumuten wia de Dingsanska da. So vui i woaß, steht doch der Rai auf ganz junge. Mei, o mei. Ob i da oane find, die wo aa no Zither spielt …«

»Wenn's ums Instrument geht, is des des Wenigste, der Rai spielt doch auf seiner Gitarre, da brauch ma koa so a blöde Zither. So schee is des Gezupfe von derer … Dings … a wieda net.«

Alfons Igerl machte sich daran, das Stück etwas umzuschreiben. Ich will nicht allzu viel verraten, nur so viel, dass die Zenz zu Winnetous Schwester Nschotschi wurde, die den in den Blauen Bergen verunglückten Old Shatterhand (selbstverständlich gespielt von Fred Rai) gsund pflegt. In dieser Zeit singt er ihr seine Westernsongs vor. Genau am 24. Dezember wird er wieder gesund. Als Dankeschön lädt er sie zusammen mit ihrem Ziegenbock Old Skunky in den Westernsaloon »Little Cheese« ein. Dieser gehört der Zenz, die vor Jahren aus Deutschland eingewandert ist. Im Saloon begeht die Zenz jedes Jahr den Heiligen Abend in alter abendländischer Tradition.

Als die Feier gerade beginnt, kommt es zu einem Überfall. Der Anführer, ein gewisser Old Louis, erkennt in der Zenz die Sennerin von der Kaseralm wieder, aufgrund deren verschmähter Liebe er einst mit seinen Freunden vom Zitherclub »Alpenröserl« in den wilden Westen ausgewandert ist und dort als berüchtigter Revolverheld mit diesen eine gefürchtete Bande, die Ugly Coyotes, gegründet hat. Die Zenz, der über die Jahre alles entsetzlich leid getan hat, fällt ihm in die Arme. Die Ugly Coyotes holen ihre Zithern, die sie noch immer mitführen, von den Pferden und stimmen mit allen Beteiligten ein wunderschönes Weihnachtskonzert an.

Diese Aufführung wurde zu einem so großen Erfolg, dass sich Fred Rai entschloss, dieses Stück unter der Regie von Alfons Igerl in sein Programm aufzunehmen. Besuchen Sie doch die jedes Jahr in Dasing stattfindenden Aufführungen! Vielleicht wird das Stück gerade gespielt.

Buchbinder Wanninger modern oder Die gerettete Weihnachtsfeier

ALFONS IGERL *(Selbstgespräch):* Man darf einfach nix herleihen. Wenn ich wenigstens wüsst, wem ich die Schallplatte geliehen hab. Wahrscheinlich seh ich sie nimmer, die Schallplatte vom Valentin mit dem »Buchbinder Wanninger« und dem »Christbaumbrettl« drauf. Ja, mei, da kann man halt nix machen, muss ich mir halt a neue besorgen. Die müsst's doch in jedem Schallplattengeschäft geben. Schau ma halt im Telefonbuch nach: S-, Sch-, Scha-, Schalk- Schall-, ... Jetzt müsst's kommen: Schaller-, Schallreuther ... Ja, gibt's des auch, kein einziger Schallplattenladen! Unter was die jetzt wohl die Schallplattenläden versteckt haben? Ach, macht nix, ruf ma halt die Auskunft an.

Igerl wählt und hört eine Automatenstimme.

AUTOMATISCHE ANSAGE: Hier Fernsprechauskunft Weiden. Bitte bleiben Sie am Apparat!

IGERL: Ha? Wer ist da? Weiden, ojeggerl naa, des kommt mich schön teuer. Sie, Fräulein, ich möchte Sie wegen der Schallplattn fragen. Weil ich hab da nämlich eine wunderschöne Schallplatte vom Valentin ghabt mit dem »Buchbinder Wanninger« und dem »Christbaumbrettl« drauf. Jetzt hab ich die Schallplattn einem Freund gliehen, und ich weiß ums Verrecken nicht mehr, wer das war. Vielleicht ist es auch gar kein Freund nicht, weil ein Freund, ein echter Freund, hätt ja die Schallplattn zurück'geben. Und da wollt ich Sie eben fragen ...

AUTOMATISCHE ANSAGE: Hier Fernsprechauskunft Weiden. Bitte bleiben Sie am Apparat!

IGERL: Ja, ich weiß schon. Wissen S', ich hab nämlich grad im Münchner Telefonbuch nachgschaut, und da ist unter »Sch« überhaupt nix von Schallplattn gstanden. Da hab ich mir halt denkt, jetzt ruf ich Sie an, ob Sie nicht ...

FERNSPRECHAUSKUNFT (STIMME): Hier Fernsprechauskunft Weiden ...

IGERL: Ja, ich hab's Ihrer Kollegin schon ein paar Mal erzählt, des wegen der Schallplattn. Ob's nicht doch da in München einen Schallplattenladen gibt, aber im Telefonbuch steht keiner drin, und da möchte ich Sie halt um Auskunft bitten. Wissen S', es geht drum, dass auf der Plattn auch das »Christbaumbrettl« droben ist. Ich bin doch der Kassier vom Kleingartenverein Flora, und da hat jedes Jahr auf unserer Weihnachtsfeier der Treidinger-Schorsch die »Heilige Nacht« vom Ludwig Thoma vorgelesen. Aber heuer kann er nicht, weil er bei den Barmherzigen Brüdern eine künstliche Hüfte bekommen hat und jetzt auf Rehabilitation ist in Bad Endorf. Und jetzt wollt ich als Hüftersatz,

Schmarrn, als Ersatz vom Treidinger vom Valentin das »Christbaumbrettl« vortragen, wenn Sie's kennen. Verstehn S'?

FERNSPRECHAUSKUNFT: Moment, wenn ich Sie recht verstehe, suchen Sie einen Schallplattenladen in München.

IGERL: Ja, genau, sehr richtig. Vielen Dank. Könnten Sie mir bitt schön die entsprechende Telefonnummer sagen?

FERNSPRECHAUSKUNFT: Da muss ich Sie leider enttäuschen, wir können Ihnen die Nummer lediglich bei der Nennung des entsprechenden Namens durchgeben. Kennen Sie den Namen des Schallplattenladens? Dann such ich Ihnen gerne die Nummer heraus.

IGERL: Ja, nein, das ist es ja eben. Deswegen hab ich Ihnen ja angerufen. Ja, weil ich eben nicht weiß, wie der Laden heißt, der wo noch Schallplatten verkauft.

FERNSPRECHAUSKUNFT: Das wissen wir leider auch nicht. Da müssen Sie sich bei der Branchenauskunft erkundigen ... Vielen Dank für Ihren Anruf!

IGERL: Ojeggerl naa, jetzt ruf ich da extra bis nach Weiden 'nauf, und dann krieg ich die Auskunft, dass ich keine Auskunft nicht kriegen kann. Branchenauskunft? Gut, dann schau ma halt noch amal im Telefonbuch nach.

Er blättert im Telefonbuch.

IGERL: Br-, Brachvogel, Brasche-, Braschen- ... Da steht ja auch nix da. Ja, Herrschaftszeiten, wer könnt denn das dann wissen? Wer hat denn mit Schallplatten zu tun? – Ja, natürlich, der Bayerische Rundfunk. Aber wenn's die auch net wissen, dann weiß ich wirklich nimmer weiter. Da hilft dann bloß wieder der Heilige Antonius. Schau ma amal. Bayerischer Rundfunk ... Hab ihn schon: 59 000!

Igerl wählt.
AUTOMATISCHE ANSAGE: Hier Bayerischer Rundfunk. Bitte bleiben Sie am Apparat.
Es ertönt die Erkennungsmelodie »Solang der alte Peter ...« Igerl horcht eine Zeit lang zu und beginnt dann, vor sich hin zu murmeln.
IGERL: Jaja, solang der alte Peter am Petersbergl steht, so lang geht die Gemütlichkeit net aus. Aber bei mir geht s' jetzt bald aus.
AUTOMATISCHE ANSAGE: Hier Bayerischer Rundfunk.
IGERL: Ja, entschuldigen S' bitt schön, ich hab's Ihrer Kollegin in Weiden schon ein paar Mal gsagt, ich hab da nämlich ein Problem, wegen der Schallplattn vom Valentin seinem »Buchbinder Wanninger« und dem »Christbaumbrettl« drauf, die wo ich nämlich ausgeliehen hab, vielleicht ...
Eine Stimme unterbricht ihn.
STIMME: Ach ja, dann verbind ich Sie jetzt mit der »Leichten Musik«.
Aus dem Telefonhörer ertönt jetzt ein englisches Lied. Igerl hört eine Weile schweigend zu und schimpft dann los.
IGERL: Des is' typisch, so a englischs Gsangerl! Weil mir fei' keine deutschen Lieder mehr

habn. Mei, was habn wir in unserer Jugend noch für schöne Lieder glernt und gsungen! Zum Beispiel beim Kaplan Hausladen in der Pfarrjugend.
Er singt das Lied »Ein Jäger aus Kurpfalz, der reitet durch den grünen Wald« laut in den Hörer hinein.
Plötzlich ertönt eine Stimme.
STIMME: Jawohl, ich verbinde Sie mit der Abteilung für »Naturfreunde und Bergsteiger«.
IGERL: Nein, bitt schön net, ich wollt doch bloß wegen der Schallplattn fragen, die, wo ich dem Buchbinder Wanninger gliehen hab, Schmarrn, ich mein', die Schallplattn vom Buchbinder Wanninger mit dem »Christbaumbrettl« drauf zwegns der Weihnachtsfeier im Flora.
Eine andere Stimme meldet sich.
STIMME: Redaktion »Naturfreunde und Bergsteiger«.
IGERL *(überrascht):* Was, Sie haben gar kein eigenes Lied nicht? Ich wollt eigentlich, weil ich's schon so gewöhnt bin im Bayerischen Rundfunk, dass man ein Lied spielt ...
STIMME: Dann sind Sie hier falsch. Ich verbinde Sie mit der »Volksmusik«.
IGERL: Nein, bitt schön nicht. Es ist bloß wegen der Schallplattn und dem Treidinger seinem Hüftgelenk bei der Weihnachtsfeier...
AUTOMATISCHE ANSAGE: »Volksmusik«. Bitte bleiben Sie am Apparat!
Dann ertönt das Lied »Üba d'Alma, da gibt's Kalma«. Igerl hört eine Zeit andächtig zu, dann seufzt er zufrieden auf.

IGERL: Ja, endlich amal was Gscheits! Ah, so a schöne Melodie und ein wunderbarer Text, vor allem auch so wirklichkeitsnah, da könnt ich stundenlang zuhorchen.
STIMME: Volksmusikabteilung, was kann ich bitte für Sie tun?
IGERL: Schad, dass Sie sich schon melden, weil ich eigentlich das Lied, das wo Sie grad gspielt haben, gern zu Ende ghört hätt, aber weil Sie jetzt schon da sind, ich ruf wegen unserer Weihnachtsfeier an, und weil doch der Treidinger die »Heilige Nacht« nicht lesen kann, und da hätt ich eben meine Schallplattn mit dem »Christbaumbrettl« zur Unterhaltung in der Flora vorlesen wollen.
STIMME: Einen Moment bitte, ich verbinde zur »Unterhaltung Wort«.
IGERL: Was is'? Halt, nein! Bitt schön, dann spieln S' mir wenigstens noch die zweite Strophe von dene Alma und de' Kalma vor, wenn des ging!
Aus dem Telefon ertönt jetzt die Ansage mit den neuesten Wasserstandsmeldungen.
AUTOMATISCHE ANSAGE: Pegel Ingolstadt: 203, plus drei ...
IGERL: Ja, Kruzitürken, wo bin ich denn jetzt gelandet?
Die Meldungen gehen weiter. Nach einiger Zeit ertönt eine Stimme.
STIMME: Hier Bayerischer Rundfunk.
IGERL: Ja, Sie, bitt schön, entschuldigen S', ich ruf da schon seit einiger Zeit an wegen dem

Buchbinder Wanninger und seinem »Christbaumbrettl«. Und jetzt bin ich sogar bei den Wasserstandmeldungen gelandet.
STIMME: Und wen wollen Sie sprechen?
IGERL: Ja, das weiß ich eben nicht, weil ich die Schallplattn von dem Buchbinder ...
STIMME: Ach so, Sie haben ein Buch für den Bayerischen Rundfunk gebunden, da verbind ich Sie mal mit unserer Honorarabteilung.
IGERL: Nein, halt! Ich will kein Honorar, die Schallplattn, die wo ich wiederhaben möcht mit dem »Christbaumbrettl« drauf, die bräucht ich.
AUTOMATISCHE ANSAGE: Verehrter Anrufer. Sie haben die Honorarabteilung des Bayerischen Rundfunks gewählt, rufen aber außerhalb unserer Bürozeiten an. Dieselben sind: Montag bis Freitag von neun bis zehn Uhr. Wir verbinden Sie zurück zu unserer Zentrale.
IGERL: Herrschaftszeiten, jetzt reichts, jetzt werd ich aber bald pelzig!
AUTOMATISCHE ANSAGE: Hier Bayerischer Rundfunk. Bitte bleiben Sie am Apparat.
Wieder ertönt: »Solang der alte Peter«.
IGERL: Mit meiner Gmüatlichkeit ist's jetzt vorbei, bei mir ist der Ofen aus.
STIMME: Bayerischer Rundfunk, Zentrale. Was kann ich für Sie tun?
IGERL: Ja, entschuldigen S' bitt schön, Fräulein, ich wollt doch lediglich des »Christbaumbrettl« zwegns unserer Weihnachtsfeier und der Schallplattn ...

STIMME: Sind Sie sicher, dass Sie die richtige Nummer gewählt haben? Hier ist der Bayerische Rundfunk.
IGERL: Natürlich. Ich wollt doch nur wegen der Schallplattn fragen, die wo ich ghabt hab und jetzt nicht mehr hab.
STIMME: Aha, dann haben Sie also etwas verloren, da sollten Sie wohl besser jemanden im Fundbüro anrufen.
IGERL: Nein, ich hab sie ja gar nicht verloren, sondern irgendeinem Freund geliehen, der wo mir jetzt nicht einfällt. Vielleicht war's der Pfanzelt-Maxe, aber der sagt auch, dass er sie nicht hat. Und die bräucht ich jetzt dringend, weil da das »Christbaumbrettl« drauf ist und der Treidinger heuer die »Heilige Nacht« nicht lesen kann, sozusagen aus gesundheitlichen Gründen.
STIMME: Ach so, Sie haben eine Frage an unsere Gesundheitsredaktion, ich verbinde.
IGERL: Nein, bitte nicht! – Aber wenn's so weitergeht, brauch ich wirklich noch einen Notarzt. Ich glaub, ich krieg einen Herzkasperl.
STIMME: Gesundheitsredaktion, Guten Tag. Wie kann ich Ihnen helfen?
IGERL: Ja, helfen könnte mir eigentlich nur der Buchbinder Wanninger oder vielmehr die Schallplattn, wo er drauf ist, aber weil Sie jetzt schon dran sind: Ich hab da in der letzten Zeit so ein Ziehen in meinem linken Fuß, könnt des mit meinem Reiß-Matthias zusammenhängen, den wo ich immer

spür in der kalten Jahreszeit? So um die Zeit vom Kathreintanz herum geht's jedes Mal an. Bei mir stimmt sozusagen der alte Spruch: »Kathrein stellt den Tanz ein.« Hahaha.

STIMME: Kathreintanz? Ach so, Sie wollen die Redaktion für Brauchtumspflege. Ich verbinde Sie mit unserem Experten für bayerisches Brauchtum: Olaf Knut Klawuttke.

KLAWUTTKE: Hallo, Tachchen, hier ist die bayerische Brauchtumspflege, Klawuttke am Telefönchen, wat hamwa denn für'n Problemchen? Wo drückt uns denn der Haferl-Schuuah?

IGERL: *(murmelnd)* Ja, mich leckst! *(laut)* Ich brauchert koa Brauchtum, sondern die Schallplattn vom Buchbinder Wanninger.

KLAWUTTKE: Granninger? Ach so, warum sagen wir dat nich gleich, juter Mann, dann verbinde ich Sie mit unserem Pförtner Granninger. Tschüsschen.

IGERL: Halt, halt, halt, nix Granninger – Wanninger! Ich buchstabiere: W – wie Weißwurscht, A – wie Anton, N – wie Noagerl, und noch mal a Noagerl ...

Inzwischen ist die Verbindung hergestellt.

STIMME: Ja, hier ist die Pforte des Bayerischen Rundfunks.

IGERL: Naa, naa, nix Pforte. Ich wollt gar nicht mit Ihnen sprechen, aber euer Knut-Olaf hat mich falsch verstanden. Ich wollt gar nicht zu dem Herrn Granninger, sondern zu dem Herrn Wanninger. Das heißt, eigentlich ...

STIMME: Der Herr Granninger ist leider im Urlaub, ich verbinde Sie mit seinem Vertreter.
IGERL: Ich brauch keinen Vertreter nicht, ich brauch den Buchbinder, das heißt, eigentlich nicht den Buchbinder, sondern die Schallplattn, wo er mit dem »Christbaumbrettl« drauf ist.
Inzwischen ist wieder eine neue Verbindung hergestellt.
HIRSCHVOGEL: Hier Hirschvogel.
IGERL: Ja, hier Igerl.
HIRSCHVOGEL: Ja, da verreck! Igerl? Jetzt sag bloß, oder sagn S' bloß, dass Sie oder du aa no' Alfons hoaßen oder hoaßt!
IGERL: Ja, warum?
HIRSCHVOGEL: Ui, das ist ja wirklich ein Zufall! Ich bin's, der Hirschvogel-Manni.
IGERL: Der Hirschvogel-Manni? Ja, sag amal, was tust denn du beim Bayerischen Rundfunk? I' hab mir denkt, du bist scho' längst pensioniert.
HIRSCHVOGEL: Bin i' aa, aber mein Schwager, der Granninger, hat mich sozusagen reaktiviert, den vertret ich jetzt.
IGERL: Ja, so was, der Hirschvogel-Manni.
HIRSCHVOGEL: Und womit kann ich dem Herrn dienen?
IGERL *(lachend)*: Herr is' guat! Gib amal Obacht. Aber ich glaub, du wirst mir auch nicht helfen können. Vor einiger Zeit hab ich irgendeinem Bekannten die Schallplattn mit dem »Buchbinder Wanninger« und dem

»Christbaumbrettl« gliehn, und mir fällt net um viel Geld mehr ein, wer des gwesen sein könnt. Ich weiß grad noch, dass des damals im Volkarteck-Stammtisch war.

HIRSCHVOGEL: Des kann ich dir schon sagn: Dem Scherm-Max hast sie gliehen.

IGERL: Richtig, der Scherm-Max war's. Der Gischpel, der! Warum rührt sich der denn nimmer? Den ruf ich jetzt gleich an.

HIRSCHVOGEL: Den Anruf kannst dir sparen, ich hab s' mir nämlich vom Scherm-Max ausgliehen, aber wennst willst, dann bring ich s' dir halt am nächsten Dienstag zum Stammtisch mit. Entschuldigung, da läut' schon wieder 's Telefon. Also, Servus, du alte Wurschthaut, bis zum Dienstag!

IGERL: Ich glaub, ich spinn, des darf doch net wahr sein! Des hätt ich nimmer 'glaubt, dass ich die Schallplattn jemals wieder z'rückkrieg. Da muss ich gleich dem Heiligen Antonius mei' versprochene Spende 'neinwerfen. Auf den ist halt noch immer Verlass. Die Weihnachtsfeier ist gerettet! Guat, dass sich der Heilige Antonius mit der modernen Telefontechnik auskennt!

Auf geht's ins neue Jahr!

Jahresvorhersagen

Jeds Jahr um d' Neujahrszeit umeinand,
da liest man, nimmt man die Zeitung zur Hand,
a ganze Menge von Hellseherei,
was alles im neuen Jahr los wird sei'n.
Von vielln wird a Blick in die Zukunft riskiert,
was diesmal wieder alls gschieht und passiert.
Für d' Hellseher is' ja die Zukunft ganz offen:
Da melden s' uns Krieg und Weltkatastrophen.
Aber auch von Fürsten, Sportler, Minister
erfahrn wir Intimes, ganze Register.
Die Bundesregierung plant Schnupftabaksteuern,
und der Dollar wird sich wieder verteuern.
Die Sechzger steign auch in dem Jahr net auf.
Die Araber planen den Hofbräuhauskauf.
Der Sommer, der dieses Jahr Urlaub gmacht hat,
findt nächsts Jahr am 15. Juli dann statt.
'as Geld, des wird wen'ger, und höher die Preise.
Und auch sonst ist leider manches halt scheinbar
net rosig.
So wird uns beim Weissagn manchmal ganz klar:
Auch die Zukunft ist nimmer das, was s' amal war.
Wir wissen zwar net, ob des alles so stimmt
und ob des Vorhergsagte wirklich auch kimmt.
Bloß die Prophezeiung, des sag ich euch glei',
– ich hab's neulich glesen –, trifft ganz gewiss ei':
Ist's, heißt's da, Silvester hell, licht und klar,
dann is' an dem Tag drauf ganz sicher Neujahr.

Jahresbilanz *(nach einer Idee von Sigi Sommer)*

As Jahr mit zwanzg guate Vorsätze ogfangt,
hat dann aber net besonders lang glangt.
Beim »Zwoa-oans« von de Bayern oan Meter
                              hochghupft,
428 Gramm Schnupftabak geschnupft.
36812 Kalorien z'vui gessn.
Wieder net im Deutschen Museum drin gwesn,
35 mal die Lindenstraße ogschaut.
Auf der Wiesn vier mal an Lukas naufghaut.
27 Kriminalromane glesn,
bei 18 derratn, wer der Mörder is gwesn.
211 mal an Schiedsrichter auspfiffa.
Beim Autofahrn 62 mal im Ton mi vergriffa.
43 mal as Jennerweinlied gsunga.
10 mal übern eigna Schattn gesprunga.
Jedes Mal, wenn i's ghört hab zur Mitternachtszeit,
mi über de boarische Nationalhymne gfreut.
12 Stund vor der rotn Ampln gwart.
18 Euro auf a Grundstück am Stachus gspart.
Beim Hochdeutschredn dreimal d' Zunga verrenkt.
365 mal an mei Buamazeit denkt.
Beim Schafkopfrennats an Vorletztn gmacht.
Koa oanzigs Mal übern Mainzer Karneval glacht.
12 mal mir mit Dachsfett mei Rheumatischs eigriebn.
17 Preußn an falschn Weg ins Hofbräuhaus beschriebn.
An am Spielautomatn 20 Cent verlorn,
und aa des Jahr a Jahr wieder älter worn.

Neujahrswunsch

Alles Gute und Schöne,
das wünsch ich dir heut,
für jetzt und für morgen
und die übrige Zeit:
Dafür, was die Zukunft,
das Morgen dir bringt,
die richtige Nase,
dass dein Augenmaß stimmt.
Ein offenes Auge
für die Freuden am Weg,
das in allem rundum
etwas Schönes entdeckt.
Ein Ziel für dein Leben,
das du niemals verlierst,
und dass du in allem
einen Sinn drinnen spürst.

's neue Jahr

Seit a paar Stundn lauft as Jahr
jetzt als as neue rum.
As alte hat se abplagt schwaar
und is seit gestern um.

Bin gspannt, was 's alls im Rucksack hat
und aus eahm außelasst:
was Scheens, was, was no geht so grad,
und was, was gar net passt.

Von jedm eppas gibt's ganz gewiss
aa heuer wieder's Sei:
Zum Schlecka was und aa a Pris
was Salzigs is dabei.

Und wiss ma aa nix Gnauers net
und net as Wann und Wo,
oans bleibt jeds Jahr: As Jahr vergeht,
bis d'schaugst … Kemmts, geh ma's o!